我猜所有的人都希望能永远活在童年里。

可人是生物,你不想长它自个儿也长啊!

这是人类不可克服的悲哀。

那些奔涌的

记忆

顾晓阳 著

人民文学出版社

图书在版编目（CIP）数据

顾往 / 顾晓阳著. -- 北京：人民文学出版社，2025. -- ISBN 978-7-02-018962-5

Ⅰ. I267

中国国家版本馆CIP数据核字第2024MD7157号

责任编辑　樊晓哲
装帧设计　刘　静
责任印制　王重艺

出版发行　人民文学出版社
社　　址　北京市朝内大街166号
邮政编码　100705

印　　刷　三河市龙林印务有限公司
经　　销　全国新华书店等

字　　数　218千字
开　　本　850毫米×1168毫米　1/32
印　　张　12.625　插页3
印　　数　1—10000
版　　次　2025年1月北京第1版
印　　次　2025年1月第1次印刷

书　　号　978-7-02-018962-5
定　　价　52.00元

如有印装质量问题，请与本社图书销售中心调换。电话：010-65233595

目录

辑一

人大同学趣事	3
人大同学情事	11
拍婆子	21
好人石田	28
老同学伟光	41
律师+诗人杨松	52
怀念吴方	58
记董一公	64
我的朋友晓宏	70
流年琐记	75

辑二

追火车的李喜健	85
我的战友庞东	91
邻座卢大军	96
我的长官纪民	103
怎样练习唱歌	109
新儿女英雄传	115
国华的下巴	121
男人的精致生活	125
老蒋的名言	131
春风袅袅荡天山	137

辑三

我的二姐顾青	145
我姥姥和小脚阿姨	154
"散养"的幸福生活	164
"小流氓"的生活日常	174

读书记	189
兄弟郭化	197
居委会主任二大妈	207
胡同	214
"大姑娘"张朴	218
老北京城的小与大	228
1997：我的北京已去	237
故园新话	247
美国佬老康在北京	255
三里屯咏叹调	264

辑四

八十年代崛起的电影人	271
两盒茶叶引发《不见不散》	285
导演何群	293
李娜与苏小明琐忆	300
业余侦探	307
悼胡金铨先生	317

辑五

诗人多多　　　　　　327

北岛二三事　　　　　336

芒克与他的《四月》　　347

西瓜"会长"　　　　　354

入乡与随俗　　　　　360

我的"湖街客栈"来客　369

我的"湖街客栈"来客·续　384

法国人老白　　　　　394

辑一

人大同学趣事

一

朱子永远是一身熨得妥妥帖帖的蓝色中山装,铮亮的三接头牛皮鞋,春秋季一件米黄色风衣搭在手臂上,没见他穿过。这派头不像大学生,倒像是大学校长。小分头梳得齐刷刷,那是在"四联"剪的,四联是当时北京最贵的理发店,在金鱼胡同西口路北。有一天我们同寝室的阿黄拿来一把推子,说他会理发。朱子说:"是吗?你给我推推。"我们都在旁边围观。推了一会儿,朱子摸摸推过的地方:"这儿,这儿再给我去点儿。""哪儿啊?""就这儿。""这儿挺好的。""你再推推。"阿黄只好给他推。又过一会儿,朱子又摸另外的地方,又让"再推推"。阿黄急了:"你他妈又看不见,你怎么知道这儿就该推呀!""一摸还摸不出来吗?让你推你就推!"返来复去,俩人都白了脸。后来我们据此新创了一个歇后语，叫作"阿黄给朱子剃头——谁都不尿谁"。

朱子看书专看内容简介和小册子，掌握了大量知识。一次我们去潭柘寺，碰到刘海粟在写生，夫人站在他身旁。当年潭柘寺游人极少，我们围上看，朱子上前一步，说："刘先生，您是中国第一个画裸体的，您把人体写生引进了中国。"那时刘海粟重新出山才没几年，不像现在妇孺皆知，一般人更不知道这个画家是怎么回事。朱子一语点出了刘海粟的历史地位。刘先生很高兴，说："毕加索是mon ami。"朱子立刻翻译道："刘先生说的是法语，'毕加索是我的朋友'。"众人纷纷喝彩。从此，他落下了个"小册子派"的美名。

相比之下我就差远了。有一次当代文学课组织我们去人艺看《茶馆》，幕间休息时，在大厅里看见了萧军。萧军遭雪藏二十多年刚露面，被文艺界称为"出土文物"，名气很大。同学们围上他，还是朱子主聊，评论、提问无不得体。萧军矮个子，叼着烟斗，答话简洁。我挤过去，接上他的话说："萧老高见！萧老高见！"萧军连眼皮都没抬。过后，同寝室的小流氓们着实把我嘲笑了一番，我也觉着自己够傻的。真是"不比不知道，一比吓一跳"啊！再后，不论遇到什么名人我都拔腿就溜，一句话不说。

毕业前,我们几个定了个计划,要吃遍京城的饭馆。那时,北京的饭馆零零星星就那么几家,实施计划并不难。有一次先在我家集合,然后去前门饭店。刚要走,外系的痞子伟光来了,也跟着一起去。前门饭店的川菜当时非常不错。吃完一算账,每人出一块多。伟光摸摸兜,只找出了五毛钱:"对不起啊,我没带那么多。"朱子拈起五毛钱票子,用《水浒传》的修辞说道:"鲁达将那二两碎银子,丢还给李忠!"说着两根手指一弹,把票子弹回到伟光跟前。

毕业后朱子在铁路口工作。一天我去北京站接人,在广场上远远看见一个人迎面走来,一身蓝色中山装,右手提着一个大铜火锅,在阳光下闪闪发亮。"朱子,这是从哪儿回来呀?"朱子举起铜火锅晃晃:"大同开个什么鸟儿会,一人发一锅子。哥们儿就是奔这锅子去的。"

二

王小波在人大念书的时候,也是一身儿蓝,但脏了吧唧,长头发油腻不洗,大长腿蹬一辆破自行车。我是听他家的世交李家兄弟经常提他。我考上人大后,李家兄弟告诉我:"小波也考上人大了。"记得大兴还跟我说:"小波写小说呢。""写的什么？""从水里钻出一个妖怪之类的……"说完嘿嘿直笑。但王小波不活跃，学校里认识他的人不多。

跟他外在的这种风格有一拼的，是南风。南风是经济系一怪，全校闻名。传说他每穿脏一双袜子，就往床底下一扔，换双干净的，等干净袜子都穿完了，再从床底下的脏袜子中挑不那么脏的穿。一件背心，买来就穿在身上，直到穿烂了才脱下来扔掉，中间并不换洗。上体育课时，男生穿的跨栏背心都是两条背带，他的只剩了一条，另一条耷拉着。

有一次上课讲黑格尔，老师没来（或其他原因，忘了），他上去讲，讲得头头是道，把同学都听傻了。他早在农村插队时就研究黑格尔，大学里教的这点儿东西，他根本用不着学，因此，他很少上课。别的系有什么他感兴趣的课，倒时不时去听听。

他哥哥南生也是人大同届生，跟他不在同一个系。我是先认识南生，他介绍我认识了南风。结果自此以后，我跟哥哥基本上就没来往了，反而与弟弟嘻嘻哈哈摽在一起。这哥俩之所以在学校有名，学识之外，主要是他们都参加了被视为高层智囊的"农村问题研究小组"，在中国改革发轫之初，就深度介入其中。同是干的经邦济世的大业，哥哥南生使命感重，好像"祖国的前途、人类的命运"挑在肩头，话题宏大深沉。而弟弟南风，据我看，纯粹的研究兴趣是他的根儿，对一切事物必欲穷究其理的探索欲，推动他做这做那，外在事功倒在其次。所以他那副不修边幅、吊儿郎当的样子，很对我的口味。

我拍的电视剧《花开也有声》里，男主人公有一个偶像，是胡同的邻居、一位四中的高材生，他每次去高材生家都像踏进圣殿，总是恭恭敬敬地向高材生请教人生问题。我在洛杉矶的朋友中迅看完电视剧后对我说："我小时候就有这么一个偶像，你知道是谁吗？就是你的同学南生南风二兄弟！当时我们都住和平里，一进他们家，墙上都是自己用木板钉的书架，堆满了书⋯⋯哇！那感觉，跟电视剧里一模一样。"

朱子给南风起了个外号，叫"白子"，我们也都以此相称。毕业后我们同寝室的几个人搞了个学习小组，计划每月研讨一个问题，但没几次，研讨的问题就变成了诸如"为什么朱子做香酥鸡时老炸鸡屁股？"之类的。白子来过一次，那时他是体改所社会室主任，随着改革深入，他的研究也从农村转向了城市。他给我们讲了"科层结构"，讲深了我们也不懂，他举了一个调查得来的例子：北京的保姆安徽无为人最多，这些人已形成了一个金字塔型的严密网络,刚从无为来北京的,先在普通人家当保姆,如果表现好,会把她介绍到处长家,处长家干得好,再介绍到局长家、部长家,层层往上升。进不去这个网络,别想找到工作,干砸了什么事,会受到处罚。大家听得很新奇,朱子赞叹说:"白子又深沉了!"

后来我与白子失联多年。再见到,别的都没变,外表却大不一样了:浑身收拾得清清爽爽,衣装不仅干净整洁,还搭配得挺有品位。这可是不简单!

三

老刘是法律系的,我们在同一个日语班,座位挨着。他岁数大,不愿意在课堂上站起来说日语,偏偏老师经常爱点他的名。估计老刘一肚子不高兴。每次上课时,全体起立,老师用日语说"同学们早上好!"我们则集体回答"森赛(老师),早上好!"有一天我忽然听到老刘嘴里说的是:"孙贼,早上好!"我扑哧一下就笑了,扭头小声质问:"老刘你丫说什么哪?"老刘回我一笑。

老刘什么都看不惯,爱说怪话。人民大学的校牌、徽章原来用的是美术体字,复校后,成仿吾当了校长,校牌、徽章都换成了"颜体"。一天去学校,我正好跟老刘坐同一辆公交车，到站下车往马路对面的校门走时，老刘指着校牌说："你看看，这叫什么？还颜体？就是几个蚂蚱趴在牌子上！"把我给乐的，直拍老刘肩膀。太喜欢老刘了！我也爱胡说八道，但没人家说得精彩。

我跟法律系的好多同学都熟悉，他们各有各的特点。杨松写诗，而且一直写了几十年。他为人特别朴实，在不喜不怒的外表下，有一颗滚烫的心。但一喝酒，滚烫的就是脸了，而且变了个人。我从美国回来后第一次见面，都喝大了，分手时在大街上互相抱着紧紧贴脸，其他同学强行把我们俩给拉开了。俩大老糙爷们儿这么公然亲密，他们实在是看不下去。杨松是律师，我读过他写的一篇辩护词，真是雄辩滔滔铿锵有力。晚年我发现他热爱毛主席。北新看上去年轻，实际与老刘同岁，他永远会对人微笑，不言不语，温和谦逊。他也是律师，也爱写东西，做什么都是默默的，但做什么都出色，可惜在去年癌症离世了。

他们班毕业时分配的工作都非常好，北新分在中央办公厅，杨松在人大常委会，其他大都类似。我没想到老刘会选择考研究生，而且以研究法理为终身职志。这时我才知道老刘是学者的本质。没有花多少年，他已成了某个领域的权威。

有一次他去洛杉矶开会，正好赶上我的朋友中迅在家办 party，我就把老刘也约去了。我给朋友介绍说，老刘是中国某某领域的 No.1。老刘赶紧纠正，说："不，我是 No.2，上面还有一个，七十多岁了。"几年后在北京，同学一起吃饭，其中有原本跟老刘不认识的，我告诉他们老刘是某某领域的 No.2。老刘又说："No.1 已经去世了。"逗得大家直笑。

老刘还有很多金句，他的一个学生告诉我，有一次有同学问老刘："刘教授，那个××、×××都写了那么多本书了，您比他们厉害多了，怎么不多写几本？"老刘说："白面就是白面，棒子面儿你磨得再细它还是棒子面儿。"

人大同学情事

一

当时一间宿舍住八个人。石庆他们系的男生多出二人,要跟老郝他们系的六个合住,彼此不认识,都很不情愿。为了选床位,石庆、和平与老郝他们吵了起来,石庆、和平摔门而出。小张年龄最小,直跟老郝嘀咕:"怎么着?他们俩叫人去了吧?"以为要打群架。其实那二人是抽闷烟儿去了。

后续的发展是,没出多少天,八个人好得像八个兄弟。

我去他们宿舍找石庆时,正碰到老郝盘腿坐在床上,讲什么是"各"。各是老北京话里常用的一个字,现在好像从人们口中消失了。各有另类、古怪、拂逆、不爱随大流这样的意思,比如说这个人"够各的",或者"犯各"等等。老郝说:晚清时有些太监也娶媳妇,但他们的"家伙什儿"已经没了,怎么办呢? 就用一种软木,即做暖瓶塞子的那种木头,人造一个家伙什儿来替代,这种替代品,就叫各。

真是人民大学才俊多呀! 我一下就被老郝吸引了。

老郝在山西的野战部队当过兵,说在练拼刺时,大家一般都不太卖力气,因为伙食太差了,成天饿肚皮。可如果练兵场旁边一过妇女,全军振奋,立刻嗷嗷怪叫,拼了命地互相捅,谁都想吸引到妇女的目光。

老郝很年轻,天生老相,已经秃顶了,所剩不多的头发还经常支棱起几缕。毕业时在阶梯教室开大会,我正好和我们班田文坐在一起。老郝来晚了,站在走道上找座位,看到了我,抬手跟我打了个招呼。田文对我说:"哟! 你还认识这'兔儿爷'哪?"把我逗得直笑。

小张才十七岁,对他来说,进大学就是"进入社会"了,这个"社会"里的人也真是形形色色五花八门。他对一切都感到好奇,成天在校园里东张张西望望,看见什么记住什么。几十年后,他成了人大的"活名册",我们这一届几百号人,没有他不知道的。

当时人大校园里驻扎的部队机关还没完全撤走,从宿舍到食堂要路过一处军营。有一天小张走到军营外,忽然跑过来一个女兵,拦住他说:"我不知道你的名字,但我要给你一封信。"说完又跑了。小张打开信一看,居然是封示爱信,信中说:你每天都在这条路上经过,虽然你不认识我,我却在军营里看你看了一年多,现在我马上要复员了,如果你如何如何我就如何如何……小张根本不认识这位女兵,也从未遇到过女孩子的表白,拿着信,与其说惊喜,毋宁说是惊慌失措,不知如何是好。他只好把信给同宿舍的老大哥看,请教应对之策。老大哥让他安心,说你要没有这个意思,不用回应就是了。我猜,从此之后他去食堂,再也不敢走原路了。

毕业前后,新闻系老赵要给老郝介绍女朋友,约去老赵的太太家吃饭。老郝可能是怕拘束,拉我一块儿去。女方叫小薇,气质高雅,一表非俗,非常优秀。她对老郝本不算满意,吃完饭跟老赵的太太说,就算了吧。赵太太觉得难出口,没好意思告诉老郝。过了几天,老郝给小薇打电话约会。小薇挺感动的,跟家里人说我都拒绝他了,他还主动打电话,看来这人比较执着比较实在,交往一下看吧。结果,老郝、小薇成了我们这些同学中少有的一对模范夫妻,几十年恩爱相守。男女姻缘像押宝,差错和误会临机翻转,倒有可能中奖。方方面面都下足了功夫的,不一定最后能赢。

小薇后来在加拿大拿了博士。她去香港找工作时,在洛杉矶转机，那是她第一次来洛杉矶，我陪她玩儿了几天。在和我的朋友们一起吃饭时，她笑着讲了这么件事，说当年在老赵家吃完饭，回家的路上，老郝征求我对小薇的看法，我说："鸡肋，食之无味弃之可惜。"我的天！我可是头一回听说这个段子啊！以我一贯的对女性的尊重和对小薇的敬佩，怎么可能说这种话呢？必是老郝当年为了向小薇表衷心，把我牺牲了。

这之后，为了讨回清白，我不断在朋友和同学间进行申诉，结果他们听了后都说："嗯，这话像你说的。"

二

小宋他们系有一位老大哥，是从煤矿考上来的，已年过三十。对他来说，这绝对是命运的眷顾，不胜珍惜。可念了还没一年，校园里就出现一张讨伐他的"大字报"。写"大字报"的是他在煤矿的女友，事情没啥新鲜的，就是个新时期版的"陈世美"故事。但内容惊人，因为她详细描述了二人几乎每一次的做爱过程，有时间地点（包括香山后山坡、住宅楼单元门洞里）、有细节、有女性心理感受，非常具体。校园里轰动了，人们奔走相告，观者潮涌。小张说，他看见一个二炮的小战士也边跑边激动地对他的战友喊:"快看'大字报'去呀!"

对于我、小宋、小张等连手抄本《少女的心》都没看过的"生瓜蛋子",这张"大字报"是我们的第一份性教育读物。"大字报"很长,好像有五六张纸,看得我们脸红心跳、字字入心,有些细节看不大懂。看后热烈交谈,但真想探讨的问题也不好意思说出口。小宋直到前些年还能背诵整篇"大字报",可惜没有记录下来,现在已经忘了。

"大字报"被校方撕过一回,那位女士又贴上一份,但很快又被撕掉了。当事人老大哥被开除学籍,发回煤矿。他刚刚踏上的锦绣前程,毁于一旦。

差不多同时,一位女生因与外国人谈恋爱,也被开除了。我们班一个平时规规矩矩谨言慎行的同学跟我说:"(校长)成仿吾在二十年代还拍过裸体照呢,现在跟外国人恋爱怎么就被开除了?"不过这个女生的命运与前面那位老大哥大不相同,她与瑞典男友很快就结了婚,移居瑞典了。两个人,各自上演了时代的悲喜剧。

有一段时间,我和小宋、石庆是"三人帮",常在一起。小宋博闻强记,也是个人民大学的活档案,数十年后的今天,你随便提一个名字,他便会简述出这个人的履历,并附赠一条逸事。石庆一直干瘦,但身上条条肌肉硬如石,他能量巨大,在校内和校外都是活动家,同一时间段内,他可以出现在北京城八个不同地点,非常不可思议。

石庆给和平介绍了一个艺术院校的女生阿潘,和平立即陷入热恋。有一次我们和老郝逛中山公园,和平为我们指点了他和阿潘第一次接吻的那张长椅,于是,长椅立刻不朽了。没多久,我们也都跟阿潘熟悉起来。我还记得和平、阿潘第一次去我们家,跟我妈妈聊天,事后阿潘对我说:"我原来想象你妈妈应该是特瘦、特饱经风霜那种,没想到这么开朗,谈笑风生的⋯⋯"那时浩劫甫过,伤痕文学看多了,容易形成刻板的概念。伤痕文学本身就是刻板概念的。

和平是石庆他们班的班长,白面书生,温和讲礼貌,事事认真,忠诚可靠,但在不用认真的事上认真,便难免近迂了。他在他们班女生中很有人缘,女生在宿舍熄灯后的集体长谈中,谈论的基本主题就是和平。一位已婚女生还说:"如果我没结婚,就嫁给×和平!"石庆成就了我们这些同学中的又一对模范夫妻,估计也伤了他们班一些女生的心。

毕业没多久,阿潘就出国留学了。一年后和平办好了陪读签证。那时他在铁狮子胡同分了一间房,临走前,我、石庆、小张、百科、历历等在他那儿喝酒聊天。我喝兴奋了,拿空啤酒瓶当麦克,唱起歌儿来,随着最后一个音进出,我扬起酒瓶猛摔在地。酒瓶粉碎,一小粒玻璃碴崩在我们班女生历历的鼻子上,打出一个小血点儿。历历不仅连说"没事儿没事儿",还夸赞我这难听的破锣嗓子"有特点",应该改行当歌手。大度啊大度!小薇、历历这样大度的女生,全让没轻没重的我赶上了。

补充一句:小薇、历历、阿潘,都有一个美满的婚姻。

三

我从石庆那儿第一次看到裸体画报,香港的。性带来的风险越小,对人的支配力量越大。当时有些高校禁止学生谈恋爱,我们学校倒没有。禁是禁不住的,但观念的转变、人的自我解放,也不是一蹴而就。同学中大部分谈恋爱的人,都非常郑重其事,而且是"鸭子划水",水底下两个鸭蹼紧忙乎,水面上鸭身稳稳当当,看不出来。公然出双入对的,有,但需要勇气;即便如此,也是互相间隔一二米,蹙眉深思着散步,那不像恋爱,像搞智力测验。用我们班老夏的话说:"好像谈得很痛苦",看不出甜蜜的气息。

在这种风气中,"白眼镜"绝对是个例外。她后来出现在一本名人自传中,传主把她称为"人民大学白眼镜",

写的是她如何"抢"走了传主的男朋友。她比我低一届，不同系，我认识她，是因为她与我的密友谈过恋爱。记得第一次见她，是秋天，密友带她来我家时，我正在院子里把葡萄树下架，埋到地里。密友是在学校的舞会上跟她认识的，当时她与男友刚分手，但已有身孕。认识后，她请我的密友帮她找医院打胎。密友爱帮助人，四处寻觅，正好他的一个小学同学在医院当司机，给她"走后门"进了医院。密友告诉我：做流产必须有孩子的爸爸陪同，他硬着头皮当了回"冤大头"，护士对他非常凶，骂了他几句，他也只能听着。做完手术，密友买了条鱼，熬成鱼汤，放在小锅里，用塑料网兜兜着，到医院去慰问。他的本意是喝点儿鱼汤补补，可"白眼镜"一看就扑哧笑了，说："你知道吗，鱼汤是下奶的！"

我和百科等对密友一通嘲笑：孩子肯定是你的呀！要不你这么热心？密友吭吭哧哧，有苦难言。其实，我相信他的话是真的。

这以后，二人就好上了。密友为她写诗，题目叫《亚麻色头发的姑娘》，酸得够呛。"人大校友之友"小淀在他们院儿的筒子楼里有一间房，这在当时可不得了，我们绝大多数人都是和父母一起住的，完全没有个人空间，小淀的那间房成了乐园。密友和"白眼镜"在那里过过夜，密友平生第一次"失身"。

那本名人自传形容"白眼镜"是"整齐的黑短发捧出一张粉乎乎的圆脸孔","称不上漂亮"。她跟我密友好的时候，与名人自传中所述时间交叠，谁前谁后不甚清楚。她有过很多男朋友，其中很多是非常优秀的青年，日后都成为不同领域里的佼佼者。曾结过一次婚，又离了。

我是在2007年以后才跟她又有来往。那时我们十来个同学形成了一个比较固定的小圈子，经常在一起玩儿。这些人中认识我密友的人多，认识她的人少，我给他们介绍时，知道她不会生气，就开玩笑说她是我密友的"第一个"。她豪壮地回答："对，我是他的第一个，可他不是我的第一个！"大家哗然叫好。后来这句话几乎成了人大校友中的名言。

她当着这些同学说我："（当年）我跟××好的时候，别的朋友都说我好，就你说我不好！"我惭愧地低下头。八百年前的事，人家都记着呢！我一而再地受到类似指控，可就是人品问题了，值得自己深刻反省。不过从她身上我确认了一件事：没有美满婚姻的女人，照样可以是一个大度的女人！

大家都觉得她随和好相处，品位很高。她的"疯"当年是骇世惊俗的，同时她的为人一直文文静静、行止有度，这两面加起来，这个人就完整了。我尤其注意到：所有女生都对她印象很好，历历几次说她大气。如果天下有什么比婆婆夸媳妇更难的事，那就是一群女人都说同一个女人好。

也是在二〇〇几年，我在电视节目中看到一位社科院的研究员（忘记名字了）宣称：近二十年来，中国已（静悄悄地、在互联网社交媒体的助力下）完成了一次性解放（革命）。

拍婆子

一

大学快毕业时，闲得无聊，我们班几个男生去颐和园溜达。都是老实孩子，却爱互相嘲笑对方色大胆小。谁拍过婆子？谁也没拍过，有心无勇。我那天不知吃错了什么药，装起"大个儿的"来了，说这有什么？老子今天就给你们拍一个看看！大伙乱起哄，没人信。我说：我要敢拍，你们请我吃饭；我要不敢拍，我请你们吃饭。有一个条件啊，拍得成拍不成可不管，只要我上前搭了话，就算赌赢了。众人通情达理，都同意。

我们进东门后往左手走，沿昆明湖的岸边向南。那时候颐和园里人很少，几乎像是自家的园子。远远有一座小桥，桥那边翩翩一女子正朝桥上走来。众人发一声喊："有啦！"一阵骚动。

我说:"你们别都跟着我呀!人家良家妇女,还不让你们这帮流氓吓着?"于是大家和我拉开了距离,相隔几十米,在后头跟着。

我走到桥这头的时候,女子也到了桥那头,马上就要"鹊桥相会"了。据东宪事后说,阿黄看到这种情况,紧张得直揪他的袖子,说:"东宪你喊丫的,让丫停!让丫停!算丫赢了!"

我不比阿黄强到哪里去,迈上桥的台阶时,腿直打弯儿,可是已经没有退路了。

走上桥,女子也过来了,个子不高,一身浅灰色连衣裙,二十出头的样子。我斜刺里朝她走近,刚要开口说"交个朋友"之类的,张目一看——哎呀太丑了!不是一般所谓的难看,不是人们嘴里说的"长得不好看",是一百个丑人里排名倒数第二第三的那种,丑得惊心动魄。我立刻脚尖一转,从她身边快速滑过……

身后传来那群人发出的一片怪叫声——哄我呢。

女子走过去后,与那帮人狭路相逢,大家就不忍心数落我了,还对我表示谅解和同情,说:"让丫阳子拍这个,也确实残忍了点儿。"

唯一一次为这事打赌,结果却赌成没有输赢,用现在的商业术语说,叫遇到了"不可抗力",甲乙双方均无须承担责任。那天晚上的饭钱，大家平摊。

不久，北京市在首都体育馆隆重举行了"首都高校毕业生联欢大会"，各个学校的当届毕业生都来了。我在休息厅里抽烟时，阿黄跑过来说："来来来，让你见个人。"过去几步，一看，那位翩翩女子也在这里，胸前戴着校徽，北大的。

二

"拍婆子"是新北京话，起源于"文革"年代。当时，有少数中学生把精力转向读书：读马列，读世界名著，或学文化知识。比如北大附中"红旗"的名人宫小吉开始自学外语，并且挑最难的学，他问同学：哪门外语最难？有人说德语最难。他就真学起德语来。若干年后国门打开，还去了德国留学。

更多的人则脱离了运动，玩儿起来了，当时叫"飘儿派"。首先搞起穿着打扮：穿"将校呢""将校靴"，戴羊剪绒帽子，骑永久牌28锰钢车之类的。喜欢去"老莫儿""新侨"吃西餐。当时灯市口附近有个京城老字号叫"康乐餐馆"，其中有一位女服务员据说是绝色，所以成群成群的"老兵儿"（"老"红卫兵）都去那里吃饭，为的是看这位女服务员。"飘儿派"还爱聚众闹事打群架,最著名的就是"王小点儿刀劈小混蛋"。

"拍婆子"这个词就在这种环境中被创造出来了,婆子指女中学生,拍是动词,交朋友的意思。在大街上晃悠的时候,看上哪个女孩,便上前搭话,通常第一句话是"哎同学!我好像在哪儿见过你……"如果对方有正面回应,留下联系方式,就算拍成了;拒绝就是没拍成;骂你臭流氓或吁请群众解救,叫"拍炸了"。

大学生和成年人可没有"拍婆子"一说,我想街头搭讪这样的事肯定是有的,但不会用这个词。"拍婆子"是一种青少年亚文化。

我的发小京平经常"拍婆子",这我在别的文章中写过。他当时十五岁上下,个子很矮,有一次他去拍一个身材高挑的女生,说完"我好像在哪儿见过你"后,把那女生逗乐了,说:"你还想拍我?你站在板凳上都没我肩膀高……"

三

这时期,北京原有的"老玩主""小流氓"也死灰复燃了。"飘儿派"都是干部子弟,"老玩主"则是平民家庭的孩子。两拨人玩儿的其实都差不多,但界线分明,彼此看不上;个别人私下有交集,总体上互相敌对。

我有一个朋友在1990年代时,给我唱了当年达智桥的"老玩主"们爱唱的一首歌:

> 镜中花儿娇艳,水中月儿明
> 人生恍惚如春梦,飘渺如浮云
> 眼看春风消逝尽,年华已凋零
> 柔情付之东流水,命运何处寻

达智桥胡同在宣武门外,据说那里的"老玩主"曾名噪一时,是北京城各路诸侯中的一霸。对此我所知不多。记得听芒克说过,他曾为了什么事到达智桥去叉架,一个人去的,背个书包,里边放了一把菜刀。他是三里河计委大院的。结果没打起来,"老玩主"们看他居然只身前来挑战,也忒勇了,跟他"和"了。

2002年,我请王小点给我们唱了几首"飘儿派"喜欢的歌,其中一首是这样的:

> 世上人都嘲笑我
> 精神病患者

我的心将永远埋没

谁来同情我

……

这两首歌都是当时的青少年自编自创的,所表达的情绪有共通性。但两首歌的修辞却很不一样。《镜中花》的歌词从中国传统中来,像清末民初言情小说里的句子。《精神病患者》是西化的和现代的,写的人一定常看外国翻译作品。从曲调上看,前者很土,属北方民间小调的系统;后者有半音,是外国歌儿的味道。

很有意思!不同阶层的青少年所受的文化熏陶如此不同。"老玩主"既是草根的,又是中国的和民间的。"飘儿派"则钟爱外国文艺,在精英文化的影响之中。老兵儿里爱看书的人不少,时髦的是看外国小说,如果有谁去看张恨水,我想是会受到同侪嘲笑的。

现在的北京则完全不同了,几十年来现代化的速度太快,生活形态已彻底改变,传统的根子就虚了,再难找到由中国传统中生长出来的新的民间文化了。近些年来,连"黄段子"都少了。我很为这一点惋惜。

也是在2002年,我跟小混蛋的一个邻居"三哥"吃过一次饭。他们当年都住在德胜门外的一个简易楼里。他说他本人在新街口也曾是个响当当的人物。从这位大哥口中，我才知道他们也都爱穿军装（据说达智桥的"老玩主"是穿"一身儿蓝"）。很多老兵儿出自军人家庭，军装的来源不成问题。小混蛋们的军装从哪里来呢？我没有问这位大哥。一位叫张长芦的老兵儿在口述回忆中说，他曾在甘家口遇到过小混蛋等四个"流氓"，要抢他的军大衣和手表，他身上带着一把短剑，砍伤一个人后逃脱了。

2002年时，三哥是一个酒楼的经理。

我问了三哥一个问题："你们当年心目中的英雄是谁呢？"

他脱口而出道："黄继光、董存瑞呀！"

我感到震惊，完全出乎意料。一是因为小时候有偏见，认为三哥他们这样的人是土流氓，道德败坏，脑袋里一定都是男盗女娼，怎么想象也想不到他们也崇拜黄继光、董存瑞。二是由此意识到，革命传统教育实在太厉害了，直渗透到最底层，使全民拥有相同的"价值偶像"，一盘散沙的社会就这样被凝聚起来了。

好人石田

一

石田和另一个日本同学住在我房间的斜对门。他们到人民大学的第二天一早,他就来到我的宿舍,跟我交朋友,见面以作揖为礼。因为没有中国同学与他们同屋,减少了练习中文会话的机会,他很郁闷。

从此以后,我去哪儿他跟到哪儿,形影不离。

他是第一次来中国,但中文相当不错,能说下流话,也可以讨论一些社会话题,最常挂在嘴边的口头语是"牡丹花下死,做鬼也风流"。

有一次他问我:"你可以离开北京吗?""可以呀!""那么回北京也可以吗?""当然可以。"他露出怀疑的神色,说:"不可以吧?"我认为这是笑话:"我北京人啊!怎么不可以?"他没再说话。过了几天,我忽然意识到他想说的是我们没有旅行自由。这虽然显得不可思议，但仔细一想，至少在1977年以前，到北京确实不是想来就来的，因为任何人，如果想买到北京的火车票、汽车票，必须持有单位介绍信，否则不卖。至于坐飞机，不论飞哪里，都必须要单位介绍信。1985年我第一次坐飞机时仍是如此，哪一年废止的这个规定不太清楚。

给我留下深刻印象的是：1972年暑假，我第一次出北京，一个人去了上海、杭州、苏州、无锡、南京。在南京买回北京的火车票时，遇到了麻烦——没有单位介绍信！我脑袋一下就大了。那是在一个车票代售点，只有一个中年妇女坐在里面，也没有其他顾客。我掏出学生证，说我是北京人，要回家。"不行！"售票员说，"买北京的车票必须要介绍信，是不是北京人都要。这是规定。"我站在窗口不走，苦苦哀求，最后编出一个"外公外婆从小把我养大，我第一次来南京看望他们，现在要开学了必须赶回北京"的故事……七说八说，越编越感人。中年妇女终于软化了，看我这么小的一个小孩，脑袋刚到窗口的边缘，的确不像搞破坏的阶级敌人，破例卖给了我车票。

石田问这话时是1981年，估计他在日本读过有关中国的书籍和报道，了解到这些情况。他不说，我们习焉不察，不以为怪。

近年来，我有意识地询问了一些那个年代的过来人，问他们到北京是不是要单位介绍信？很多人都不记得了。有人说起码在国庆、春节等期间肯定要公社以上级别的介绍信才行，遇有特别重大的日子，则须省级介绍信……这种事之所以容易被遗忘，一是因为当年已是日常生活的一部分，太过普通，意识不到；二是一般人开这种介绍信非常简单，走个手续而已，所以记忆淡薄，时间一长就忘了。尽管如此，我们还是要把这些事情搞搞清楚，看看我们是怎么走过来的。

二

石田是北海道旭川人。父亲从事法律工作，是"行政书士"。日本的出庭律师叫"辩护士"，我们现代汉语中的辩护士一词，就是从这里来的。行政书士则负责代理个人和企业法人与政府打交道，处理登记、报批、办理执照、项目审批等法律业务。石田后来也考取了行政书士。

他很喜欢跟我聊天，是日本同学中与我交谈最深入的一个，方方面面无所不包：家庭、北海道风土人情、少年手淫问题、怎样与女孩子约会、资本主义私有制、日本人的习俗，等等。有一次他问我："你毕业以后，想去日本留学吗？""不想。""为什么？""没考虑过。""那么如果以后你想去，我可以帮助你。""好的，谢谢。"

1981年8月，团中央邀请谷村新司的ALICE乐队来华演出，这是中日文化交流的一个项目。不是公开商演，而是"内部"发票。人大有日本留学生，所以也给了票，我们都去了。因为ALICE刚刚宣布解散，这可能是最后一次演出，所以从日本跟过来一批粉丝，据说是自费包机来的。我的日本同学们也很少有机会在日本看他们的现场，因此异常兴奋。

这是我第一次见识什么是真正的流行音乐。在工人体育馆内，搭起了舞台，舞台两边矗立着城墙一般高大的扩音器，当时中国还没有这样的设备，是专门从日本运过来的。观众席坐得满满的，其中一块是日本来的粉丝，有上百人，灯一黑，他们一齐挥动手中的荧光棒——我们从来没见过这玩意儿，直向日本同学打听那是什么。他们也不知道中文怎么讲，解释不清。

我们人大的中日同学是坐在球场的地板上、舞台的正对面，离得很近，看得清清楚楚。耳膜从未受到这么巨大音响的震荡，全身的神经高度兴奋。舞台上一放烟，目迷神离，如梦似幻。谷村这年才三十三岁，年轻俊逸，风度迷人，是个天生的偶像型人物。歌声一出，我的心跟着颤抖起来。最打动人的还是那首《昴》(又译《星》),那是我第一次聆听,从此成为我的至爱,车里一直存着这首歌的光盘。

  我将前行 苍白的面颊依旧
  ……
  我将前行 这是心之运命
  ……

他彻底地把我从革命歌曲里解放出来!早几年的邓丽君都没能做到。我觉得,这与是不是看现场也有很大关系。

  日本同学都要疯了。因为石田平常老爱说日本怎么好怎么好,我听多了,也刺激起酸溜溜的爱国心。所以,当石田眉飞色舞地赞美谷村时,我忍不住说:"中国也有这样的歌手。""是吗?是谁?""现在还没有,以后一定有。"石田很懂礼貌,没再跟我较真儿。

三

  1987年初,我决定要出国。这离石田说能帮我办留学,已经过去了六年。我给石田写了信,又打了个国际长途,他毫无犹豫，满口答应下来。我说："我可没钱啊。""我知道，我借给你。"

他借给我二十万日元，在东京帮我找好学校，缴了三个月学费九万日元，剩下的作为我到日本的安家费。他父亲做我的经济担保人，出具"身元保证书"，在"与被担保人的关系"一栏里，他父亲填的是"像父子一样亲密的友人"。8月已经办好了全部手续，12月我就到了东京。

我自己身上带的钱有：美国佬老康送给我的二百美元；在中国银行用人民币兑换的四十五美元（当时的规定是，因私出国人员可以兑换最多四十五美元的外汇）；一个在美国留学的朋友寄给我的三十美元支票（支票在中国银行兑现金，需等三个月才能拿到）；我妈妈以前的一个同事移居香港，几年前给了她二百多元港币。全部加起来，也就三百美元。

石田在东京的朋友刘先生给我找了个旅馆，住了三天，每天三千日元，对我而言太贵。之后，北京的朋友老于和大学同学杨林各收留了我几天，他们也是刚来日本不久，与人合租四叠半小房子，很挤，现在想起来还感激他们。

有一天，我一个人在街上闲逛，看到一家宠物美容店，那时中国还没有这个，感到很新鲜。我站在巨大明亮的落地玻璃窗前往里看,里面像五星级酒店一样豪华干净(其实我也没见过五星级酒店),一张宠物床,铺着洁白的床单,上面悬挂着大型吹风机一类的机器。一只小狗刚洗完澡,舒服地躺在床上,女护士正在给它吹风,旁边站着一位穿戴华丽的太太,那一定是它的主人喽。我立刻想起漫画《三毛流浪记》里的一幅画:三毛在上海滩的寒风中,瑟瑟发抖地站在玻璃窗前,看着与我现在看到的相同的室内景象,画上写的是"旧社会,人不如狗"。当年漫画给我的直观感受是旧社会畸形罪恶。如今,我和三毛一样,都与可望不可即的生活隔着一层窗户,我心里也苦涩涩的。不同的是,漫画刺激人们要打碎窗户,翻身闹革命;我则希望通过努力,建立一个属于自己的栖息之地,与所有"美容店"和平共处。此时代、此社会,提供了这种可能性。

到了12月底,石田给我买了东京到旭川的机票,请我去他家里玩儿。

四

旭川是北海道仅次于札幌的第二大城市,只有几十万人口,是座安静恬适的小城,被皑皑白雪覆盖着。石田带我去了很多地方:商店、寿司店、打弹子店(扒金库)、超市、温泉浴场、滑雪场、渔业码头、海边小镇……正所谓"人民安居乐业"。

石田喜欢男孩子喜欢的东西：喜欢枪和刀，收藏各国军服，是无线电通信爱好者，车上装着无线电收发机，开车时爱与朋友通话玩儿。家里有一台大功率的收发机，每天都与世界各地的爱好者通话，有的说英文，有的说中文。也喜欢滑雪，本来要带我去滑，他父亲知道我从没滑过后说："顾君刚来日本，万一摔断了腿怎么办？"从此我完全没有了滑雪的愿望。

石田一家子都是朴实热情的好人。他父亲爱读书，家里有一间像学者一样的书房，满书架之外，桌、几甚至地板上都堆着书，而且很多是跟中国有关的。他父亲翻开一本写中国历史的书，指着元朝的地图对我说："看，元朝的时代你们中国这么大，都到欧洲了。"他说他最赞赏毛主席的一句话："战争是流血的政治，政治是不流血的战争"。石田每天带我到父母家去一次，每次谈话，他父亲都跟我聊中国的事情，好像怎么也说不够。

石田的母亲瘦瘦小小，寡言少语，慈祥善良。我在那里十几天，临走时，她已给我织成一件粗毛线套头毛衣，织工精细，样式漂亮。元旦那天还带我上街，给我买了一个电子闹钟当新年礼物。这两件东西，我至今还保留着。

石田自己的家是一幢二层独立屋，外观是西洋式的，内部和洋结合。一层是客厅、餐厅、厨房连在一起，另有一个和式榻榻米房间；二层是几间和式卧房。我每天早晨从二楼卧室下来，不管是九点还是七点，石田太太都已经在厨房忙碌着了。早餐放在一个托盘里，有米饭、味噌汤、煎蛋、咸菜和一小碟中华料理（炒菜）。晚饭石田会呼朋唤友，坐一桌子人，石田太太始终在厨房，如果吃烤肉，她就会在旁边翻烤和给大家分食。一喝酒聊天，往往到夜里十一二点才散，她给大家热酒、倒茶、加冰块、频繁更换清洗干净的烟灰缸。白天我和石田在家里聊天时，她也一直在干家务，并时时给我们倒茶和换烟灰缸。我从来没受过这个，实在感到不安，几天后就忍不住对石田说了："你太太怎么一直在干活啊？我能帮助做点什么吗？"石田说："啊，不是为了你，就是这样的。"他太太不懂中文，但我们一议论她，她就能知道，于是走过来问石田我说什么，然后她对我说："顾桑，这是我的工作啊。石田在外面挣钱，我在家里挣他的钱。理所当然。请安心、随意！"她原来在银行工作，结婚后成为家庭主妇。

每年最后一天的晚上，NHK电视台都举办盛大的"红白歌会"，出演的艺人分为红队和白队，互相飙歌比赛。这一年最后一个压轴的歌手，正是谷村新司，他唱的就是

《昴》。我和石田看着电视,迎来了新的一年。

> 我将前行　苍白的面颊依旧
> 我将前行　再见　昴星哟

当最后一个音消失的刹那,我们从迷醉中苏醒。石田一挥拳头,激动地说了句:"雅——啪立!"用北京人的话来说,就是"还是丫的牛!"

一年后,我利用寒假又去了一趟旭川。这次是我自己买的火车票,火车走青(森)函(馆)隧道,从海底穿过津轻海峡,这是世界上最长的一条海底隧道。一年来辛苦打工,已存下足够的钱。我把石田借给我的二十万日元还给了他。

五

我去美国后,石田夫妇来洛杉矶找我玩儿了几次,有一次还是和他哥哥一起来的。哥哥在保险公司工作,胆子比他大。日本开车与美国不同,方向盘在右边,我几次让石田试试,他都不敢。可哥哥来了后,开起来就走,说很容易适应。

1994年，我想念石田的父母，从美国又去了一趟旭川。二位老人还是那么健康、慈祥。后来，我经常美国、中国两边跑，渐渐与石田断了联系。2011年福岛核事故发生后，我从北京给他打了个电话询问情况。他们一点儿也不担心。我说："北海道离福岛很近啊！不会污染吗？""啊，没关系没关系，不会的。""生鱼片还能吃吗？""当然可以吃，没有问题啊。"

我留学日本之前，大概是1985年，石田就遇到过一次车祸，是后面的车追尾，责任完全在对方，他的颈椎受到伤害。父母也在车上，却毫发无伤。这次他在电话中告诉我，近年又发生两起追尾事故，都是对方的责任，他没有任何过错。最后这一次（第三次）就发生在几个月之前。

"那你现在是什么情况呢？伤得重不重？"

"现在可以走路了。"他说，"可以走十步了。"

我心里吃了一惊。这是非常严重的车祸啊！等于说几乎瘫痪……因为太严重，我不敢再细问。

他说，他目前不能工作了，但有医疗保险和赔偿金，生活没有问题。他搬家了。他太太去超市上班了……这就是说，他和他家庭的生活发生了很大变化。

我越来越信命。许多人开一辈子车也没出过事，石田却遇到三次车祸，一次比一次严重。这三次都跟他本人的驾驶没有关系，是别人开车追着他撞，躲都躲不掉。他唯一的错误就是不该在那个时间出现在那个地点。可是哪个时间出现在哪个地点，这谁能决定吗？

2014年5月，石田突然倒地昏迷，被急救车送往医院，诊断是脑梗塞。整整两个星期，医生和家人都不清楚他是否能活下来。第十天的时候，他才苏醒，但不知道自己是谁，叫什么名字，身旁的女儿又是谁，家、工作、朋友，等等，一概不记得了。只有一个人他还认识，就是他的妻子。

又过了些天，他慢慢想起了自己的名字，也认出了自己的女儿……但脑组织的一部分发生"脑软化"，最近十年的记忆丧失掉了。手和脚都是麻痹的，说话有困难……

每年元旦，我都给他寄一张贺年片，却没收到过他的。直到2016年，接到了他的一封信。看了信，方得知他遭遇了这么大的劫难。他能写信了，说明这两年来康复得不错。他在信中说，现在日常说话还可以，但不能打电话，因为讲电话比较费力，会头痛，医生说危险。信里附有他的一张近照，是手持礼物袋站在雪地上拍的，没坐轮椅，看来能够行走了……

石田个子不高，年轻时很壮实，中年后较胖。他没有过多不良嗜好，抽烟，爱喝酒但量不大，很能控制，我们俩喝酒他从没醉过。好像没有什么特别喜欢的运动。学中文是他的终身爱好，参加北海道的中文比赛得过奖，一直是旭川市日中友好协会的骨干。他朴实、爽迈、心胸开阔、有些孩子气，对人一片真心。谁都不知道自己的命运，那是掌握在上帝手中的秘密，也许正因如此，我们才会从每一天中寻求生活的意义。

老同学伟光

一

伟光上大学时虎背熊腰，身体强壮，晚年臃肿了。他很聪明，并且对自己很聪明这件事有着强烈的自我意识，所以他的一生有可能是被聪明所误了。

我俩入学后都是游泳队的，他游蛙泳，我游自由式。我们曾在首都高校游泳比赛中共同获得过4×100米混合接力赛第八名。真的，有第八名，在获奖名次中排在最后，每人奖励了一个陶瓷水杯，杯体烧有相应文字。他在前，我压阵，游仰泳的是法律系蔡晓鹏，蝶泳是历史系龚滨。我们是人大复校后的第一代游泳队，矬子里拔将军，地地道道的菜鸟，技术都很差。我们参加过两届比赛，新生一上来，第一代老将就被全员淘汰了。

我那个奖杯，放在宿舍的桌子上泡茶用。有一天同宿舍的高杨和谁打闹，二人在床上翻滚（不是"滚床单"啊！），高杨一脚把奖杯踹到了地下，摔得粉碎。我凄厉地叫了起来："这可是我一生中唯一得到的荣誉啊！"

这点小荣誉，伟光是不在乎的。他说他是四·五英雄，因反"四人帮"，考大学前坐了一年监狱……坐过监狱这事肯定是真的。他高考的成绩也很好，新闻系的录取分数线是人大最高的几个系之一。平时我看他也不好好学习，可是毕业前，他居然报考了新闻系研究生，大出我的意外。我开玩笑说："你丫懂什么叫新闻吗？"结果他高分上榜。但不久因为在图书馆与人打架，挨了处分，取消了录取资格。工作几年后，他又考进广播学院，拿了个硕士。

伟光在学校里的活跃程度超出想象，以至于七八级的学生因此只有两种人：一种是认识伟光的，一种是听说过暂时还不认识他的。后来在1990年代的一长段时间里，不知为什么，社会上常有人假冒自己是人大七八级的毕业生，我就遇到过两个，一个说是法律系的，一个说是经济系的。辨别他们的真假很简单，如果说出"张伟光"三个字他们没反应，那准保是假的。

我不知道他是怎么使全校同学都认识他或知道他的。论荣誉，首都高校游泳比赛混合接力第八名：说出去寒碜人；不说，没任何人晓得。论打架，他已是临近毕业的事了，此前法律系的弟兄（基本是全体男生），为一个同学而痛殴来犯之敌的事迹，要牛逼得多。论学习，全优生都低调得很，除了本系的，几乎不为人知。论学识，识见高远、思想深刻的人多了去了，有些人一入学就见知于庙堂，状类"南书房行走"……这些都轮不到他，那么就只剩下玩闹了。伟光是一帮痞子当中（我也在内），唯一具有知名度的，而且极高。这也是一绝。

他能说。能说的人也很多，他的特点是见谁都说，并且跟什么样的人都有话题，幽默、机敏、要俗有俗要雅有雅，你即使不想跟他推心置腹，也觉得挺好玩儿的。女生当然是他的重点目标人群，效果也不错。那时候他们爱跳舞，一次高杨从校外带来一个漂亮女孩，据小高说，该女异常高冷，对谁都是爱搭不理的。跳完往外走，伟光陪小高送那个女孩，边走边聊，只几句话，就把女孩逗笑了。高杨为此对伟光叹服不已，"丫真他妈厉害！"

伟光是个大花棍，一生都在追求女性，自己也很自豪。就我年轻时的印象，他在校外成功率很高，在校内却少有得手，有的女生还非常讨厌他。1990年代末我回北京时，召集第一代游泳队部分老同志聚会，有一个女生听说有伟光，坚决不来。

他毕业后分在国家经委工作，与经委副主任朱主任等一个食堂吃饭,排队打饭时,他一说笑话,把朱主任都给逗得直笑,夸他聪明。1983年全国"严打"扫黄,他被单位派到一个街道的综合治理办一类的临时机构,专管扫黄。那期间我在街上碰到他,闻此大惊,说:"你就是扫黄对象啊!怎么倒扫起黄了?不是说天网恢恢……"还没说完,他立刻接上一句:"这就叫网开一面。"

二

伟光性格倜傥,绝不愿受人拘束,从没听说过他给什么权势人物拍马屁的事情,也不屑蝇营狗苟往上爬。经委那么好的单位,他不喜欢,去考了广播学院的研究生,毕业后留校当老师。广院当时是个不起眼的学校。

不知从何时起,他的兴趣偏向了业余做小买卖。

1988年夏,我从日本回来过暑假。当时洋货极受欢迎,卖价很高,还非常紧俏。对出国人员,国家有一个政策,回国时可以获得购买外国电器的"指标"。每出国一季度,可获一个"指标",包括"一大件一小件",例此叠加。所谓大件,就是电视、冰箱、洗衣机。小件有电动吸尘器、电动剃须刀、电吹风机,等等。如果你自己用不着,可以把"指标"拿到黑市上交易,一个"指标"一般卖一百美元（伟光说的）。我在日本七个月，算是三个季度，有三个"指标"。听说伟光正在做这个买卖，我就把三个"指标"卖给了他，得钱三百美元。

为什么"指标"能卖钱？因为有差价。以日立20吋彩电为例，用"指标"购买的，与日本当地的价钱一样，比如说一台两千元人民币（只是举例而已，确切价格已忘了），但在北京的黑市上能卖到三千元以上（也是举例），还很抢手。伟光他们赚的就是这个差价。

伟光一个人住一间平房，很小，家具简单，但堆放着大大小小许多纸箱——就是那些"大件小件"，连床底下都塞满了。他已经给我准备好三百美元，有厚厚一摞，因为都是五元十元的小票子，也不知道他是从什么地方倒来的。他有一辆在当时令人眼热的进口大摩托（我忘了是哪国的），无异于今人拥有一辆宝马7系轿车。他告诉我：现在他已有了七万元存款。在那个"万元户"时代，拥财七万，可算得"款爷"了。

下一步是"提货"。我把自己的护照、证明等都给了他，已不需要我做什么了，但他非要让我跟他一起去玩玩儿，到提货处开开眼，我也感到很好奇。那个地方叫"出国人员服务部"，是外贸部的下属单位。地点在现在经贸大学的北边，当时很荒僻。离服务部那座小楼还有一里多地，喧腾的人声已隐隐传来，属于这个"生物链"最末端的一批相关人士也出现了。从零零星星到成帮成伙——这就是当年使这座城市得以运转起来的其中一部分、赫赫有名的北京"板儿爷"，现在叫物流。那时，不仅没有私家车，就是公家车也稀缺得难以抽空为私人偷用。要运"大件儿"，就必须雇板儿爷了。板儿爷们在平板三轮车上或蹬或推或坐，散处于路的两旁，越靠近服务部越密集。伟光一出现，他们纷纷扬手打招呼，一看就是老主顾了。

来到服务部前，我惊呆了。从入口处向外面的大空场，架满了弯来绕去蛇形阵一般的金属隔离栏杆，栏杆里是前胸贴后背晒着大太阳排队来提货的人，人数之多，难以计数。伟光说：这是外边，入口里面的大厅，能把人挤死。他都是雇人来给他排队，一小时五毛钱。说着，长蛇大队中一个小伙子冲他摆摆手，那就是他雇的。看看小伙子的位置，伟光说起码还得排两个钟头，我就先走了。也真开了眼了。

三

2001年冬我回北京，自己家没有取暖设备，伟光让我到他那里去住。我方才知道，他刚在北京的方庄买了一套二手房,是原来的外交部宿舍,四室一厅,140平方米,花了五十万元。当时北京的房市还处于睡眠状态,我又什么都不懂,没觉得怎样。我看到室内的墙壁、窗台、暖气都包着劣质板材,客厅的吊顶分成两层,照明灯泡藏在夹层内,一开灯,灯光是蓝色的,非常奇怪。我开玩笑说:"这怎么像农民企业家的办公室啊?"伟光把眼一瞪:"告诉你,这可是外交部司局长的房子!"

几年后,房价飙升,高到了不可思议的程度。伟光这套房子,少说也值一千万元。我逢人便说:"伟光真有商业眼光!"伟光这才向我徐徐道来:"这套房子是我自己住的,当年啊,我和另一个朋友合伙,在和平里、三里河这些老社区,还买了好几套呢,当时都是那个价钱……""是吗? 不得了,不得了。"

再过个十来年,同学中开始传伟光生活窘迫。我常以知情人的身份辟谣:"你们放心吧,伟光有钱,他有好几套房呢,卖一套就够他后半辈子花了。"但是传言越来越盛,而且有了实锤:他嗜赌,经常举债。其中有几个债主亲口跟我说了具体的情形,令我惊讶不已。"那房子呢?""早卖了。"

赌窟是没有底的,多少栋房子也填不满,因为人的欲望无法餍足。

也是在2001年前后，我们游泳队同学小平的朋友"萨姆"，经常和我们一起玩儿。他是河北高碑店市人，与我的老家完县同属保定专区，他说完县有桃花节，一到春天，漫山遍野桃花绚烂，非常漂亮。他邀请我们去玩，于是游泳队部分老同志撺掇我进行一次"寻根之旅"，回村祭祖——我还从来没回过老家呢。

早春的一天，我们和萨姆约好在完县县城集合。我们先到了，一看，县城的贫穷破败触目惊心，别说是我，那些几十年走南闯北哪里都去过的同学，也很少见到这么穷的地方。天气还冷，我们想找个餐馆或在酒店租下客房，慢慢等老萨，却什么也找不到。餐馆是有，但不是饭点都不开门。

最后，我们在街边发现一家茶叶店，就像得救一样，蜂拥而入。店很小，没有顾客，老板等三个人坐着聊天。老板说这不是茶馆，只是卖茶叶的，但听说我们想找个地方休息一下，非常热情地收留了我们，从后面搬来折叠桌子和大大小小的椅子，又泡上香茶，前前后后地张罗。我们大概有十人，把店里挤得满满的，闹腾了快一个小时。走时算账，老板一分钱也不要，而且怎么说也没有用。我们完县人实在是太朴实了！宋毅兜里有一盒未拆封的中华烟，放在柜台上。伟光买了一些茶叶，他说："人家这么招待咱们，太过意不去了，咱们曲线地意思意思吧。"这二位想得周到，做得漂亮。其他人纷纷仿效。

老萨到了，说今年偏寒，桃花还没有开。问了去我们村的路线，说还有一百多里地。大家兴致全无。伟光说："晓阳你找个地方磕仨头，就算来过了。"

现在的完县县城已焕然一新。

四

伟光大约是在1991年去的英国，一直定居在伦敦。他做旅游，一个人，租一辆面包车，接待中国的游客。1990年代中期以后，国内各地官方组织的出访欧美的考察团特别多，而且持续了十年以上。伟光接待过各种各样的团，我个人感觉，那些年是他在英国的好光景。他跟我们品评过不少他接触到的知名人物，有逸事，有趣闻，有观察和褒贬，都很好玩。

后来他回国的时间越来越长，据说基本是夏天在英国，冬天在中国。

伟光年轻时相貌可称英武，晚年五官有往中心区域收缩的趋向，所以看起来好像老皱着眉、噘着嘴，一副不高兴的样子。这些年我们见面不多，我以为是他老了，有严重的糖尿病，精力不如从前，不那么活跃了。其实大谬不然。

自从有了微信，人大的校友组成了五花八门、千奇百怪的微信群，打破了年级和系别的界线，老的小的、认识的不认识的都混合一起。又从线上发展到线下，经常聚餐、爬山、旅游……十分活跃。我因为不入任何群，不知道而已。

伟光又成了名人！他活跃在各种群里，仗义执言、打抱不平、嬉笑怒骂、讲段子、说荤话，深受大家欢迎，尤其受到以前不认识他的学妹学弟们的爱戴。

2022年12月他在伦敦病危，我才知道消息。据说是感冒引发肺病，然后中风，一直昏迷。因为他没有家属，都是在伦敦的朋友（微信群朋友为主）去医院看他，消息来源比较零散。也有说是医院给他打了镇静剂才昏睡的，但再想让他清醒过来，已经乏力了。一共只有一个月上下，就溘然辞世，终年六十七岁。

我见过伟光的妈妈，伟光身高一米八往上，母亲却又瘦又小，似乎只有他的一半高。他对母亲很好。他有个傻弟弟，他也对他很好，一直照顾着他，直到前两年给他送了终。伟光一辈子没结过婚。我看到一张在伦敦的医院里，七八个朋友围成半圆向伟光遗体告别的照片，我只认出我的同班同学陈宝和，其他的据说主要是微信群友。照片是从遗体的头顶后面拍过去的，看不见面容，头发很长，完全白了，看着惊心，我印象中他一直是黑发，原来是染的。

律师+诗人杨松

一

杨松小时候叫杨小洋,家是部队的,与顾城的姐姐上同一个幼儿园。后来他当过兵,1978年考入人民大学法律系。毕业后与顾城的姐姐有过一段短暂的婚姻,育有一子。这个儿子一直由母亲抚养,长大成为一个天才的科学家,现在在新加坡大学研究量子计算机。

杨松爱写诗。在大学里我俩都加入了诗社,从此成为终生好友。暑假时学校组织社团、运动队和三好学生去避暑山庄搞夏令营,杨松把他们班好几个冒牌的介绍给我,我利用临时窃取的社团负责人的便利接纳了他们,一起来了一次免费旅游,玩儿美了。另外,他们班的春田、北新等人和我一个日语班,亦甚相得。我由此与法律系的大部分男生都熟悉了。

杨松待人诚恳，为人本分，平时不爱言不爱语，但内心却特别炙热，对社会正义尤其敏感。与人争论时，会脸红脖子粗，容易激动。用他们班同学的话说，是"典型的文人气质"，"有时蹲在厕所里就能构思出一首壮丽的诗章"（黄海星语）。

我加入诗社，是从小就有一个迷思，想当诗人，但上大学不久就认识到自己不是这个材料，很快放弃了。杨松对诗，却是真正的热爱。他当了一辈子律师，也写了一辈子诗，现代诗和古诗词都写，临终前半年，还给我打电话商量出版第四本诗集的事。他说：死之前，再出这么一本，也就行了。

二

他们班的徐建毕业一年后即从人行总行辞职，南下闯深圳，两年后当了司法局副局长。在他的召唤下，陆陆续续过去了十几个同学。杨松1985年离开全国人大法工委，也去了。

我1987年有一次去深圳，杨松尽地主之谊，请我吃晚饭，饭后又带我去蛇口参观。当时蛇口的夜还是黑的，对面的香港一片灯火。我们站在一艘游轮的旁边，他指那一片灯火对我说："对面就是香港，连只苍蝇都没有！"语气中饱含着赞美。当其时，他和我都没有出过境，对外面的世界充满着好奇和想象，他的话令我一震，更感到香港是个多么不可思议的神奇之地。

> 什么时候有了香港
>
> 香港人又是怎么样
>
> 香港，香港，那个香港
>
> 香港，香港，怎么那么香
>
> 让我去花花世界吧
>
> 给我盖上大红章
>
> （艾敬《我的1997》，作于1991）

当然，我们后来都知道了，香港也是有苍蝇的。十几年后我回北京，常拿"连只苍蝇都没有"编段子开玩笑，把杨松说不好意思了，他否认讲过这句话。

三

1999年在北京重聚，时间已经久远了，老想不起来跟他聊当年话题，现在则感到万分遗憾。他一直住在深圳，已是资深律师,状态非常好,人,还是那个老老实实、朴朴素素的样子,一喝酒,仍然是慷慨激昂、豪情万丈,谁拦着不让喝就跟谁拼命。

又过了十年,可能是2008年前后,我去深圳,那天中午是我们俩吃饭,忘了聊起什么,我一听,感到很意外,说:"你是左派啊?"他说:"我什么派也不是,我说的是事实。"的确,上来就说谁是什么派,太过简单化了,我的话是随口而出,本身有毛病。

他已经有了酒瘾,只我们两人吃饭,他非要开一瓶白酒。我说:"中午也喝呀?算了吧!"他不答话,只管倒酒,手抖得很厉害。我估计这是酒精中毒的表现。

晚上吃饭有徐建等。他和徐建在同一个律所,徐是主任,他是合伙人,关系亲密。人多了,更是开怀畅饮,杨松醉得像一摊泥,站都站不起来。徐建等人把他架了出去,放进车里。我看着有点害怕,直问:"怎么醉成这样了,没事吧?"徐建说:"没事儿,每次都这样,我会把他送到家里。"

后来听那些老在校友网站和微信群里泡着的同学说,杨松在里面相当活跃,爱谈时事,爱与观点不同的人辩论,立场鲜明、言辞激烈,与平时温和、谦让、总是笑眯眯的样子形成反差。

四

大概在2015年，杨松得了结肠癌。2016年在北京做手术切除，相当成功。术后没多久，他就约我一起去看望我们班同学庞淳。庞淳住在宋庄一带很偏的一个地方。杨松到我家附近的地铁站与我会合，我拉上他还要再开车四五十分钟。杨松瘦削极了，身体非常单薄，因为做了"造瘘术"，当时身体外面还挂着一个袋子，走到半途，他说袋子满了，要清理一下。我停下车，看着他走出去的背影，心里真不是滋味。

后来他恢复得不错，虽然没再胖起来，但气色很好，显得健康，情绪也很乐观。再以后又做过两次手术，晚年还要做透析，详情我不了解。如果对方自己不主动说的话，我不愿追问人家的病况。

2022年夏，他给我打过电话聊天。说到现状，十分不满。他的太太是公务员，近来退休金减了三分之一。新医保实施后，有些新项目进入医保范围，但许多常见病和治疗费用昂贵的，报销额度却大幅下降了。他做透析，原来给报百分之八九十，现在却降到了只报百分之十几（记忆不准确，数字可能有误）。"做透析是病人离不开的，费用那么高，你现在只给报销这么一点儿，一般工薪阶层怎么能负担得起呀！"他还说：我是缴了一辈子保费的。唉……依杨松的脾气，如果身体不这么糟糕，还有这个精力的话，他一定会去打官司的。现在不值得了。我也劝他说："算了，你还得花精力、还得生气，自己损耗太大。现在最重要的是保持身体健康。"

这是我们的最后一次通话。

2022年12月22日凌晨，杨松在癌症和基础病缠身的情况下，感染了新冠病毒，在深圳去世。他是1954年生人，享年六十八岁。

我听到他远走的消息时，当然很震惊，不过对久病之人，心理已有准备。只是时间一长，一想到今后真的见不到他了、真的不再能一起喝酒谈笑，心里顿觉空落落的。这是一种永远也填补不上的空虚，它将抽干我的人生。

怀念吴方

在文化界知道吴方的人不少,读过他文章的可能更多一些。不过,在我出国后的这七年多里,说来惭愧,基本上没再看过他写的东西,所以在这方面说不出什么。我悼念他,是因为和他有十几年的友情,以及他最后的这种死法儿。

1978年刚上大学的时候,是第一天吧,由胡华进行人民大学"校史教育",排着队去礼堂的路上,我注意到身旁一个黑脸膛个儿不高的"老爷们",一跟人说话脸就通红,正好还是跟前边的人凑着说话,结果把人家的鞋后跟给踩掉了,脸不就更红了吗——后来知道此人叫吴方,是我们班的班长,上学之前在北京郊区的一个煤窑里当过矿工。

说他是老爷们,其实当年也就三十岁,只不过那时候我小,看三十岁的人都像老爷们。

吴方的特点是闷头干事,不大讲话。开始我和他接触不多,不知怎么他蔫不唧的就拉上何东宪办了个油印刊物。我那时闷在家偷偷写小说,不好意思跟别人讲,写完了,不知道像不像个东西,战战兢兢地就给了吴方。毕竟也算是初次投稿嘛,蛮紧张的。

第二天,我印象很深,我在教室里,吴方进来了,旧蓝布制服,手里拎个黑塑料口袋,就是下乡检查粮食产量和计划生育的公社基层干部拎的那种口袋。他直接走到我跟前,脸一红,说:"你那小说我看了,我真想今天就出第二期……"我一听,血一下就涌上来了,激动得不得了。我在这方面的自信心,可能就是从那一刻建立起来的吧。

吴方写作很勤,不但登在油印刊物上,也往教室的壁报上贴,里边经常引贝多芬和罗曼·罗兰的话,自己写的句子也跟老贝他们的一般无二——我们不都这样写嘛,毕竟那时他才三十岁,我刚二十二嘛。比如有这样的句子:只要你对我伸一援手,我就会紧紧握住不放。

我们这几个坏小子捕风捉影,认为吴大哥这话后面有故事,着实说笑了好一阵子。只要何东宪起一句"只要你对我伸一援手",我立刻像演舞台剧似的夸张接道,"我就会紧——紧——握住不放!"

还有个段子:一位女生受潮流影响买了个卡片盒,装了些卡片，做学问。后来有人打开那盒子一看，里面卡片上摘的净是吴方文章里的警句。这也被我们传为笑谈，但是件真事。

后来流行跳交谊舞。吴方是好意，班长嘛，活跃活跃班上的气氛、增强增强团结，组织个舞会吧——其实就他的个性来说，跟这类事完全不合，跳舞等于活受罪。那时风气不开，人都到齐了，却没人好意思去跳，场子是空的，人都围在边上笑。吴方劝这个那个都不听，只好自己带头，说服一位个性开朗些的女生跳起来。

巧就巧在这儿，正在这时，他太太来学校找他有事，刚好走进食堂（舞场）的门，一眼就看见他搂着个女的跳舞呢，呱哒一下子脸就耷拉下来了。吴方真是冤枉到家了，什么都不能说，越解释越好像真有什么似的。

他和他太太是在矿上认识的，他太太在食堂卖饭菜，我们常开玩笑说，准是他太太经常多给他半勺菜，爱上了。后来他调到煤炭部当司机，他太太也到城里机关工作了。

上了大学，跟当司机就不大一样了，也算时来运转吧，他太太自然会有些想法，对他在学校的举动比较在意。其实吴方在这方面甚是自律，是个忠于太太、爱孩子顾家的人。

我们住同一个宿舍，都是北京的，相处甚欢。里边坏小子居多，都不大念书，喝酒侃山往往达旦，主要是奔莘里侃。吴方一般不参与，有时听得心里痒痒了，突然来一句，绝倒众人。因为他是煤窑里混过多年的，井下黑咕隆咚什么糙话不说啊，他即使无心也得记住大半，我们就显得嫩多了。

我们这种聚会一直持续到1988年我出国，每月至少一回。阿方（不知从什么时候起大家就这么叫他了）越来越常参加，最终成了必不可少的成员，还在他家里摆过一桌菜请我们去，可能是他看来看去还就是这几个坏小子可交。

阿方毕业后分在文研院《文艺研究》杂志，开始写戏剧评论，后来负责文学，写了不少文章，俨然成家，还当了副总编，后调到研究所闲居。1993年他托来旧金山的人给我带来一本他写的书，阴错阳差，我至今也没收到，诚憾事也！

阿方性格内向，有事都憋在心里，烦恼很多，好像总是不如意。去年发现他肝癌晚期后，我们说起来都觉得这病跟他长年抑郁有关。翻看过去他给我的信，里面都是这样的话："我有时想起来人这一辈子，真是庸常可怜，无足道者。""（写作）这事越做越无聊，但又不知道能做些什么事情，整个一个人生茫茫，无处是岸。""现如今也不知干点什么好,瞅什么都别扭。"

有一封信里写到他去北京站接人,不自觉到我家去凭吊了一番当年的旧事。"只见朱门紧闭,甚为岑寂,想院中荒草可能侵阶,往事历历,人各一方……"这是何等的心境! 想到阿方,我总觉得他好像是鲁迅那个时代的苦闷青年,肩上压着铁一般的沉重,口里喊着"寂寞啊! 寂寞啊!"这种人现时真是不多见哪!

他的病一发现,就已经是晚期了。据说他自己很清楚,但很平静,何东宪形容他是"人于生死大限之前,视世间万物如浮云,心胸之阔,可纳天地"。我在今年(1995年)新年给他寄的贺卡里,写了几句友谊如何如何的话,关于病,一字没提,想来他已明白我的意思。

两三个月前,听说他的时日不多了。7月中旬,伦敦的赵毅衡兄要回大陆,说是一定去看吴方,我那时正在伦敦,就托赵兄说切切转达我的问候! 还真赶上了——这是使我感到非常欣慰的事! 据说他从赵毅衡那儿听说了我私人的一些"新闻",死前几天,还打电话给朋友,拿我开了玩笑。

两天前,我给北京的朋友打电话,本来是为别的事,不料他劈头就问:

"阿方的事你知道了吗?"

"不知道啊！怎么，过去了？"

"8月16。他是……自己结束的……"

我脑袋轰的一声，然后问："用药？"

"不，"停了一会，"绳子。"

阿方呀阿方，你一辈子想不开，临了临了还是想不开。这是何必呢！我脑子想不了别的，一个劲儿想象在他拿绳子之前，阿方心里到底想的是什么？深夜不寐，秉烛窗前，翻看历年来阿方给我的信，遥想大洋彼岸斯人已去，能不泫然！

小时候读古人悼亡的诗文，与其同悲，好不羡慕——他们可真有的可悼，那是多么丰富的人生！现在可好，一眨眼的工夫，轮到自己悼亡了，才知道那可不是闹着玩儿的事情，人生到了这个地步，可以悲夫！

阿方，你我相交一场，亦称有缘，忆及往事，书以记之。我性喜戏谑，耍贫嘴耍惯了，若有得罪，谅你知我，必不怪也。

记董一公

一

董一公大哥年轻时就有思想、有抱负、以天下为己任。交游广阔，特别热心，帮了我很多忙，不忘提携我。1983年夏，他在一家杂志社当编辑，杂志社在青岛组织一个会议，他把我也给塞进了参会者名单。青岛乃避暑胜地，我们住在海军招待所，那是一幢德国老建筑，临海而立，周围一段海滩外人禁入，十分清静。我一个大学刚毕业的青不愣子，哪够格参加这样的会？一公大哥就是找机会让我游山玩水嘛！

这栋楼楼梯宽大、房间宽大、什么都大。我和安子及文学所的一位老同志，三人一个房间。一天晚上我们仨正聊天，忽然进来了一个年轻人，坐下就开侃，满口的北京腔，特别能说，说得特别逗，别人休想插话。侃了一个小时,站起来就走了。我们对他非常感兴趣,互相询问这是何方神圣?老同志问安子,安子摇头。安子问我,我也摇头。我问老同志,老同志更摇头了。敢情他谁都不认识啊!我们仨又是一番大笑。后来一公说,他们杂志社同时举办了两个性质不同的会,住同一个招待所,那位侃爷是《北京晚报》的记者,姓毕,是参加另外那个会的。多年后,我在洛杉矶遇到了老毕,谈起那难忘的青岛之夜,他完全不记得了,说我造谣。

招待所里没有电梯,史铁生住在二楼或三楼,需要多人把他和轮椅抬上抬下。我抬过一次,并在房间里坐了一会,另外抬的三四个人都是史铁生的朋友。那天他没怎么说话,一直是朋友在说,感觉他们都十分用力地想刻意说出深刻的话,但所说的道理都是大路货。后来我再也没去过那个房间。

一天开会,发言的是个三十出头的年轻人,姓王,是中央农村政策研究室的,专讲农村问题。真是从没见过口才这么好的,讲得头头是道,有实例有数据,没有一句空话,没有当时时髦的理论新词,但分析得非常深刻。与会的有好几位农村出身写农民的著名老作家及媒体的著名笔杆子,跟王同志一比,感到他们当名人当得太久了,虽然号称几十年保持着与农村的紧密联系,实际上已经脱离了农村的现实,再加上意识形态的固化和框子,他们关于农村的言论,都是虚浮的。面对王同志的滔滔雄辩,他们也听傻了,没法跟人家对话。

这是从哪里冒出来一个这么优秀的青年?问了一公,才知端详。几十年后,这位才俊权倾一时,为朝野瞩目。

一公他们的杂志,是由一个高干子弟(特别高的那种)创办的。我开完会回京后,遇到一个长辈,听说我参加了那个会,很吃惊,道:"在北京已经传开了,说开会的全是高干子弟,每个人都穿一样的衣服……"我想起来,他们杂志社的工作人员确实一人一套同样的衣服:青灰色的"的确良"衣料,大开领的制服式短袖衫和长裤——实在是难看,实在土。一公就从来没穿过。

一公后来参与了很多与此相类的活动,都属于在社会上弄得很招摇,但花架子成分占比偏高的事情。一件事一旦在社会上流传,必然走样,但招致物议,当事人也难辞其咎。真是赔本赚吆喝。

他还带我去过残疾人福利基金会,地点在建国门内贡院的一个平房小院子里。当时刚成立不久,人不多,也是一个聚焦了社会关注的地方,热得发烫。他们要办一个出版社,一公想介绍我去。我看了看那里的情形,觉得自己不适合进这种圈子。我感谢了一公的好意,同时也劝他不要往里掺和。

二

一公最大的特点是好做宏论。比如说介绍对象，要先从中国革命讲起，说上一个小时，男方或女方的父母还没有相遇，急是急死个人，但很像听了一个钟点的历史课，收获还是有。要帮人调动个工作，那就是世界格局的问题了，目光必须紧盯一盘大棋，才能将个人精准定位，不然历史的走向都可能跑偏。有的人说一听一公说话头就晕，是物理性的晕，吃饭时最怕坐他旁边。他脑袋里的知识也的确是丰富博杂，什么都知道。

我在美国时曾采访过一个北京人，采访完闲聊几句，他说他在北京时家住东单的某条胡同某号。那是我父亲他们机关的一个宿舍大院，我比较熟悉，有好几个曾经来往密切的朋友，其中包括董一公。先提另外那几个人，这位采访对象哼哼哈哈没说什么，但一提一公，他激动了，"那是我的启蒙老师啊！"他早年是工人，从小爱看书。一公大哥骑着自行车出出进进的，车后架上经常夹着杂志，这个形象在他脑子里留下深刻印象，显得很高大。一公比他大十几岁，经常和他这个小青工交谈，借给他各种书刊，他觉得一公见识是那么开阔,态度是那么诚恳,使他获益良多。多年后,他突然开了窍,做出了一番轰轰烈烈的事情。他认为这是长期累积的结果,而董一公在他的累积过程中起了重要作用。

一公抱负宏大,要做的都是天下大事,什么伊朗的石油、中缅关系、对几个"斯坦"国家进行考察、解决粮食危机……说得郑重其事,有板有眼。我不具备这些方面的知识,没办法判断好坏对错,感觉上这都不是我们老百姓能干的,即使是马云他们也不行。但一公坚信能成。

有一次一伙老朋友吃饭,阳生喝了酒,说:"当年一公哥跟南水(阳生的合伙人)说让我们找一百个亿买东南亚某岛,我给拦下了,这也忒不靠谱了。现在悔死啦!要是听了一公的,那今天某岛就是中国的一个省啊!"还说:"某岛要是中国的一个省,董一公就应该当省委书记……"我在这种场合是决不会忘记跟着起哄的,打断阳生的话说:"不行不行,一把手他当不了,不稳重。"一公大度,脾气特好,看着我们拿他开玩笑,只是嘿嘿地笑。

还有一次,我、南水和一公三人吃饭,南水说:"晓阳你怎么不写写一公啊?"我说:"一直想写,但一直没找到一个'点'。"南水说:"就写一个人一辈子特别认真地干不靠谱的事。"我们仨都笑了。

三

一公今年七十多了，身体硬朗，精神健旺，还像年轻人一样。我和南水、一公曾经去锡林郭勒自驾游，南水喜欢开车，开了一路；一公喜欢说话，说了一路。我感觉说话比开车还要累，去的时候说了六个小时，回来又说六个小时，基本是个人独白，我和南水很难插上嘴，他却毫无倦意。这是多大的能量啊。

一公对历史的脉搏把得很准，这四十多年来，风高浪急，潮头不知变化了多少回，他几乎总是能踩在点儿上：在改革时代解放思想时他去当编辑搞启蒙，商业大潮来了又做买卖，全球化时代开启后他敏锐地关注起了国际关系……可"点儿"是都踩上了，却不知哪里出了问题，什么也没抓住。

我常对一公说：大哥啊，好好安度晚年吧，别再没头苍蝇似的瞎撞了，何必呢？他总是嘿嘿嘿地笑着，不置一词，但肯定听不进去。他的雄心从来没有衰减过。他心里必是有一个大目标，不足为外人道，不达到这个目标，死不罢休。

我的朋友晓宏

我的朋友晓宏,男,面如敷粉,声音甜美,以前当兵的时候,曾在新疆人民广播电台上播过诗朗诵。我和他就是在部队里认识的。我有一次到乌鲁木齐看病,就住在他的寝室里,常常漏夜倾谈,甚相得也。也是在那儿,他居然找来一本三岛由纪夫的《春雪》,我一口气读完,震撼不已。那是一本"内部书",专供军级以上干部批判用的,不知怎么竟流传到当兵的手里。书里写腐朽没落的贵族生活,写轮回转世,写性,将男性生殖器形容为"如蟠龙松根一般"。好家伙! 须知那是1977年,隔壁警卫排的战士们正在五音不全地齐唱革命歌曲,领导要是知道我们革命战士在保卫祖国边疆时读这种书,还不气疯喽!

不久复员回北京,晓宏的父母还在外地,北京没有家,在我家住过些日子,一起复习功课考大学。毕业后分在一家杂志社当编辑。渐渐来往就少了,到我出了国,互相竟连地址也没有，一别数年无消息。想不到的是，大约从三年前，晓宏开始找我，找的方法很死心眼：我家住在北京站附近，他每次来接送人，必拐到我家看看，看了三年，回回是大门深锁，人去屋空，他还是照看不误。1994年的一天晚上，九点多了，他接的火车误点，便又跑到我家，真所谓"只要心诚，石头也能开花"（朝鲜电影《卖花姑娘》格言），这回正好赶上我娘回北京，在家。老太太听见敲门，心说这么晚了谁呀？一看这不是晓宏嘛！非常高兴。晓宏先问晓阳"下海"了没有？说没有。他很开心的样子，说我们真是志同道合啊，我以为他早下海了呢。

我听了这段故事，很感动，立刻给晓宏拨了个电话。说了一番热烈的话后，他好像感慨良深，又重复了他的叹息：我以为你早下海了呢。我问此话从何说起呢？他就讲了这么件事，说是我出国前，我们在西长安街遇上了，他问我最近干什么，我说没事儿，给海军买条船……

我的天！给海军买条船？我？晓宏你真是……。晓宏说："我向毛主席保证你丫绝对是这么说的，我当时还心说丫怎么变这操性了。"我说你肯定记错人了，我什么时候有这么大道行啊。他还是说没错儿，就是你。

好，现在让我们来想象一下这个场面：多年前的某一天，在西长安街上，一条姓顾的糙汉子，迎面遇上了面如敷粉的老朋友晓宏。晓宏问:"嘿,最近干什么呢?"那糙汉子扬起右臂,挑起大拇指,胡乱朝一个方向指了指,用小菜一碟的口气答道:"没什么,给海军买条船。"晓宏嘴上没说什么,心里想:"操,给海军买条船?你丫给巴基斯坦买颗原子弹好不好啊?"

不瞒你说,连我都看出来了:这是十足的一幅漫画嘛!而且这漫画还有相当的代表性,画中那条糙汉子,典型地代表着我国各行各业里许许多多人的光辉形象,也就是民谣中所谓"十亿人民九亿倒,还有一亿跟着跑"的那种形象。而我,正是其中的那位主人公。

挂上电话,我想了一晚上。买船?朝谁买?什么船?万吨巨轮?豪华游艇?鱼雷快艇?核潜艇?航空母舰?吉野号?定远号?(给邓世昌邓大人买?)要不就是秦皇岛外打鱼船?迈阿密缉私摩托艇?龙舟?舢板?划艇?冲浪板?我的确不记得有这么一笔大生意从我手边溜过去,甚至也不记得曾经在西长安街跟晓宏见过那么一面。

明摆着,两种可能:一是晓宏记错了,一是我彻底忘掉了。

先说第一种,如果是晓宏记错了,为什么他偏偏错记成了我,而不是别的任何人?这使我想起了大约从1984年到出国的那二三年间,我个人的生活片断:每天不知道得接多少通电话，上百万上千万买卖哗哗地从电话线里流过，我就像个开杂货铺的，什么货色都收（可就是从没见过一样儿实物），比如说吧：黄河大鲤鱼、天津产超薄避孕套、前三门的公寓、101毛发再生精、羊肠衣、壮阳水、兔毛、山里红、日本手镯形腕时计、西德大型冷轧设备……就差贩卖人口了。比较让我受刺激的一单生意，是人称"日本家庭妇女买菜用的"铃木50摩托车，那是一个为人正直、善良、忠厚的朋友急于要出手的货，一百五十辆，托我找买主，有一笔可观的利润赚。我就打电话了，打来打去，找到一位此中高手，我说："我这儿有铃木50摩托车……""一百五十辆？""对了！""包装还没拆呢，里边有头盔？"我大喜，说："行啊哥们儿，你上道！"结果他说："你别跟这里边起哄了，这批货就是我放出去的，转了六十多道手才转到你那儿。""哟！那你……"他说："操，全是侃，我也上当了。"我想，如果是晓宏记忆有误的话，可能正是我身上发生的这些事，给他留下了深刻印象吧。

第二种可能是，确实有过这件事，却让我忘得干干净净，一点影子也想不起来了。我这人，记公式、定理、外语单词这类能经世济用、改天换地的真学问，都不灵；记事件、形象、印象等垃圾一般没用的东西，特别灵（这么说我满脑袋垃圾？）。所以，连这么生动有趣的事都忘了的话，必有原因。现代心理学好像有这么个说法：人的记忆和遗忘都是有选择性的，被你忘掉的事情，一定是你不愿意记得的。除了由于年代久远或过于琐细的以外，应该记得而没记住的事，不是曾经给你造成过某种伤害，就是它会引起你的羞耻之心。那么，"给海军买条船"，应该属于哪一种呢？

我很感谢晓宏，他是这类朋友，不一定朝夕相处打得火热，但永远能真心相待。

流年琐记

一

刚上大学时,填过一张学生情况调查的小卡片,其中有一项是"有何特长"。我当兵时是通信兵,发电报的,记得有谁说过,无线报务是国防体育中的一项。于是我在"有何特长"这栏里,填上了"无线报务"。

交上去就后悔了,觉得傻。我的发小京平当时在另一个系里当小干部,经常在校园里遇到。有一天我们俩聊天,我就把这事告诉他了,说自己"傻逼"。京平说:咳,填什么的都有,你这算什么呀!我们系一个女生你知道填的什么吗?——善于做领导工作。

几十年后,有一次同学聚会,我又把"无线报务"和"善于做领导工作"给说了一番。哲学系同学李秋零是河南南阳农村的孩子,从小挨饿,他说:"我填的特长是'捕鱼捉虾'。"他念完博士后一直在人民大学当教授，花数十年时间，一人独力翻译了《康德全集》。

二

我对自己打乒乓球很自信。从小下了课就疯跑到水泥乒乓球台前"占案子"，一直打到天黑。记得还去过中山公园里的乒乓球室租"案子"，那可是标准的木板台子，租金好像是一小时几分钱。位置在公园西墙的一排平房里。

上大学时，一天十庆来我们宿舍玩儿，不知怎么说起打乒乓球，我们俩就叫起板来。在其他人起哄架秧子的推助下，我俩打赌，输了的出十块钱请客。结果我输了，在友谊宾馆的对外餐厅请大家吃了一顿。十庆攻势凌厉，我招架不住。这才想到：乒乓球曾经是中国的"国民体育"，青少年几乎人人爱打，一是由于容国团、庄则栋得世界冠军带起了热潮；二是在球类运动里，它最省钱，在学校和个人都穷得叮当响的年代，很容易普及。

顾长卫夫妇在洛杉矶住的时候，买了一张乒乓球台子，支在后院。有一次在他家开 party，吃自助餐，打球儿玩。阿城上来，也是啪啪地一拍接一拍抽球儿。安地打得也很好。我说:"安地,你也会呀?"他说:"当然了,咱们那个年代,有什么玩儿的? 不就是玩儿这个嘛。"

安地是个纯粹的美国人,但生在北京,在友谊宾馆里长大,好像是六〇后。前几年因为在姜文的电影《邪不压正》里演一个美国医生出了名。他父亲是美国共产党,五十年代来到中国,在外文局工作,再也没回美国。我曾经交浅言深地问了他一件事:"不好意思啊安地,反正是多少年前的事了——能不能问问,你爸在外文局的工资是多少啊?"安地说:"一个月五百。"真是高薪! 比毛主席拿的钱都多。

我还问过他:"你当初回美国是怎么回来的?""留学呀。""生活呢,怎么办?""咳,咱们大陆人,刚到美国不都是刷碗嘛。"

三

说到友谊宾馆的对外餐厅,那是1980年后才开的,在宾馆围墙的东北角上。在此之前,友谊宾馆完全不对中国人开放。

餐厅离我们学校一街之隔,所以有很多人大的学生到那里吃饭。散啤酒,一升一升地卖,装啤酒的升是塑料的,带一个把手。一个塑料升押金五毛钱,喝完了去窗口退。一天几个同学去吃饭,见空桌子上放着一只空的塑料升,其中一位拿起这只升就去了窗口。

"同志,退,这升。"

窗口里的师傅看看他。"是你买的啤酒吗?"

"是啊!刚喝完。"

"你还是人民大学的学生呢!"

"啊。"

师傅把升翻过来,底部有一个用铁条烫出的黑印儿。他指着黑印儿说:"这是装筷子用的!瞧见没有?有记号……"

人民大学的学生坏,准确地说,是与我来往密切的同学中,坏人居多。我们和伟光去"老莫儿"吃西餐,只要服务员是大姑娘,再有些姿色,他肯定抢过菜单来点菜:

"来个罐焖鸡吧!""吧"字发音很重,听了没法不往坏处理解。

四

2003年,我的一个朋友在北京的一所国际学校当校长,让我去参观参观。那天下着细雨。校舍很漂亮,教室和办公室高级得不得了,老师都是外国人。转了一圈儿,回到校长室喝茶聊天,校长说,庄则栋在他们学校里办了个乒乓球俱乐部,教小孩子打乒乓球。我一听,很激动:"他现在在吗?能见见吗?我从小崇拜的人就两个,一个侯宝林,一个庄则栋……"校长说,这还不简单?马上拨电话让庄则栋上来。

那年"小庄"六十多岁了,身体很好,面色红润,双眉酷似周恩来,又黑又密眉尖还往上挑。他讲了"乒乓外交"的前前后后,美国队员科恩怎么错上了中国队的大巴,他怎么灵机一动上前打招呼,送了科恩一件礼物(中国织锦)……讲的基本和他历次的对外访谈一样。最后,他掏出自带的毛笔,在一张A4纸上题了一幅字送给我。

我平生只在现场看过一次小庄打球,是小学一二年级的时候,在天坛东侧的北京体育馆里,好像是瑞典队访华。那天陈毅也去了,传说陈老总的座驾是中国只有几辆的苏联"大吉斯"。散场后,我跟胡同的小伙伴在体育馆外等了好久,想看看吉斯什么样,没等着。

大概是1991年,洛杉矶的中文报纸报道,周末在蒙特利公园市(小台北),庄则栋有表演赛。我想这回可以近距离看看他了。结果到了那天,我的车坏了……

校长送我们下楼时,路过一楼的乒乓球俱乐部,一个人都没有,静悄悄的。她从门口一过,忽然大声嚷嚷起来:"哪儿来的烟味儿? 谁在这儿抽烟啦?"小庄闻声从门内跑出:"没有啊,没有……""学校规定禁止吸烟,必须遵守! 谁也不能抽!""好,好。"

来到校园后,我半开玩笑地对校长说:"你对人家客气点儿啊,那是我小时候心目中的民族英雄啊!"

五

十多年前,北京电视台成立了一个影视部,要拍电视剧《侯宝林》,跟我接触过,想让我写剧本。有一次开会侯先生的女儿也来了,带来一些资料。

我在纽约的朋友朱岑以前住广播局老302宿舍,与侯宝林家是邻居。朱岑的父亲叫朱崇懋,中国顶尖的抒情男高音歌唱家。他出身富商家庭,早年名气很大,马歇尔在重庆时,正赶上过生日,蒋介石给马歇尔办了个生日party,请朱崇懋来唱歌。新中国成立后,朱先生在广播文工团工作,就因为给马歇尔"唱过堂会",回回运动来了都整他。1980年代初去了美国,再也没回来。

侯宝林先生的女儿听说我认识朱岑,非常高兴,说:"我和朱岑的姐姐是好朋友,现在还有联系,她女儿上耶鲁了，特别优秀……我爸和他爸爸关系特好……"她说，"文革"前广播文工团只有两个艺术顾问，就是侯宝林和朱崇懋。可见二人的艺术地位之高。

忘了是她说的还是材料里写的："文革"中二人都下了河南五七干校，劳动时，侯宝林和朱崇懋在一起推车，干累了干烦了，就即兴现编歌子，你一句我一句，边跑边唱，歌词又"革命"又自嘲，特别逗。可惜我记不住了。

侯女士回家后就给朱岑在纽约的姐姐打电话，询问我的情况。估计他们没少说我的好话。

资料中我印象最深的一个故事是：侯宝林与吴晓铃教授是好朋友。一天吴教授到侯家吃饭，对菜肴中的一盘鸡肉赞不绝口，连说好吃。侯先生说，这是我老婆买来的活鸡，现杀现宰的，能不好吃吗？（大意）一会，侯太太进了餐厅，吴教授问鸡是怎么做的？侯太太说："这是罐头鸡……"吴教授看向侯先生。侯先生面不改色地说："它本来是活的。"

我最终没接这个活儿，感觉难度太大。侯宝林先生的艺术太伟大了，对其人，不敢下笔。

我第一次知道朱崇懋这个名字，是在粉碎"四人帮"之后，大概1970年代末。一天看电视，荧幕上忽然出现了一位风度翩翩、仪态优雅的老者，他戴一副金丝边眼镜，满头银发,穿着西装,唱的是《草原之夜》。歌声太美了!当时的男高音大都是高亢嘹亮、声震屋瓦,抒的是革命豪情;而朱先生唱得自然松弛,嗓音柔美、甜而不腻,像"润物细无声"那样渗入人的心田,真是天籁之音。

我当时很惊讶:这位是何方神圣啊? 想多多听他的演唱,却忽然消失了。原来是去了美国。所以大部分青年人不知道有此人。其实,那年朱先生才五十几岁。

我曾经到处搜寻朱崇懋的CD唱片,但一无所获。所幸现在有了网络,终于可以无限次地聆听了。

> 美丽的夜色多沉静
> 草原上只留下我的琴声
> 想给远方的姑娘写封信
> 可惜没有邮递员来传情
> ……

辑二

追火车的李喜健

一

我们中学同班有六个男生被招到新疆来当兵。至今,我们班同学还记得当时有一种说法,说我们六个都是"走后门"去的。

我肯定不是。

直到洪指导员和李排长来家访时,我还不知道究竟去哪里当兵。我姐姐问他们:"你们是哪个军区的?"二人笑而不答。看他俩穿的皮大衣皮帽子和大头皮鞋,我姐姐说:"边疆吧?"他们还是打哈哈。不能透露相关信息,可能是他们的纪律。

我的出身,也就是我父亲当时的政治结论,叫作"敌我矛盾按人民内部矛盾处理"。这个稀奇古怪的定义,不要说今天的人们无法理解,就是当时也很含糊,大概的意思，是说你本身已确定属于敌人了，但由于这样那样的原因，可以把你当人民对待。当年有不少人都是这样定性的。我入伍后，洪指导员跟我说：你这种情况可松可紧，我们紧一点儿，就不要你了；松一点儿呢，也没有关系。

其他同学有没有"后门"？我不知道。据说之所以选上我们几个，很重要的一个因素是我们部队想在北京招一批高个子的男兵。我们六个人中，五个都是大高个儿。在北京共招了三百多个兵，身高在一米八上下的，有一大批。

二

李喜健比我还高，超过一米八，大脑袋，身体却非常细弱，好像他那副骨头架子不足以支撑这么大的脑壳，走起路来摇摇晃晃的。可是在体检时，他是我们六人中唯一的最优等。体检标准好像分甲乙丙三等，他是甲等，就是说，小到包括牙齿、嗅觉、视力、听力等各方面，他都一点儿毛病没有。其他人都不如他。我视力1.2，牙齿不整齐，丙等。丙等以下就不符合招兵的标准了。他自己也知道他的身体不如我们结实，所以又惊喜又困惑地对我说："医生说了，我这体质当飞行员都行。"

喜健内向、内秀，在学校里不多言不多语，起初我没注意到他。后来分在一个小组，接触多了，发现他很聪明，各门功课都好，知识很丰富。有一次他说："看书不用一本看完再看另一本，马克思都是同时看好几本书……"我听了，不禁刮目相看，此后经常和他聊天。

我们毕业前曾在四季青公社搞"学农"劳动，住地不远处有个西郊机场。有一天他进城回家拿东西，傍晚归来，抄近道从大田里穿行，那时庄稼已收割了，是一大片裸地。一架军用飞机降落下来，他远远一看，觉着机头正对着自己，吓得东跑西躲。可他跑向哪里，机头就跟向哪里。眼看飞机撞了过来，他往前一扑，趴在了地下。待飞机飞过时，抬头看看，飞机很大，但距他还有一百层楼那么高呢！

新兵训练结束后，我们分开了。我和国华留在原地编入教导队，他和小车去乌拉泊打了一年石头。打完石头学了一年载波，分到伊犁还是阿克苏的一个通信站工作。其间我和他天南地北，一直没机会见面。

听说他在那里心情恶劣，境况不佳。老入不了党，给他思想造成很大的负担。他又不合群，显得十分孤僻。慢慢地他不爱在营区里待着，有空就往野地里走，一个人站在空旷处久久发呆。还有一些在他人看来比较古怪的行止。时间长了，大家有议论，领导怕出事，把离他不远的小车叫来，陪他住了些天，因为是老同学，可以聊聊天，排解排解。

1978年4月，当了三年兵后，喜健复员了。按说这下可算回北京回家了，应该高兴，但喜健觉得郁闷。我也是在那一年复员的。我们俩都没能入党，这在当过兵的人中属极少数，在六个同学中也只有我们俩混成这样。

我们坐的是乌鲁木齐到北京的客运列车，喜健没和我坐在一起。我去厕所时路过他的座位，看见他在喝酒，吃惊不小。他一向烟酒不沾，是个安安静静、始终保持着学生腔调的规矩孩子，不像我五毒俱全、满嘴脏话，成了个兵痞。我说："喜健，你怎么喝上了？少喝点儿啊！"他苦涩一笑，说："没事儿。"我知道他心里还结着疙瘩，不舒畅。

车到武威，我看见他下到站台上进了厕所。厕所是露天的，只有围墙，喜健个子高，绿军帽露出墙头，晃荡晃荡，一下没了——敢情解大手去了。车停了几分钟，呜呜一叫，又要开，可这时厕所里什么动静都没有。我从车窗探出头去大喊："喜健！开车啦！"没有回应。有人说他喝醉了，还有人说他拉稀了，大家一起呼叫……火车哐当当，动了起来。只见厕所围墙上露出了绿军帽，喜健终于赶了出来，列车内一片喊声"快！快！"火车毫无知觉地加快着速度，喜健一边跑一边喊："等会儿！等会儿！"当时武威车站非常简陋，也非常荒凉，只有一个光秃秃的站台。我们眼看着站台远去，喜健变成了一个小绿点儿。

带队的与列车长联系，列车长又与武威车站联系。武威站说找到了喜健，他正躺在长椅上睡觉呢。看来真喝醉了。车站说负责安排好他，等明天的同一班次的列车来时，把他送上去。

三

我们到北京是晚上。喜健的两个小弟弟来车站接他，没接着。我告诉他俩喜健会在明天的同一时间到北京，别担心。两人听了有点儿蒙。

第二天我去了趟他们家。他那两个弟弟太小，又说不清缘由，我怕他家里人着急。他妈妈在，我说喜健在武威下车去厕所，拉肚子了，没赶上车，铁路局已经做了安排，今天就会到，保证没事。

喜健回来后，有一天我去他家看他。他说："你那天来我们家，跟我妈说我那什么了哈……"原话记不清了，意思是我跟他妈妈说他精神出了问题。我说："我没说过这话，也不可能，我只告诉你妈你在武威没赶上火车。"

喜健被分配在一个工厂工作,好像工作了一年,又考上大学。上的是一所很普通的学校。以他的聪明和当年在中学时的学习功力,应该能上清华。但显然没有考好。心理上一垮,好多东西都会跟着垮。运气这玩意儿也是有脾气,挺势利的,偏爱锦上添花,不喜欢雪中送炭。要不怎么说"人活一口气"呢!

我和喜健再没见过面。听说他一直不太开心,情绪比较低沉,身体也不好。

他在五十岁才出头的时候,因病去世了。

我的战友庞东

我说话带脏字有童子功,小时候在胡同里就全学会了。但真正把脏字变成日常口语的一部分、近乎无脏不语的,是庞东最后推了我一把。当然他可不是故意推我,是因为我是个容易受影响的人。

庞东高、黑、糙、鲁,性格豪爽,爱憎分明,篮球打得好。他的脏话特别多,要多糙有多糙,但是千差万别,能够表达所有的感情和意义。极度愤怒和极度兴奋时所说的话,会全部由脏字组成,词汇还是同样的词汇,可是语调大不一样,一听就明白了。这种创造性的语言系统,对我很有吸引力。

在山里时,我和庞东一个班,关系很好。他当兵之前在北京重型机械厂当工人,家住八宝山附近。他说,每年清明节期间,那一带的农民就扛上铁锹到坟地里转悠去了,看到哪个坟头有来上坟的,二话不说,挖起一锹新土就往坟头上添,一锹一毛钱。家属一犹豫,再加一铲子,两毛!家属敢不给钱吗?不敢。你不给钱,等你走了,他能把你们家祖坟给平了,明年就找不着了。

我俩都是搞无线报务的,在乌鲁木齐大地窝铺训练了小一年。所谓训练,就是每天坐在桌前,敲(发报机的)电键,或戴着耳机抄收电报。一天苦练八小时,还加晚自习,每人右手中指的第一个关节都磨起了又厚又硬的茧子。庞东当时的名言传遍训练队:"操,青春就这么在板凳上蹭过去了!"

训练结束,分到山里开始值机工作时,我们每个新手都由一个老兵传帮带,习惯上叫"师傅"。我师傅姓李,山东人,也识字,但读写困难,所以有时让我帮他写家信。写信封时,他说他家叫李圈儿大队,我问:"哪个'圈儿'?"他说:"谁知道哪个圈儿?你就画上个圈儿就行了!""能收到吗?""能!"果然没有问题。

1976年,我去北京出差,住了很久。庞东介绍他在北重的铁哥们儿来找我,说有什么事都可以让他帮忙。这哥们儿人很老实,还带我到北重参观过,中午在工厂食堂请我吃饭。北重是当时北京有名的国营大厂,食堂饭菜丰盛,为其他工厂所少见,价格还便宜。我回部队时,他给庞东买了很多东西,托我捎去。

我回到乌鲁木齐，是1977年1月。正赶上当年复员的人从各营集中到了乌市，准备上火车回老家。我师傅也在这批复员的人中。他一听我回来了，急急忙忙找到我，跟我说："你别理庞东了，不是个好东西，老在背后说你坏话，说你是假马列，光看马列的书，不爱干活儿……"我听了，脑袋一下就热了，很生气。心说我跟你庞东这么好，还帮你捎来这么多东西，你却在背后说我这个！太他妈孙子了。

我和我师傅虽然平时关系并不密切，但中国人尊师重道的传统还是很强大的，只要是当过师傅的，都格外尊重。因此，对他的话我深信不疑，没有多想。

回到山里，庞东对我非常热情。他来找我时，我正坐在床上，一见面他就喷出了一长串的脏话，强烈表达出亲密、想念和感谢的真情实意。我坐着没动，表情冷漠。屋里没别人，他又把几个月来各种人事关系的变动和势力的演化给我交了个底，告诉我他现在和谁好、我应该做什么和注意什么，以及他可以怎样帮上我……都是掏心窝子的话。我一直听着，一言不发。

庞东终于觉出不对了，但十分困惑，不知我为什么会这样。他掐掉烟头，拿了我给他捎来的东西，走出门去。从此以后，我们俩虽未变成对立关系，可形同陌路，谁也不理谁。一年后我复员回了北京，就再没见过他。他一直不知道我突然变脸的真正缘由。

若干年后，想起这件事，我忽然意识到我是被我师傅挑拨了。我去北京前，这些人相处平平常常，没有什么明显的矛盾。我离开山里后，我师傅与庞东等人的关系恶化了，具体发生了什么，我听人说过一些，现在忘了。其最终结果，导致我师傅复员回老家。农村兵都想在部队长期干下去，最怕复员。这一点，我们北京兵无法体会。当时全国都太穷，部队也一样，吃不饱是常事，一年中只有春节、国庆和八一能搞个"会餐"，吃他一顿，平时连肉星子都少见。北京兵觉得苦不堪言，农村兵当然也饿，但最起码能保证顿顿有饭吃，而在老家，连这一点也保证不了。记得庞东受了农村兵的气后，经常爱说："让他们丫狂吧，过不了两年，还得回家耪大地去！"所以过军营的生活，在城市兵觉得是苦，在农村兵却认为是福。我师傅被他们搞得复了员，简直就是灾难，非恨死他们不可。

庞东背后说我的那些话是真是假？我觉得是真，但性质与我师傅认定的不一样。大庞平时说话就随随便便骂骂咧咧，怎么损怎么来，那些话，他当着我的面也会说，是开玩笑式的损人，没什么恶意。我确实就是天天读"马列"，不爱干活儿。宿舍里只有一张小桌子，基本被我占用了，等到我想起来扫地时，那清洁的地面早被不知多少人扫过多少遍了——扫地这事，大家都看得见，是表现自己"关心集体要求进步"的最佳方式之一，哪轮得到我？

润之先生常说："谁人背后无人讲，谁人背后不讲人。"老人家看人情世故看得多么通透。我这个涉世未深的"生瓜蛋子"，只会凭意气用事，即便想做毛主席的好学生，也是根本就不配啊。

1997年我回国，收拾家里东西时，发现了我师傅在1989年给我的一封信。那年我已经不在国内了，信尚未拆封，寄信地址仍是李○公社李○大队。据此看来，在整个1980年代，我都还与师傅保持着通信联系。

邻座卢大军

一

运兵车一般都是闷罐子车,就像电影里拍的那样。我们这批新兵从北京到乌鲁木齐,坐的却是普通客车,都是硬座,但运行不在铁路局的正常调度之内,为了避让正常车次,经常随走随停,一共走了七天七夜。

吃饭都是在车上,只有几次机会下车,到兵站里去吃,那就不管是白天还是晚上,赶上哪儿是哪儿了。我现在只记得有一夜去的是焦作的兵站,大家围成圈蹲在地上,吃了一顿带肉的菜。

进入甘肃后,戈壁、沙漠连绵不绝。一个战友在日记里写道:火车开了一整天,车窗外全是一望无际的沙漠,只看见两千年前孔老二坐的那种木头牛车(大意)。洪指导员看了日记后给我们训话,批评了这种消极的观感。

有一天我们打扑克，洪指导员加入了。玩的是"说瞎话"，打法是你随便出几张牌，嘴上说的与实际牌面可以一样可以不一样，其他人来猜，如果相信你说的，就过了；谁不信，就要翻牌，牌面如果跟你嘴里说的相同，翻牌的人把牌拿走，你赢，不一样，你输，自己拿回去。可以跟牌，比如你出两个6，我也跟两个6，他可以再跟两个6……如果有人翻牌，不是两个6，说瞎话的把牌全部拿走；是两个6，自己拿走。有时一拿能拿一大把。这是一种傻瓜式的简单玩法，全靠诈，最贼的人最能诈。谁先出光手里的牌谁赢，谁最后手里有牌谁输。洪指导员一玩儿，我们的牌最后都会跑到他手上去。洪指导员的两只手都抓不住那么多牌了，满脸困惑，搞不清怎么输的。不服，还要玩儿，再玩儿他手上的牌比上次还多。最后他把牌一扔，说："他妈的！这叫什么打牌？就是骗人嘛！"

二

我的邻座叫卢大军，是上了火车才认识的。他身材不高，相貌清雅，说话文绉绉的，咬字清晰，是标准的普通话，没有北京方言的土音。我从小熟悉的人都是胡同里的，大多身上带着一股北京人特有的痞劲儿。卢大军家虽然也在胡同，但没有一丝那股劲儿。我一下就被他吸引了。

七天七夜，我们俩一见如故，不知聊了多少话题。夜里睡觉，我俩钻到硬座的下面，那样能把身体展开。我经常被吵醒，每一醒，都忘记是躺在硬座下，习惯性地往起起身，前额口哪当一下撞在座板上，撞得几乎昏厥。撞了无数次。

我和大军虽是同龄同届，但他知识面比我广，是个读福楼拜、司汤达的主儿。对这些作家的大名我虽久仰，但二二乎乎的，不甚了然，更没看过他们的书。大军说他们有一个小圈子，经常传阅名著，互相交流。说得我心里痒痒。

他还有机会看内部电影，说刚看了一部香港纪录片《杂技英豪》，赞不绝口，"那个男主持人，那风度，那谈吐，简直无与伦比，不可形容！"我们是生长在文化沙漠中的一代，我眼界狭窄，什么都没见过，听他这样一说，神往之极，拼命展开想象力，可是不论怎么想象，也想不出"那风度，那谈吐"能是什么样子。几年后，国家开放了，我还真看到了这部电影，但那时候已经看过不少东西，眼光高了，也就不那么惊奇了。

大军说：他一直与同班一个女生恋爱，好得不得了。曾经因为想她，盼她来，长久坐在自己家阳台上，一边望着可能会出现她身影的小路，一边在栏杆上刻下她的名字……

那年代,中学生谈恋爱几乎等同于犯罪,借我几个胆儿,我也不敢去尝试,连想一下都害怕。瞧瞧人家卢大军,犹如传说中的人物,是个勇士。

可以说,凡是大军口中讲的,都是我从未有过而又特别想拥有的。这种浪漫的和精神的生活,一直以来只存在于我的无限的憧憬中,而他早已是个中人了。真是羡煞人也!

到了新兵营,我俩不在一个宿舍,但是还继续聊。有一次谈中国历史的分期问题,我们发生了激烈争论。我是在北京时刚看了吕振羽的《中国通史》,再加上一点儿范文澜,夸夸其谈。他不同意我的观点,给以反驳。至于当时谁是什么观点,现在早忘了……中国历史怎么分期,不要说我那时不懂,到今天也还是不懂。没知识的人才爱炫耀知识,什么都不懂的人才觉得什么都懂,所以我摆出一副自负的神气,很情绪化地跟他争了起来,以致不欢而散。

从那以后,我们一下变客气了,再也不互相串着门,谈论类似的话题。

年轻气盛,也好也不好,有时候傲一点儿,就不会去做下三烂的事。年少轻狂,那就没有一处是好了。我多数情况下属于后者。想起来,觉得惭愧。

三

后来,大军分在乌鲁木齐,我去了山里。我偶尔去乌市,还能见到。他进步快,很早就入党了,有一次跟我说了心里话,他的"进步",也着实得来不易。

他比我晚一年复员,当年考上大学。说来也真巧,我跟他们班的好几个同学不是一般的熟。有一天我去他们学校,还在校门口遇上了他。他们班的一个女生跟我说,他是班长,很持重,不喜欢别人跟他乱开玩笑,同学也很尊重他。

毕业后他发展顺利,很快当了处长。跟他在一个单位的大学同学说,他人正派,能力强,本来是把他作为副部长培养的,大有前途。

可是在不到四十岁的时候,他患上了血液方面的疾病,很严重,不能继续工作了。单位给他分了一套房子,提前退休。

四

2005年夏的一天,中午一点多钟,我正要吃饭(我一般两点吃午饭），忽然接到一个电话，说一帮战友在通州聚会，让我赶紧过去。我说："你们他妈的都喝到半截儿了才想起我来，还好意思给我打电话？我就操你们大爷的！"说着，开上车就出了门。

战友小周在通州开了个工厂，聚了一伙人在他的工厂里吃饭。国华怕我不认路，老远就站在路口接我。我不认识小周，模模糊糊有个印象，我问国华："他（在部队时）是哪儿的？"国华说："招待所的。"一进餐厅，小周就问我："你还记得我吗？"我说："记得啊，招待所的。"小周大喜。

大军、子瑜、尚民、志刚等，我都有二十年没见了，还有另外一半人我根本就不认识。我被众人一灌，迅速喝高了，而且是大醉。子瑜、大军等喝得也不少。我们互相搂着照了很多相片，都醉得睁不开眼，乐得合不上嘴。密集的亲热话，把二十年的岁月冲刷得干干净净。

大军终身不能离开药物，而且每天要吃大量的药。但药物也把他的身体很好地管控起来了，从表面上看不出他是个病人，气色和精神状态都不错。

后来我去他家看他，只有他一个人在。我问他："现在的太太是那个你往阳台上刻名字的女生吗？"他笑了："啊！你还记得这个呐？就是她。"这简直是一则童话——"他们从此过上了幸福生活"。据他的大学同学说：他身体之所以保持得这么好，太太有绝大的功劳。

有一年，老苗、他、我一起去怀柔玩儿。我们在一个山坡上的农家菜饭馆里吃喝聊天，因为不是节假日，又在中午，人少清静，十分惬意。他说他牙不好，掉了好多颗。我教给他说："你这样叩齿，每天做，没事儿就做，有用……"他打断我说："你别说有用啦！你才叩了几天？牙都好吧？我二十岁的时候我妈妈就叫我叩齿，结果呢？牙快掉光了！"他又指着自己的满头白发说："我妈妈还让我用手指这样每天梳头，从前往后梳，说不长白头发。你看看，有用吗？你从来不用手指梳头吧？你看你头发多黑，一根白头发都没有……这，由不得人！"

凉风徐来，酒意微醺。我们仨坐在山坡上，望着山外的山、云外的云，好一会没说话。

我的长官纪民

一

纪民是我当兵时的长官。他是个排级干部，并不管我，我们的关系非常好。他对现状不满，爱发牢骚，金句迭出，常常令我拍案叫绝。

后来他转业到北京，有一份在外人看来不错的工作。不过他本人对这工作仍然不满，而对做生意大感其兴趣。我现在想得起来的，是他曾带着一个河南的农民企业家来找我，让我帮助寻找大理石买家。我没地儿去盖房，用不着；人民大会堂也早盖起来了，我不知道还有哪里需要大理石。

二十年后的二〇〇几年，忽然接到纪民的电话，说想跟我见面，约第二天中午吃饭。我多年来一向是上午工作，雷打不动，从不外出，也极少与人在中午约饭。但纪民是我尊敬的老长官,又好几年没见了,实在不好意思拒绝,就答应了。

我是怀着怀旧和思念的心情,准备与他畅谈一番的,我以为他也是为了这个。可寒暄了没几句,他就把话引入正题:让我帮着卖树。

所谓卖树,几年后社会上揭露出了一个叫作"万亩大造林"的集资诈骗大案,其诈骗的方式是对人进行洗脑,说投资很少的钱买下一块林地,数年后就能赚多少倍的钱。最后案发时已经骗了十几亿。我不知道纪民说的卖树是否就是这个"万亩大造林",但路数是一模一样的。此前我还从不知道有卖树这样的事,但听他一讲,就认定根本不靠谱,很可能是个骗局。

他先让我买,我说没钱买。他说买一亩地也行,用不了几个钱。那我也没有。他又说你朋友多,问问朋友?我说朋友里没有对树特别有爱好的。他说你找明星来买,明星都有钱,买几十亩几百亩对他们来说也不算回事,你可以从中拿佣金。我说我不认识几个明星,而且我跟任何朋友都没有产生过销售关系。

他反复跟我讲买树投资的好处,说这是国家支持的,稳赚不赔。我深信他本人绝不是个骗子,相反,他是真的相信他所说的这一套,而且可能自己已经往里扔钱了,是个受害者而不自知。所以我跟他说卖树这样的事太虚，你不要信那些人的话，不要干这个，如果想赚钱的话，我认为摆个煎饼摊都比这赚得多……

实际上，我已经来气了。当时我正在写一部长篇小说，写得很辛苦，一天外出没写，接下来可能好几天都写不出来。冲着他的面子我出来了，本是为叙旧，谁想他却是叫我来卖树！他把卖树当成一件正经大事，可在我看来，那分明是个陷阱，荒唐可笑。

他也不高兴了。不仅因为我一口拒绝，而且说的话又硬又不好听，刺伤了他。估计他会这么想：你这人平常挺好说话的，怎么一求你，你就牛逼起来了？实在不够意思！

我们喝了一轮酒后，他心绪不佳，发起牢骚来。先骂领导，具体怎么骂的我现在想不起来了，大概的意思就是现状乱七八糟，社会不公平，把工农老百姓给坑了。接着又怀念起过去，当年他忿忿不平对我咒骂过的那个过去，如今在他口中却成了美好时光，其中他说了这么一句话："要是搁过去，我现在怎么也得十三级了！"

"十三级"指的是过去的干部行政级别，人们宽泛地把十三级以上的干部叫高干，折合现在的话大概是副局级。他二十多年前是排级，按年头算是够了，可二十多年前的排级干部,今天又有几个能混上副局级呢? 我们部队里与他同一批的排级干部,后来有当官的,但比例甚小,大多数都转业到地方,做着普通的工作。这本来是常态。

具体到纪民本人,他思维独特、牢骚满腹、眼光甚高,到哪儿都看不起领导,对社会的阴暗面敏感,喜欢发表批评意见……这种个性使他当年在部队里已遇到挫折,今天即使仍与过去一样,他真有把握能到十三级吗?

我冲口而出说:"就冲你这张嘴,放以前早把你枪毙了,还十三级呢!"

从此以后,纪民再也没跟我联系过。

二

我1997年第一次回北京时,通过战友找到了纪民。虽然中间断了十年的联系,我们仍像过去一样亲热。他带着儿子来,一起吃了一顿涮羊肉。儿子上高中,大个子,爱打篮球。后来接长不短互有问候。听别的战友说,他一直不太如意,老想做点儿什么其他事业。

有一天他给我打电话,说认识了一个大人物的儿子,那人跟我是朋友。我说,我不认识这么个人。"人家说跟你很熟啊! 你怎么会不认识呢?""是吗? 我确实想不起来了。"他又重复了一遍大人物的名字。我说名字我当然知道，但仅此而已，没有任何关系，也不了解这个家庭的任何情况。纪民听了，将信将疑。我感觉从这件事开始，他可能觉得我对他藏着什么掖着什么，有所保留。

多年以来，冒充大人物的子女或亲属的骗子层出不穷，全国各地都有，北京尤其多，说得越大越有人信。2021年秋天我还遇到一个山东老板，说晚上要跟某领导的儿子吃饭，谈一个大项目。我说小心啦小心啦！某领导没有儿子。山东老板说："这是总后一个少将给我介绍的，那还能假！"我说那你就看紧了钱包吧，一分钱也别往外掏啊！老板认为我孤陋寡闻，根本不相信我的话。

所以当时我对纪民有点担心，北京太混杂，若是交友不良，和一帮混子搅在一起，很容易陷在混子们的圈子里出不来。但他自尊心很强，如果直接这么说，他接受不了，而我又缺乏拐弯抹角说话的技巧。再说，人家明明跟他说认识我，我却给予否认，纪民对我的劝告还能听进去几分，也很难说了。

听战友说，纪民这么些年做的所谓生意，全都不靠谱，没一件成的。

他本身是个专业人士，在公家单位里也有一份专业对口的工作，如果兢兢业业干下去，或大或小，总会做出些成绩。无奈他志不在此。而最不适合他做的事情，就是当官和做买卖。这是天性使然，本没有好坏优劣之别，你让爱因斯坦当个十三级干部或者倒买倒卖，他也照样砸锅。可惜，纪民始终没有想通这个道理。

尺有所短，寸有所长。每个人都在某个方面拥有天赋，而在另一些方面根本开不了窍。幸运的人就是很早便能发现自己的才能在哪儿，然后一门心思地照直做下去。我认识许多人，小时候很聪明，可越大越平庸，到老一事无成。这种走下坡路的情况当然有各种因素，我认为最主要的就是三心二意、好高骛远，觉得自己太能了，干什么都行。结果就是干什么都不行。才能是上帝赐你的饭碗，你不好好把它捧着，甚至把它砸了，那就谁也帮不了你了。

我对纪民很有感情，我说话太冲伤害了他，十分过意不去。我犯这样的错误可不止一次两次了，看来也是本性难移。

怎样练习唱歌

我当兵去的时候，带了一本鲁迅的《野草》，一有空，就一篇一篇地背（可惜现在全忘光了）。我最喜欢这样的句子：鲁迅说他家的院子里有两株树，"一株是枣树，还有一株也是枣树"。我有一个同好，说起这样的句子，就用他的方式表达赞美："嘿，丫的老鲁啊！"实际上那时对鲁迅是谈不上什么真正的了解的，还是什么"地火在地下运行、奔突，熔岩一旦喷出，将烧尽一切野草，以及乔木"之类的，认为那是老鲁在"白区"配合"红区"的武装斗争在埋葬旧社会呢。直到几年后复员回来，买了套《鲁迅全集》，一看，才发现了一个"崭新的"鲁迅。不过，也幸亏那时候还有个鲁迅，没有他的话，说起1930年代来，连上海都不知道了，以为只有红军在那儿长征呢。

我中学里有个语文老师，叫傅燊年，当时也就三十岁左右，讲鲁迅讲得非常精彩，讲鲁迅小时候去当铺当东西、讲藤野先生进了教室怎么把一摞书往讲台桌上一放,以及清国留学生"油光可鉴"的辫子,那是连说带比画,还有表演哩。而且他借着一篇文章,总是大谈"时代背景",旁征博引、剔透分析,从辛亥、五四的得失评价,到女师大校长雇"三河县老妈子"对付学生罢课的轶事,无所不包。后来我在大学里也听过所谓鲁迅专家的课,凭良心说,真没人家傅老师讲得好。

小时候胆儿真大,什么都敢看,连黑格尔都敢看,不但看,还用红铅笔划道儿哩。现在,除非悬赏一万元美金,我是决不看那玩意儿了。在教导队的时候,我床上放了一本《形式逻辑》,一位通县来的弟兄到我们宿舍来,看见了,借回去,第二天就还回来。我随便问了一句"怎么样?"那厮说:"全懂了。"惹得我们班上的人哄堂大笑。一个叫安子的抢白他说,人家没问你懂没懂。"那问什么呀?"不知怎么回事,这厮不招人待见,他在我们连是指挥唱歌的,有一次全连集合,连长指导员都在,他显着特别要表现一下的样子,站在队列前,问我们:同志们说,唱个什么? 安子在队里喊:唱《千年的铁树开了花》。"好,就唱这个啊,我起个头儿。"说着一运气,双手就到位了。一想,又把手放下来了。"这没法起头儿啊,这是花腔儿啊……"

我们班的班长是陕西兴平人，比我们早一年入伍，七四年兵。副班长更"老"，七三年的兵，山东冠县人。剩下的就全是北京来的新兵了。副班长老大的不满意，一个七四年兵，当了自己的头儿，这不是乱了王法嘛！所以经常坐在床板儿上没头没脑地骂街：我日你先人操他妈的，这他妈是什么玩意儿啊！班长明知道是骂自己，但不敢惹他，还得笑眯眯的跟他搞好关系。可是对我们，那是十二分的严厉，老是挂耷着个脸，好像谁都欠他二百吊钱，所以我们把他的外号就叫"二百吊"。在教导队，除了上厕所以外，干什么都得排队。班长尽管个儿矮，是站在排头的。他为了监视我们在列队时是否严肃认真，每回向右看齐时，大家都朝右看，他偏偏扭过头来往左看。大伙儿一商量，行咧，治丫挺的。下次一向右看齐，我们十一双愤怒的眼睛齐刷刷地一起狠瞪着他，一眨不眨地狠瞪他，瞪得"二百吊"眼睛都快冒血了。从那以后，他连把头稍稍向左偏一偏都不敢了。

那时我订了一份上海的杂志《学习与批判》。"二百吊"有个老乡，别的班的，常来找他，看见这杂志，就借去看，还得很准时。他还是真爱看，估摸着新的一期该到了，准来找我，一来二去跟我挺熟，我们班的弟兄们就都管他叫"你哥们儿"。"嘿，阳子，你哥们儿来了"，至于他正名叫什么，我反倒给忘了。教导队训练结束以后，我分在山里，他好像分到阿克苏。后来有一次我下山到乌鲁木齐办事，和几个朋友聊天，他们说原来教导队的陕西兵某某某死了，问我知道不知道。我说不知道，是怎么死的呢？一说，死得还挺让人心里难受。是这么回事：这位弟兄入伍前就在老家定了亲，前一段有了探亲假，回去就完了婚。结果一试，不灵，没法行房事。还不算，他老婆居然把这事给张扬出去了，弄得满村子无人不晓（在略萨写的《胡利娅姨妈与作家》里，一位新娘子当着众人的面是这么跟她婆婆说的：所有的男人都有的那个东西，你儿子只能用来撒尿）。他自然觉得没脸见人，回来以后越想越想不开，就在菜窖里上了吊了。他居然在那里边吊了两天两夜，才被人发现的。我听了以后，哎呀了好几声，说，这某某某我在教导队的时候也应该认识吧。人说，什么叫认识啊，就是"你哥们儿"嘛！

在山里，我弄到一本《唐诗三百首》，又是一首一首往下背。所谓熟读唐诗三百首，不会作诗也会诌。我也就开始诌上了，可惜现在一句也记不得，不然我不怕丢丑，一定写出来供大家批判。我又找了一本《怎样练习唱歌》，买了一支口琴，翻过一座山，到空无人迹、营区也肯定听不见的地方，对着雪山和松林，练嗓子。我先用口琴定了个音,然后就照着书上教的方法唱起来:工农弟兄们哪,我们是一家啊人哪,本是一条根哪,都是受苦人。有一次我运了半天气,摆足了架势,刚喊了一嗓子,只见我左前方山坡下噌地弹起来一个绿家伙,吓得我窟嚓一下就坐在地上了——原来是连里放羊的小张,把羊群赶过来,自己在这儿睡觉呢。他直要跟我急,说以为山里出了妖怪了呢,这一嗓子比野狼嚎还难听。

1976年,我回北京出差,我小时候的一个朋友谢鸡子儿,正好也在北京,就来看我。这小子也在部队,不但入了党,还提了干,是穿着四个兜的军服来的,着实令我惊讶。想当年我也就十二三岁吧,他比我大三岁,我们把佐拉的《娜娜》当黄书,紧张地暗中传阅。有一天在大力家,他看完了《娜娜》后发表评论:操,绝了,这里边写娜娜身上那颗黑痣简直写绝了。说完,就势便躺在床上。结果一传,这件事就成了这样了:说谢鸡子儿看完了《娜娜》,色(shai)晕了,躺在床上动不了窝儿了……现在,我虚心地向他请教,他是用了什么样的方法,穿上四个兜的军服的?"操,这还不简单?"他坐在沙发里轻轻松松地说,"那屋里的地没有?没土你丫也给它扫三遍。"

这招儿是灵。可惜我回去后还没实践多久,全国的大学就实行"统一考试,择优录取"了。我们连的无线电技师老蒋对我说:"你还在这儿哄什么? 还不赶紧复习功课!"蒋技师是军事电讯工程学院毕业,我的哥们儿,听他这么一说,那屋里别说是没土了,就是有土,我也不扫啦。在他的指导下,我又翻起了数学课本。

我复员之前,和老蒋喝了一盘儿。他问我准备学什么专业,我想了想,回答说学历史吧。没想到老蒋听了,脸上愀然作色,像被愚弄了似的瞪大了眼睛看着我,说:"学历史? 历史有什么好学的?!"

这,就是我离开部队之前,得到的最重要的忠告。

新儿女英雄传

刚到教导队的时候，互相都不认识。我们班十二个人，住在一间房里，这房本来是纺织厂的厂房。我们睡两张大通铺，门边有一块小空地，正好能搭一张单人床，班长睡。睡在我左边的叫老苗，家是首钢的，人极瘦，像个小老头儿。他有两大特点，一是每天用剃须刀刮他那只光溜溜的腮帮子，并不是那上边真有胡子可刮，而是想赶快把胡子给刮出来，好显得像条汉子。二是枕头下珍藏一本日文版《航空年鉴》，一有空，就坐在小马扎上，将它放在膝头，一页一页细看。跟人讲话，三句话不离飞机，说得头头是道，捎带着，对外国的汽车也是如数家珍，没有他不知道的。重点是，到现在他也不认识日文。

初次见面，彼此都要自我介绍，轮到我右边那位，只见他剃个秃瓢儿，抽自己卷的大炮，赖叽叽地偎在被和垛上，不说话。我问：你叫什么？他答：我贫农出身。又问：

问你叫什么？答：我贫农出身啊！结果这小子就一直被我们叫作"老贫农"。后来才知道，他父亲是北京丰台区一个派出所的所长。有一次他爹给他来了封信，信封上写的是：内蒙古自治区乌鲁木齐市……而且还用的是红颜色的笔写的。哥儿几个这份儿乐啊，纯鸣说：中国的邮政系统太棒了，寄到内蒙的信，居然能到了这儿，你说棒不棒吧。小安子是外班的，可老爱往我们班跑，他说：哎，老贫农，你爹到底知不知道你在哪儿当兵啊，万一你有个三长两短，老爷子要来看你，别找到呼和浩特去。

新疆是十一类地区，当兵的津贴也比内地高些，一个月是八块钱。有一次刚发了饷，小安子说：老贫农，你要是叫我一声爸爸，我给你五块钱。本来是开玩笑，让老贫农给当了真了，说：真的？你真给吗？大伙儿一起哄，安子也认真了。我们让安子坐在床铺中央，众星捧月似的捧着他，把老贫农赶到门外，关上门。这里叫：进来！老贫农推开门才能进来。第一回，老贫农走到安子面前，一扭脖子，没叫出来，被我们给轰出去了，说，叫爸爸拿钱，多好的事啊，还他妈这么扭扭捏捏的，不行，重来。第二回他不再犹豫，直眉瞪眼地走过来，脆生生地叫了一声：爸爸！那是满堂的喝彩啊。老贫农拿了钱，立刻就奔了商店，三块钱买了个脸盆，两块钱买了几只哈密瓜，请全体有关人员吃瓜。一边吃，老贫农又叫上板了：安子，还叫不叫了？我叫你一声爷爷，你给我十块钱，怎么样？哥儿几个正吃得美着哩，一致叫好，这回小安子可成了瘪茄子了，一句话也不敢回。

冬天，趴在雪地上瞄靶子，一趴一两个小时，到休息的时候，爬都爬不起来。靶子前边是路，只要路上走过维吾尔姑娘，老贫农的枪口就跟着人家转，从东一直跟到西，或者反向。其实我们都看，但只是眼珠子转，枪口还假装瞄着靶子，所以老贫农的动作就特别显眼。到了实弹射击的时候，靶子是半身人像，老贫农把子弹都打在人像下边的白纸边上，根本得不到环数，一下子就把我们班的集体成绩拉下来了。弟兄们都跟他红了脸，他却兴高采烈，指着他那张靶纸说，瞧瞧，我专打下半身，全打在要害地方了。

教导队的队长姓丁，一只眼睛是真的，另一只是玻璃的，面相凶狠，我们都怕他，其实是个难得的正派人。有一次下暴雨，乌鲁木齐一个什么工程要赶快抢修完成，就把我们给拉过去了。挖沟，大概两米深，大雨倾盆，时间又紧，从早干到晚，没吃饭，连气都难得喘一口，那次真是累死了。丁队长始终跟我们一块儿干。我们工地的旁边是一条运河，很窄，是从天山下来的雪水，水流很急。中间还出过这么件事：突然喊起来，说有一个小孩落水了。我们这里就有人扑通扑通往下跳，跳下一个，就给冲走一个，一共跳了七八个，全给冲走了。后来据李强说，河水其实不及腰深，但太急，根本站不住，冲得直打滚。我们在岸上跟着跑，几十米开外，河床一下变宽了，水流也缓下来，小孩也好，李强他们也好，就被自然地泡在水里，没事了，李强身上有几块擦伤。事后，这几个英勇救人的都受到了嘉奖。我追悔不及地说，早知道淹不死，我也奔里跳啊。回到驻地后，是丁队长亲自掌勺给我们做的饭，还煮了一大锅姜汤。老丁说，今天可把这些娃娃累坏了。

老丁和我们的区队长陈英杰都是河南人。陈区队长大概二十五六岁，大眼睛，说话软绵绵的，很喜欢跟我聊党史军史。他在南京军事学院学过一年，是见过世面的，有好几件事我就是听他头一次说的。比如，说阎锡山当年是模范省长，把山西治理得很好，他每次回老家，离村子还有一二里地，必下马步行，见到长辈，叔叔婶婶的就叫。解放战争徐向前打太原的时候，打得很胶着，后来是阎老西儿看见大势已去，坐飞机跑了，晋军军心涣散，才打下来的。

到了训练结束，公布分配名单那天，团长带着瞎参谋烂干事早早就来了。陈区队长告诉我，这下好了，我看了名单，你是分在乌鲁木齐总站的。我听了，暗暗高兴。中午会餐，吃完饭后，他急惶惶地在厕所里找到了我，说：坏了，这事让我给弄坏了！李强本来是分在山里的，我对张参谋说，他爹刚出了车祸，成了植物人，最好照顾照顾，留在乌鲁木齐。张参谋说行。刚才我碰见他，问他换了没有，他说换了，问他换的谁，他说换了个姓顾的。我说糟糕啊，换哪个不行怎么偏偏换了姓顾的呢。可是现在已经来不及了，不能变了。区队长安慰我说，去就去吧，那儿也不错，将来我找机会把你调回来。就这么着，我跟着一车土豆，就进了山。

后来我有机会去乌鲁木齐，就到总站找李强他们玩儿。李强已经提升了，我说你行啊，他说，不瞒你说，我每天挑多少担水呀，把腰都压弯了。老苗、安子、老贫农、纯鸣、大李子、子瑜……全在总站。我们一直保持了很长时间的联系。

复员后，老贫农在他家附近的一个工厂里当电工。他结婚的时候，请我们去喝喜酒。虽然远，但老贫农的婚礼哪能不去呀！我们几个人约在一起，骑了几十里地的自行车，送的是什么礼物我可就忘了，暖瓶被面一类的吧。到那儿一看，满街满院子都是警察，知道的这是个婚礼，不知道的还以为出了人命了呢。虽说我们都是安分守己的良民，也知道这些警察今天是来喝酒的，不执行公务，但毕竟从没和这么多警察在一块儿混过，我们那天都规矩得要命，谁也不敢造次。

老贫农的父亲就是老老贫农喽，人非常厚道，头两年我们都在部队而我回北京出差时，曾经专门到派出所看望过他，帮他给老贫农捎过东西，所以他还认识我，对我格外亲热。他所里有个女警察，是位漂亮小姐，我去派出所时，正好她值班，听说我是所长公子的朋友，亲手给我掸过身上的雪。这天她自然来啦，也把我认出来了，跟我打招呼。老贫农问我：怎么样？她还没主儿呢，让我爸给你介绍吧。我一羞涩，没接这个茬儿，真是后悔死了。

国华的下巴

老苗的父亲是山西人,抗战的时候参加决死队。他爹有个老战友,新中国成立后也做到局级干部,老苗说,当年打仗的时候,只要一听见枪响,这位老同志就趴在地下动不了窝儿了,屎尿拉一裤子。开始领导认为他是胆小鬼,后来时间一长,也没辙了,不是他不想英勇,那纯粹是生理反应,跟条件反射差不多。

国华不是我们班的,但跟我是中学同学。我们学校一共来了六个,两个在乌鲁木齐总站警卫排站岗,两个在乌拉泊打石头(据说因为都是男的,所以他们在山上都光着屁股打石头),在教导队的,就是我和国华。国华很老实,但当兵以后我才发现,别看他蔫儿不叽的不言不语,却是个爱好交际喜欢朋友的人。不知怎么搞的,他有个毛病,大笑起来一咧嘴,下巴就掉了,张着大嘴就闭不上了,得找会接骨推拿的人把脱了臼的骨头给上上。我们俩在学校都是打排球的，幸亏他不像我，打起球儿来瞎乍呼，否则的话不知道下巴要掉多少回呢。

在教导队，有一次丁队长训话，我们齐刷刷地排队坐在地上听，忘记老丁说了什么了，好像是说你们北京兵脏字儿太多，什么丫挺的、操等等，陕西兵更难听，张嘴就是球、毛、日……总之吧，把我们逗得哄堂大笑。事出突然，国华没留神，哈哈一笑，一下就把下巴笑掉了，嘴巴张得像个黑乎乎的山洞，赶紧用手给捂上了。笑过，丁队长继续训话，弟兄们立即保持严肃，可他的手捂在嘴上还是拿不下来。讲完话，起立，整队，国华是一米八几的个儿，一只手那么摆着特别显眼。丁队长连喊了三遍稍息立正、稍息立正，就是冲那只手去的。见不管用，丁队长一只真眼一只玻璃眼就双双盯住他，说"×国华，你搞什么搞！"国华游目四顾，真是有口难言呐。后来是由教导队的卫生员给他搞上的。卫生员是山东人，小个子，馁壮馁壮的，你无论去看什么病，他二话不说，把你按在床上，照屁股上就是一管儿针剂穿心莲。所以我们一般有病都愣挺着，轻易不敢找他治。我真不知道他是怎么把国华的下巴骨给弄合了槽的。

那时我们都要轮班站夜岗，拿着杆没子弹的枪，一人一个小时。国华站完了，正好是我换他的岗。国华跟我商量,说你们不是要治治你们的"二百吊"班长吗,今天晚上咱们就治治他怎么样? 我说好啊,跟班里的其他弟兄也都打了招呼。好像是夜里两点钟,该我上岗了,国华把我从被窝里叫起来。虽然是盛夏,白天摄氏三十多度,夜里站岗却得穿皮大衣,所谓"早穿棉,午穿纱,抱着火炉吃西瓜",非虚言也。我裹上皮大衣,拿上枪,在外边站好了。国华回到他们寝室,先把被子铺好,脱了衣服,然后蹑手蹑脚走出来,轻轻打开我们寝室的门。班长不是正好睡在门边嘛,国华从地下捡起班长的一只臭鞋子,一下就扣在班长脸上了,他胆可真大,按着那只鞋子按了好一会,才撒腿往自己的寝室跑。班长大叫一声,腾地坐起来,摸了半天才摸到灯绳打开灯,又是哇哇乱叫。我早有准备,端着枪冲进去,对着班长哗啦一声拉开枪栓,厉声断喝道:"不许动! 你想干什么!"他还挺厉害,瞪着两眼睛问我:"刚才是什么人?"我说:"什么什么人? 除了你瞎叫唤还有什么人!"这时候人全醒了,呵斥声四起。班长说:"不知道是哪个厐人,把俄(我)地孩(鞋)子扣到俄练(脸)上……"还没说完,就被众人打断了。老贫农说,闭嘴,嚷什么嚷,还睡不睡觉了。纯鸣说,你做梦呢吧,深更半夜谁拿你的孩子啊。副班长说,别吵啦,关灯,睡觉,谁再吵把他拉出去,不客气。

把班长给气的呀,但是一点辙也没有,姥姥不疼舅舅不爱,没一个人向着他。闹了一会儿,外班的人也给吵醒了,高声抗议。他只好气鼓鼓地躺下睡觉。

据说,重新熄灯以后,老苗越想越忍不住,拉起被头来一蒙,在被窝里就哏儿哏儿地笑开了,笑得床板嘎吱嘎吱响。

第二天国华告诉我,他撒腿跑回寝室以后,出溜儿一下就上了床,马上就打起呼噜来,打得那叫响啊,一辈子也没打过这么响的呼噜。

男人的精致生活

如果你看过新疆天池的风景照片，你就知道了，我在的那山里就跟照片上一模一样，只不过没有那一池清水罢了。我们营区的水是一眼清泉，一年四季地流，非常冷，即使是夏天用它洗衣服，也会冻得两臂通红，但水质极好，甘甜，就可惜我那时候的茶叶太次了，比杨树叶子强不了多少。现在我有的是好茶叶，可又找不着那么好的水了。就像《茶馆》里常四爷说的：有牙的时候，没有花生仁儿，如今花生仁儿是有了，可牙又没了。也许这就是"不如意事常八九"的所谓人生吧。

我们分到山里的新兵有十来个，人还没到，档案和一些传说就已经先过去了。我们中间有一个小白脸儿，叫小耿，满人，长得跟康熙差不多，尖下巴，细长眼睛，虽然穿同样的军装，但穿在人家身上就比我们来得干净利落。圆口老头儿布鞋，他嫌邋遢，自己在中间钉了一个袢儿，还有按扣哪，别提有多扎眼了。不知道在我的那份档案和传闻里都说了些什么，刚到的头十天，长官们都把满人小耿认作顾晓阳啦，说这姓顾的好骚情咧，鞋上还钉个带带，简直他妈的像个娘们儿。印象坏得不得了。后来认识了，长官吓一跳，说：哦，你是顾晓阳啊？所以，本来已经内定了要把我发到伊犁劳动地去干力气活儿，好好"锻炼锻炼"的。现在发现搞错了，这姓顾的这么糙，简直就是工农兵了，甭再罚他了。于是，马上改派小耿去了。其实，小耿是真不想去，我是真想去。可是，这不就叫不如意的人生嘛。

书香也好，官宦也好，常言道，三代下来，才称得上"世家"呢。康熙他们家都三百多年了，一天比一天过得精致，过了十好几万个精致的日子。我们这种人在新社会才享了几天的福啊。所以，小耿就算拾一点儿前人的牙慧，也比我们精致得多啦。如果臭美爱干净在小耿身上算是一种毛病，那也得且从他这辈儿开始，连着三代都当工农兵才改得掉。如果我要把臭美爱干净变成自己的优点，也得从我往下三代人都别混成工农兵才成。可惜的是那时候长官和我都不明白这个道理。

一年以后，小耿从伊犁回来了。脸黑了点儿，其他的没什么变化。他说，这一年过得太滋润了，一点也不累，像农民一样，散漫，而且吃得特别好。我听了，更后悔了。

夏天，经常有一群一群的野马从营区过，有时被我们遇上了，就把它们圈进空着的羊圈里，骑着玩儿。这时，小耿在伊犁学来的本事就露出来了。他本来走路是软绵绵的，可是一接近马，立刻变得身手敏捷，只见他飞身上马，上身往前一伏，两腿一夹马肚子，一声吆喝，那马一溜烟儿就跑没了影儿。什么叫雄姿啊？满人小耿在马上奔驰的样子就叫雄姿。我呢，挑来挑去挑出一匹上了岁数的驽马，用铁丝挝了一个马嚼子给它勒上，马背上铺一条麻袋片儿（不然马背太脏了，又没有马鞍），在好朋友老胡的搀扶下，爬上马背。刚开始直不起腰来，还老有要往地下滚的感觉。后来好不容易把腰直起来了，又直得像根棍儿，一动不敢动。老胡在下边喊："踢呀！踢呀！用脚后跟磕马肚子！"我说："我一磕它不就该跑了吗？""废话！不跑你骑它干什么！"我一想也是，就磕了一下——不动，又磕一下——还是不动，连磕三下，纹丝不动。这回我来劲了，连踢带磕带踹，一通乱忙乎，这驽马好不容易往前走了几步，我一停，它又站住了。真是什么人骑什么马！小耿说：你这马也太柴了，要死的过儿了，你用它一辈子也学不会骑马。

老胡既不老，也不姓胡，不知为什么从北京来的时候就带了这么个外号。他矮个子，非常墩实，父亲是个性格温厚的木匠（后来我和他父亲也很熟），还"公派"到加拿大做过木匠活儿哪，您就知道他的手艺了。老胡过日子也比我精致，别的不说，他每天晚上都洗脸洗脚洗手巾板儿，这点我就做不到。不过他的做法有点特别，就是洗脸洗脚都用同一只脸盆，他的理论是：手脸一天到晚暴露在外边，什么都拿，什么都碰，比脚脏多了，既然能洗脚，为什么不能洗脸？尽管我在很多方面都接受老胡的指导，但这个弯子却始终没转过来。

老胡不抽烟、不喝酒，生活规律，不胡闹。这些方面我跟他正相反。有半年时间我们俩都在炊事班当炊事员，睡同一张铺。有一次我和别人喝酒喝醉了，回到宿舍时，老胡已经睡着了。我发酒疯，上去就给他来了一通醉拳。把老胡给气的呀，愤起反抗，跟我恶战一场。那次他真急了，骑在我身上，把我的脖子都快掐断了气儿了，也不撒手，一直把我打得不省人事（也可能是我酒劲儿上来醉过去了）。老胡是烧火的，半夜要起来一回看火，那天他看完火，一想起刚才气又上来了，进了寝室，又着着实实抽了我二十多个大嘴巴，抽得我腮帮子都青了。可我酣睡如泥，硬是一点儿都不知道。

在炊事班，我从烧火做起，又调到白案儿揉馒头、压面条，没多久就升成掌勺儿的厨子了。当了厨子，司务长经常把食品库房的钥匙交给我，让我去取东西。我就和老胡勾结起来，盗窃"军用物资"。经常是这样：我进去取了东西，然后以迅雷不及掩耳的速度，将一包红糖、一盒罐头，或者一块生肉，塞进口袋里，一出门，马上把它转给前来接应的老胡。一般在公共汽车和商店里行窃的"佛爷"们都是这么干的，"提货"的专管提货，货一提出来，立刻就转手，可能要转好几道手，等到事主发现钱包丢了，一喊，炸了，提货的那位"佛爷"根本不慌，搜吧，身上一点赃物也没有，赃物早在前好几站就下车溜了。（我小时候在北京站西边大标语牌下换"纪念章"的时候，亲身经历了这么一回。我拿的是一个"大头"，对方要用一个"井冈山"来换，他要先看看我的"大头"磨了没有，就从我手里拿过去细看。我也得看他的磨了没有，但他把"井冈山"别在胸前，后边又别了一根别针，我才到他胸脯那么高，看起来非常费劲。等我看完了，找他要我的"大头"，他说给别人看了，问别人，别人又说给别人了，全都假装不认识。一来二去我那"大头"就没了，还被他踹了几脚，说我"装丫挺的"。）

有一次，司务长又把钥匙给了我，我一边往库房走，一边晃头晃脑给老胡使眼色。突然一转头，脑门儿正撞在库房的门框上，撞得我两眼金星迸射，要不是老胡及时扶住我，我非一头栽下去不可。吃点儿东西真不易呀！

我掌勺以后第一天炒菜，真是天助我也，已经好久没见过一点肉星了，那天恰巧就有那么一点肉星。司务长手把手地教给我，每次炒菜只能放一勺油，等他一走，我又往锅里多放了一勺。那天炒的是土豆片、屁丫子（维吾尔外来语，洋葱头）和肉星儿。我估计全仗着多日不见的肉星和偷偷多放的那一勺油，据说，菜刚一上桌，赞美之声轰地一下就起来了，包括连长在内，纷纷打听今天的菜是谁炒的。我当时在厨房里什么都不知道啊，腰上系着一条围裙，随便到饭堂去走走，刚一出现在门口，只见全连一百多号人，包括二十几个漂亮的女兵，一起朝我鼓起掌来。我这份儿昏眩哪，就别提啦！一个糙人，一个被当成鞋上钉鞋袢儿不知道在北京过的是什么样纸醉金迷的腐朽生活的公子哥儿，一辈子也没受过这么高的待遇呀！等我稍微冷静了一下以后，我就满面笑容，神采奕奕，对着欢呼的群众挥手致意了……

老蒋的名言

老蒋是河北涿县人,念过重庆军事电讯工程学院,在我们山里当技师。当时还没有恢复军衔,有的话,应该是中尉吧。他高大肥胖,小眼睛,说话大喘气。别瞧他这样儿,他可是最讨厌部队里发的绿军裤,嫌肥,嫌裆大,每发一条新的,他都得给裁开,往里挽起两寸来,再用缝纫机重新匝上。这样,肥裤腿就成了瘦裤腿,脚上再蹬一双三接头黑皮鞋,上边是虎背熊腰,下边一下子就细溜儿了,中间没有过渡,看上去像一位中国种儿的西班牙斗牛士。这也就是他老蒋吧,换了别人,早让连长给关禁闭了。

他的名言:要讲吃,还得属涿良房!

那天是我们大家出公差,在饭堂里包包子。此言一出,大伙儿半天没敢吭声,谁知道这涿良房是什么鬼地方啊!我跟他熟,斗胆问了一声。他说:"这你们怎么都不知道啊?就是涿县、良乡、房山啊!全国哪儿的菜也比不了涿、良、房！"

嘿，这可是头一回听说。涨学问！

老蒋说："你们他妈笑什么呀，这只能说明你们太土了，连我们涿州都不知道。当年乾隆爷下江南的时候，刚出北京，远远地就看见前方有一座城池，雄踞于途。乾隆爷就问了：那是什么去处？刘罗锅儿说：那是涿州。乾隆爷当即提笔题了五个大字：天下第一州。知道吗？"

更不知道了。

在我们山里，一年当中最快乐的日子是夏天，不仅因为雪化了，天气好，还因为每人能分到十几只蜜甜的大西瓜。瓜是从南疆拉来的，人人都有份，堆在床下慢慢吃。但干部比士兵分得要多。我们对此有不满，不敢对别的长官表示，就跟老蒋起哄。其中有一个叫刘文白的，是北京通县的农民，老蒋最瞧不上他，偏偏他嚷得最凶："蒋技师，到你那儿吃瓜去呀！你留着那么多干吗呀？下崽儿啊？"把老蒋说恼了，切开两只瓜，用勺把瓤子挖出来，装在一个盆里，再拌上一斤白糖，对刘文白说："吃！你他妈今天不把它吃完了，老子不让你出门！"刘文白刚开始还吃得美不滋儿的，吃了不到一半，就顶不住了。站起来假装看墙上的中国地图，好将满肚皮瓜瓤子墩墩实，再空出点地方来。"嗳，蒋技师，涿县是在这儿吗？"老蒋一巴掌就把他按了下去,"你给我坐这儿,吃!你管我们家在哪儿呢,现在倒想学文化了!"我们在旁边再一哄,刘文白这顿西瓜吃的啊!

第二天一早,我一见刘文白吓了一跳,只见他鼻梁子上当当正正,用两条橡皮膏交叉十字贴了一块白纱布。问怎么了?他只回答说"操他妈的老蒋!"王卫兵跟他是一个寝室的,笑了半天才讲清楚来龙去脉。原来昨天刘文白的西瓜吃得实在太多了,夜里一趟一趟地起来解手,有一次睡得迷迷糊糊忘了开门,一头就撞在门板上,用王卫兵的话说,"撞的是七窍流血啊!"

老蒋还有一句名言:我怎么较(觉)着这个社会有点儿黑暗哪!

老蒋刚来山里的时候,雄心勃勃,是不满足于只当个"技术干部"的,想在"政治上"发展发展。他管过一段出操、政治学习之类的事,经常给我们训话。连里的干部他都看不上眼,可是搞来搞去,还是搞不过人家,不知怎么就被搞出局了,颓唐得要命。我和他就是在这时候成了好朋友。不知为什么,我和我的领导、上级的关系历来都是这样,在人家正盛的时候,我怎么都搭挂不上,一旦他落魄了、过气了,都跟我挺好的。

有一天我正在机房值夜班,老蒋进来了,假装巡视,在我旁边一坐,命令说:"你给我发报听听!"我是报务员,领导偶尔会抽查我们的业务水平。我嘀嘀嗒嗒地发了一通,老蒋戴着耳机严肃抄写。等我发完了,他把抄报纸往我面前一放,走了。我一看,那上面只写了四个汉字:"饺子的有"。真是天上掉馅儿饼啊!我找个借口就溜出来。

老蒋的卧室兼工作间就在机房的旁边,只见他坐在灯下桌前,一只从伙房偷来的大铝盆里装着热腾腾的饺子,旁边戳着一瓶伊犁大曲。才抿了一口酒,老蒋就长叹一声,道:"我怎么较(觉)着这个社会有点儿黑暗哪!"我一拍桌子,喝道:"反动!"

那天老蒋显得十分落寞,烧酒下肚,打开话匣子,畅谈他后半生的人生理想。他说他不想在部队混了,没劲,尤其我们这个团,军区的干部子弟太多,便宜都让他们占了,像他这样的农家小子分不到半杯羹。而像我们连里那些没靠山的干部,屁本事没有,就会溜沟舔眼子,他也玩儿不过他们。所以不如转业回老家,当个老百姓。他说他后半生最大的理想,就是在县城里当个有名的厨子。(涿!良!房!)

他有他的一套理论,不听不要紧,一听,连我都要申请当厨子了。他说,首先,厨子一辈子不愁吃喝,能落一肚子好下水。人活一世，有什么比吃饭更重要的？一辈子有吃有喝，而且还是好吃好喝，那就是莫大的福分了，夫复何求？其次，你可不知道一个名厨在我们县里是何等的风光！谁家都有个婚丧嫁娶、红白喜事，干什么不得摆几桌席啊？所以上到县长、下至贩夫走卒，有求于厨子的地方多啦。一个有名的厨子，在地方上有头有脸，神通广大，干什么都方便。

我知道这是老蒋一时的愤世嫉俗之语，不能当真。他本也是个志向远大的，眼光甚高，没几个人能让他瞧得上，用流行的话来说，是个有理想有抱负的好青年。只不过一时蹭蹬，不得施展罢了。我当兵三年，不也是郁郁不乐，老有点儿"曳尾泥涂"的感觉？只不过我背后有个北京，"此地不留爷，自有留爷处"，回了北京又是一条好汉，底气就显得比他足。像他这样的人，路径不多，没有退处，所以走一步就得是一步，步步都要精打细算。人是不只要求吃喝，也还要求发展的，老蒋一路走下来，所付出的辛苦超过我不止十倍，得到的却可能不如我多。跟他相比，我受的那点儿罪还有什么值得吱哇乱叫唤的呀？这样一想，我对老蒋不由得肃然起敬。

不久我复员回到北京，上了大学。一个机会凑巧，老蒋时来运转，居然调到北京工作了。我骑了一个小时的车，到北苑去看他。他依然牢骚满腹,但气色不同,嗓门儿也大了。问到他对北京的印象,他说:"评论北京人就仨字儿——吃、喝、混!"

我真佩服老蒋目光之犀利,下字之准确,因为我就是这么一个北京人。

春风袅袅荡天山

我们的驻地，是天山深处的一个军事禁区，一共只有一百多人。每个人都是经过严格审查的，去之前，要在乌鲁木齐拍六张照片：带左耳朵的一张，带右耳朵的一张，两只耳朵全有的又是一张，正面一张，反面——反面倒是没照，因为照了也不容易辨认。总之吧，比办美国绿卡要的照片都多。

进去了，很少有机会出来，除非是出公差或者生大病（小病在山里就医了）。除此以外，你要想请假去趟乌鲁木齐，那就非编出重大的理由来不可，而且去过一次，半年之内就不要想再请假了——肯定不批。问题是，我们这山里可是纯纯粹粹的荒山野岭啊！不但没有商店、饭馆、剧场、电影院，就连农村里最原始的集市和野茶馆也没有。

在这一百多号人里，有二十几个是女兵，大部分在电话站当总机接线员，也有一少部分在我们收信台。

总机接线员人人都有一绝,就是耳功好。所谓"耳功",是指分辨声音的能力,只要听过一次这个人的声音,就能过耳不忘,以后这个人再打电话,立刻听得出来他(她)是谁。我刚到山里的时候,不知道她们有这路功夫,拿起话筒,刚说了一句"要乌鲁木齐警卫排",总机马上就说"你是顾晓阳吧",搞得我兴奋莫名,还以为是谁对我怎么样呢。当时正好闲着,我就顺着这话和对方聊起来,聊得那叫上瘾呐,连乌鲁木齐警卫排的电话也不要了。后来这种聊天成了日常生活的一部分,没事就聊。但我渐渐发现这种谈话方式有一个特点,那就是我在明处,人家在暗处,她知道我是谁,我可不知道她是谁,谈话对手变了不知多少个,我还是只闻其声,不知其人。

有一次我和一个人聊了半个多小时,正好到了午饭时间,我放下话筒,撒腿就往饭堂跑,站在门口,等她们来用饭,想知道刚才和我热烈交谈的那个人是谁。不一会儿,五个值班女兵从山洞里鱼贯而出,来到饭堂。从我前面经过时,个个都低着头,没有一个有一点点多余的表情,好像根本就不认识我似的。

真是活见鬼!说不定这五人个个都跟我做过倾心长谈,她们探得了有关我的好多事情,基本上掌握了我的特点,聪明一点的,也许还能挖到我内心的一些隐秘。可是我呢？抓到的仅仅是一些飘忽不定的声音！

当然不只是我，全连的男兵都是打电话的狂热症患者，因为这是我们山居生活的一部分嘛！而且也几乎是男女交流的唯一方式。山里气候异常，冬季和夏季的衔接非常紧密，春风只是那么一荡，就消失无踪了。而那些飘忽不定的美妙声音，无论在酷暑在严冬，拿起话筒就可以把它抓在手中。

总机房有严格的规章制度，接线员是不准窃听用户通话的，如果由于技术上的原因必须监听一下的话，最长不能超过三秒（不然，军区首长的谈话岂不全被她们听了去？）。可是，我们山里的女接线员们，也许是由于寂寞吧，对我们这些"自己人"的电话，向来照听不误。有经验的通话者，能在受话器里听到轻轻地咔嗒一响，然后通话对方的声音会略微变小了一点，这就说明接线员偷偷将塞子（插头）插到自己这条线上来了。脾气暴躁的，会叫一声"嘿，你给我出去！"喜欢开玩笑的，会等上那么一会儿，然后说："妹子，还莫挺（听）够啊？俄（我）可要说粗话咧！"言罢，又是轻轻咔嗒一响，她就乖乖地退出去了。

那是1976年三月底四月初的时候，我利用工作之便，给北京挂了个长途，跟我姐姐通了一次话，说的都是家常，其中只有一句，她说："今天天安门广场上花圈都堆满了。"（当时北京市民正在天安门广场自发举行悼念周恩来的活动。）这句话正好被外号叫"他七姑"的接线员窃听了去，而我当时并不知道。我和"他七姑"以前在电话里聊没聊过，我不能确定，但我俩从未面对面打过交道、说过话，这是肯定的，就是说，我和她根本就不能算认识。而且过了没几天，她就复员回山东了。

又过了不久，我也因公到了北京。

想不到的是，这以后，我和"他七姑"却还有一小段缘分未了。

事情是这样的："他七姑"回到山东后，在一家工厂工作。不久"四·五天安门事件"被镇压，全国都在追查"政治谣言"。不知"他七姑"在工厂里说了什么或做了什么，被人揭发了，把她抓了起来。也不知道对她是怎样审讯逼供的，总之她一着急，居然把我给供了出来，说是在部队时听我说的。工厂立刻给部队发函。部队一看，问题严重，就派了政治处副主任和两个干事，到山里来调查。当时我还在北京，为了不打草惊蛇，他们说是来"蹲点"的，一个一个找连队里的人谈话，把我在山里的情况查了个底儿掉。所幸的是，调查还没结束，就粉碎"四人帮"，给"反革命分子"平反了。副主任带着人悄悄地撤了回去，这件事也就不了了之了。

我是回到部队后才听说这件事的,当时大呼遗憾,心想要是早点儿把我抓起来,如今岂不成了反"四人帮"的英雄?

俗话说"隔墙有耳",真是铁打的真理。你一个大意嘴巴启开条缝儿,把声音喷射到了宇宙中去,总会有人接收得到的。是祸是福,就看造化了。

我实际在山里拢共待了只有一年,按说不算长,它给我留下了那么深长的心理阴影,当时也并没有意识到。十几年后,在我住在美国的头几年里,经常会做一些相似的噩梦:我又回到了山里,路不是原来的样子了,开阔得多,但营区最高峰上的积雪(夏季是翡翠一样的冰块)还历历如昨。在营区遇到了我们连长,他的口头禅是"吃挂面不放盐——咱们有盐(言)在先",在梦里,连长一见我,就要把我留下不让走。把我急的呀!连说"我是来看看的!我已经复员了,我不能留在这儿!"吓得浑身走凉气,不知如何是好。回回在惊恐中挣扎醒来,醒来愣一下神儿,才明白我是在美国。

我认识一位"右派"叔叔,近年给我讲过一件事,他说当初打成"右派"发配农场改造时,尽管家人离散,像牛马一样干活,但内心什么也不怕,坚信自己没有错,当时年轻,也累不垮。可是到了八十多岁的现在,健康幸福安度晚年之际,他却做起劳改农场的噩梦来,梦里怕得要命,一吓就给吓醒。

我在山里的生活与"右派"叔叔的劳动改造无法相提并论,但也不是没有共通之点。当自由成为常态稳定在一个人的日常生活中后,回味过往那些没有自由的日子,会感到分外可怕。对自己怎么能熬过那样的生活,非常不可思议。这就像,常年穿不合脚的鞋,时间久了也会习惯,可一旦体会到穿合适的鞋有多舒服,便再也难以回到过去了。缠小脚的妇人体会不到放开脚的滋味,可对于从未缠过脚的,想也不敢想。

所幸的是,这些年来,我已经不做那样的梦了。

辑三

我的二姐顾青

一

我二姐出生后户口簿上的名字是顾小胖,因为大姐名顾胖胖。后来大姐改了名,二姐也跟着改了,叫顾青。可我姥姥从小管她叫"姑娘",不知怎么的,全家人,以至全胡同的人,就都叫她姑娘了,直到她离世。

姑娘是唐氏综合征患者,生下来就是"傻子"。这是一种先天性疾病,在第21对染色体上出了问题,致病的原因,医学界至今没有定论。现在孕妇在做孕检时,能够查出胎儿是否患有此病,如是,可以不要,所以这样的患者越来越少了。

全世界的唐氏综合征病人,长得都一样,黑人、白人、黄种人,都像一家子的。Dr. John Langdon Down 是最早对此病进行完整描述的医生,医学界即以 Down(唐)来命名。

这种患者都是"智能落后",但每个人的智力水平不一。1990年代美国有一部电视剧,主角男孩子就是这种病人,他可以上小学,真是相当不错了。我二姐的智力则一直在两三岁的程度。她管妈叫妈妈,管爸却叫"宾",会叫姐,但称呼我,却叫"拉"。

有一次看电视,画面上出现了羊群,邻居小朋友们就议论羊怎么样怎么样。她听了,坚决不允许他们把电视中的羊叫羊,甚至气得做出要打他们的样子。这说明,她知道我的名字是阳,而且认为阳这个音专属于我,不得用来称呼别的事物。

她小时候自己不会穿衣服,都是由妈妈、姥姥、姐姐给她穿。大概十几岁后可以自己穿了,但不会扣扣子。即使费老劲扣上了,也对不准,还是要人来帮她。吃饭有一个专用的碗,自己不在盘子中夹菜,要别人把饭菜给她盛好,才肯动筷子。数数儿,"一、两、三、五"会说,再往下,就"八、十"了,怎么扳也扳不过来。我和我姐姐都教过她写字,她认认真真地照着画,写出来的都是甲骨文,郭沫若也猜不出什么意思。

但是她爱美,爱照镜子。我姐姐有时给她脸蛋涂上点儿胭脂,或者给她穿条花裙子,让她照镜子,说:"姑娘真漂亮啊!"她脸上的笑容,立刻异于平常,那叫天真烂漫,同时，还会在镜前左转右拧，忸怩作态。你说她不懂得照相是干什么的吧，可只要把相机镜头对准她，她立刻就摆起 pose 来了，嘴角还浮出假笑。后来我看国产电影，有的明星挺漂亮，但在镜头前一站，一开始表演，不知哪儿来的一副架子就上了身，满脸假笑，跟我二姐是一个路子的。

姑娘和我妈最亲。她十二岁那年，我妈去河北香河参加"四清"，因为觉得跟她说要走多久、去干什么等等她也不懂，所以走时就没打招呼。结果，妈妈才几天没回家，姑娘就受不了了，天天趴在院子里的枣树上喊妈妈，哭。后来，我姥姥对我妈说："你以后再出远门，跟姑娘知一声。别以为她不懂，心里明白着呢。"从那以后，我妈不论去哪儿，都会跟姑娘说一说；只要说了，她还真就不再哭了。

她虽然不知道"姐姐""弟弟"这些词的含义，却本能地知道她比我大，应该照顾我，保护我，天生有姐姐的"范儿"。我小时候整天泡在胡同里，天一黑，她就从家里跑出来叫我："拉！吃饭了！"要是我敷衍一声没回家，过一会儿她还会跑出来，摆出威严和生气的样子再叫："拉，吃饭了！"重音放在"吃饭了"三个字上，表示强调和不耐烦。

天凉了，外边一起风，她就会从家里拿出我的衣服，送给在胡同里玩耍的我,要我穿。前几年大力的母亲还说起这件事,我说:"啊? 您也看见过?""当然看见过,我从旁边走,心想傻姑娘还知道照顾弟弟呢……"大力的母亲九十多岁了,仍记得如此清楚,可见给邻居留下的印象有多深。

有一次我和同龄的小理在我家打着玩儿,有点儿打急了,滚在地上互殴。姑娘看见了,对小理十分生气,拿起一根藤棍就抽他,但她没有准头,藤棍多数落在我身上,我喊:"姑娘,别打我啊!"我和小理都笑了,从地下爬了起来。姑娘劲儿小,棍子打下来也不疼。

胡同里的人对她很好。她小时候爱到胡同里玩儿,有外边人从胡同路过,往往站下来看她,指指点点。如果有邻居在,就会对那些人说:"别看了别看了,有什么好看的?"也有小孩朝她扔石头或言语不逊,那就更不行了。

有一天我一进家,姑娘就冲我哇啦哇啦说话,手比画一件什么东西,然后朝外指。我问怎么了? 她拉上我就出了门,直奔一个大杂院而去。我大概猜到了怎么回事。进了院子,又直奔深处的一个人家,这家有一个五六岁的小女孩,有时来找姑娘玩儿。姑娘站在她家门口,哇啦哇啦叫,我就喊着小女孩的名字说:"某某某,出来!"喊了一会,她母亲出来了,问干吗? 我说:"某某某偷了我们家东西了。"她母亲说:"是吗? 什么时候? 你看见了吗?"我说:"刚才我们家就姑娘在家,她看见了。""她能知道吗?""当然能知道! 把某某某叫出来,当着姑娘说说……"吵了几句,她母亲回屋了。过了一会,手里拿着我家一件东西(好像是玩具,忘了),讪讪地走出来,还给了我。那是"文革"期间,我们家已经倒霉了,她母亲没趁火打劫不讲理,还是不错的。姑娘乐了。在回家的路上,我给姑娘竖大拇指,她懂。

二

我们家的熟人朋友来了,不管是大人还是孩子,一般进门都会先和姑娘打招呼,跟她说几句话。陈寰阿姨有时还专门给她带礼物。她爱跳舞,大家经常说:"姑娘,给我们跳一段吧!"然后鼓掌。她有时很痛快,马上就跳;有时会做出害臊的样子;也有时"拿堂",说什么也不跳。要是大家的要求过于热烈,她还会做出厌恶的样子,说:"不跟你好了!"然后坐在一边动也不动。

在我姐姐的朋友里,姑娘最喜欢亚平。亚平爱跟她说话,爱跟她玩儿。她管亚平叫"亚憨"。有一次她让亚憨跟她一起跳舞,第一个动作是叫亚憨躺在地下。亚憨问为什么呀？二人连比画带说沟通了好半天，亚憨终于明白了：这一段跳的是白毛女在奶奶庙遇黄世仁，姑娘当白毛女，亚憨当黄世仁，躺倒在地让姑娘打……亚憨这个乐呀，说你怎么不当黄世仁哪？我打你！姑娘也乐，连连摆手。

后来亚平要去当兵，临走也跟姑娘道了别。亚平走后，有人问姑娘："亚平去哪儿了呀？"姑娘双手放在头上，比画一下戴军帽的样子，然后又在胸前斜着划动划动，是挎军用挎包的动作，最后敬个军礼……她还真知道亚憨干吗去了！

姑娘所有的知识和模仿对象，全部来自电视。电视机使她与外部世界产生了虚拟性的联系，也是唯一的联系。

她能分辨好人和坏人，或者说，凭本能感知善意与恶意。"文革"中，我父亲单位的造反派经常来我家，不论具体的人长得是善是恶，是美是丑，姑娘一看就知道是不怀好意的。其实，这些人是今天来一拨儿明天来一拨儿，不是固定的，连我们也记不住脸，一个都不认识。但只要他们一进院子，姑娘立刻能辨别出身份，沉下脸，生气地对他们说："宾（爸）睡觉了！"意思是不能打扰。这是以她的方式做出的反抗。

三

那时，我们家人并不了解这种病是怎么回事，我妈妈一直没有放弃给姑娘治病的愿望。1970年代初期，听说海军总医院有针灸治疗，我妈就带她去了。一个星期去三次，从北京站坐地铁，到军事博物馆下，还得倒公交车，很远。冬天，寒风呼啸，单是从家走到北京站地铁站，就是一段艰难的行程。姑娘身体不好，气喘吁吁，嘴唇很容易发紫，几乎是让我妈拖着走路，走几步就要歇一歇。有一次刚走进地铁站，她就休克了。我妈一时心慌意乱，不知该怎么办，只听有人说"掐人中，掐人中"，她赶紧掐人中，姑娘才慢慢地缓过来……这样持续了大约一年，病情毫无改善，就不再治了。

世事风云变幻，家庭荣辱兴衰，姑娘一概不懂得。不懂得，就没有痛苦。她每天生活在自己的世界里，这个世界恒常不变，也没有人来打扰，真是"衣来伸手，饭来张口"，命中注定一个有福之人。生在乱世，糊涂就是福啊。

姐姐先去插队，母亲和父亲又分别去了干校。我和姑娘相依为命大概一年多。所幸这一年她过得平稳，没出什么特殊的状况。印象中她没问过我"姐姐妈妈宾"都去哪儿了,更没有哭闹。也许,她还是感受到了一些变化带来的震动,不想给我再来个雪上加霜? 毕竟是弟弟嘛!

"文革"开头那两三年的我,比后来只有我和姑娘在家的这一年,要脆弱得多。我当着父母的面,好像没有哭过,但背着他们,伤心事一时拥塞心头,经常哭。姑娘只要看见了,就走过来安慰我:"拉,别扑(哭)了。"往往哭得更厉害。有一次我妈回家后,姑娘告诉我妈:"拉扑了!"我妈想开口问我,看看我的样子,也就什么都不说了。那以后,当着姑娘我也不能哭了。

大概从二十岁之后,姑娘越来越不爱动了,整天坐着,渐渐发胖。我妈要带她外出活动,她也不去。我也注意到她懒了,有时说一句:"姑娘,上外头玩玩儿去!"她一挑眼皮,爱搭不理,甚至眼皮都不抬。

1977年的一天,我妈早晨醒来,照惯例叫姑娘起床,叫了几声没动静,走到床前一摸,她已没了呼吸。事前毫无征兆,走得安安静静。

姑娘刚生下来时,医生就说她的心脏不好,暗示活不长。唐氏综合征患者大多有类似的先天疾病。顾青就这样度过了无忧无虑的一生,享年二十五岁。

当时我正在新疆当兵,我妈妈瞒着没告诉我。我高中的班主任何老师给与我一起当兵的同班同学老曾写信,让他在适当的时候向我透露。有一次我去乌鲁木齐，晚上和老曾喝酒，他才说出来。那时，姑娘已经离世好几个月了。

后来，我在东京的地铁上，看到一位母亲带着一对双胞胎男孩儿，就是"顾青一族"的人。大约七八岁，因为是男孩，爬上爬下的，一刻也不安静，母亲抓了这个抓那个，管不过来。我心想：这个母亲实在是太辛苦了！

在洛杉矶的时候，一天我在十字路口等红灯，只见右侧路边拥着十几个"顾青家族"的小孩子，有白有黑，面貌都相像，举止神态跟姑娘一模一样。三个老师领着他们，小心翼翼地从我车前一一走过……一股骨肉之情从心底涌起，怅然若失良久。

我妈妈晚年时说："我最想姑娘了！老想她……"

前些年与亚平她们聚会，亚憨也说："我有时候还真会想姑娘……"

有一次我在首都机场坐摆渡车，车上有一家三四个人外出旅游，其中一个是"顾青族人"，十六七岁的女孩，身体强壮，个子很高，智力比姑娘高多了，能与家人交流。我站在她侧后方，上上下下打量她。她家人发现后，对我十分反感，狠狠地瞪我，以为我是在看傻子瞧稀奇。其实，我真想跟她们好好唠唠……

我姥姥和小脚阿姨

一

我姥姥娘家姓范,出嫁后,改随夫姓,叫王范氏。吉林人,农村妇女,天足大脚,精力过人,十分能干。国共内战时,共军四野发动老百姓缝军衣衲军鞋,她做得又快又好,屡受表扬。我妈常说:"姥姥要是识字,早早到外边去做事,那可不得了。"

我父亲1949年从山西进北京时,接来了我奶奶。1950年父母结婚后,我姥姥也来了我家。我不到一岁时,我们家搬了第三次家。奶奶单独住东房,身体不好,走路拄杖,很少活动。她在院子里时,只要看到我,就笑眯眯地跟我说话,但她家乡口音重,我听不懂,茫然不知所对,所以我跟奶奶一直没有交流。我很小的时候她就病殁了。那之后,姥姥住进了东房。

我出生后，家里雇了一个保姆照顾我，我除了晚上和妈妈一起睡觉，其余时间与保姆形影不离。我不知道她姓什么，只知她夫家姓张，天津人，早年守寡，有两个儿子。她在北京做事，供养住在天津的儿子。来我家后，大儿子已工作，二儿子庆本还在上学。她比我姥姥岁数小，脑后梳个纂儿，缠足。所以胡同里的人都管她叫"小脚阿姨"，我们家的人，包括我父母，则叫她阿姨。

那时，我妈妈在白石桥上班，要先到崇文门倒11路无轨电车，坐到终点站西直门，再换32路郊区车，一路大概要花一个半小时，每天都是天不亮就出门，天黑了才进门。我父亲上班近，但在我印象中总是出差、开会，工作非常忙，即使晚上在家，也是埋头读书，我不敢打扰。因此，阿姨是我幼年里相处时间最多的人。

也许是一辈子生活得太艰难，阿姨性格内向，神情悲凄，从没有笑过，沉默得像一块石头。她爱带我在胡同里串门儿，不管到谁家，都是往小板凳上一坐，一句话也不说。但胡同里的人，尤其是"清洁大院"的人，都跟她很熟，都说她好。我妈妈有时周末下班早，阿姨就在黄昏时带我去北京站10路汽车总站，坐在马路牙子上等车。夕阳红黄红黄的，正对着我们，汽车从那里缓缓驶来。一见有车，她就问我："这辆车上有没有妈妈呀？"车停了，人往下下，我们俩就一个一个地看，直到人都下空了。再来一辆车，她又问："这辆车有没有妈妈呀？"……这就是她跟我说得最多的一句话了。此外，我想不起来她还说过什么。

我特别淘气，特别任性，阿姨带我，算倒了霉了。这一点，是我长大以后才明白的，但具体我给她制造过什么麻烦事，却一件也记不得了。因为一是我当时意识不到自己行为的恶劣；更重要的是，不论我怎么闹，阿姨总是默默地容忍着，从没对我厉害过。有一次，我不知干了什么把她给气坏了，她一句话不说，回到屋里打了个小包袱，挎上包袱就要走。姥姥拦住她，扯着包袱不让走。我在旁边看着二人扯来扯去，扯得阿姨眼里有了泪，知道出了大问题了，心里很害怕。可能从那以后我有所改变。

庆本哥哥是中学生，每年暑假都从天津来我们家住。他特能吃（可能是正在全国的"困难时期"，饿的），每天在饭桌上的最后一个节目，就是把所有的饭菜倒进一个小铝锅里，我们全家人看着他端起小铝锅吃个一干二净。那真是人人喝彩，连我爸也笑着点头夸奖。我饭量小，挑食，瘦弱。我妈妈对我说："你呀，要是能像庆本哥哥一样吃饭就好了！你应该向庆本哥哥学习。"

庆本哥哥一来，我高兴得像过节。他天天带我出去玩儿，跟他在一起，我乖得要命，让怎么样就怎么样。他生得虎头虎脑，力气大，性格开朗爱笑，莽撞不怕事，是个卫嘴子，特别能说，特别逗。他教给我计算十二个月每月天数的口诀：一三五七八十腊，三十一天永不差；四六九冬三十天；唯有二月二十八。至今我还这么计算。他告诉我美女的标准是：柳叶眉，杏核眼，樱桃小嘴一点点，小细腰，大屁股。他妈要是知道他教我这个，非得打他；我妈如果知道了，可能就不让我跟他玩儿了。当时我五六岁，他是我人生中的第一位老师。

二

我姥姥的性格与阿姨正好相反，爱说、爱交朋友、爱管闲事。六七十岁的人，腰板挺直，头发乌黑，身上似乎还蕴藏着巨大的能量无处用功。

前些年我刚从美国回来时，遇到老邻居，有好几个人几次对我说："姥姥好，姥姥真好！"我感到奇怪，当年我们都小，并没有听他们说过什么，怎么过了几十年，反而这样念念不忘呢？有一次我忍不住问一个朋友："你们为什么现在都说姥姥好啊？"他说："晓阳啊，你小，你不知道……当时，姥姥端来这么大一碗米、一碗白面，就能把我们全家救了……"我非常吃惊，从不知道有这事。后来我姐姐告诉我，当时家里给我爸爸订了一磅牛奶，有一年，姥姥每天从这一磅牛奶里偷偷倒出一半，送给不知谁家，剩下的一半再给掺上水，蒙混过关。但终于还是让我妈发现了，我妈说她："你怎么能这么干？你想送谁，我再给你订一磅都行，怎么能卡阳他爸爸的？他是养家的啊！"

那时，我们胡同里穷困的家庭很多。我家旁边的"清洁大院"，有十几户人家，都是清洁车辆厂的普通工人和干部。一般一个家庭中只有男人工作，工资很低，女人都是家庭妇女，再加上三四个子女，生活非常困难。我从小随阿姨泡在他们院儿，天长日久，几乎成为"清洁大院"的一名"编外"成员，对很多家庭的底细一清二楚。但竟困难到经常饿断顿的情况，还是超出了我的想象，更不知道姥姥常给人家送东西。

也是我刚从美国回来时，有一次老邻居聚会，黄鼠狼对鸡子儿说："'困难时期'，你爸订了半磅牛奶，对吧？奶箱钉在大门外墙上，那时奶箱都不上锁。我饿呀！每天天不亮就起来，把你们家牛奶拿出来，打开纸盖儿，喝一小口，再盖上纸盖儿放回奶箱里。为什么只喝一小口呢？喝多了你们家人就该发现了，把奶箱一上锁我就再也喝不着了。咱得细水长流啊。那三年,要没每天这一小口牛奶,我他妈早饿死了!"鸡子儿说:"怪不得呢! 我爸当时还说:这困难时期,怎么连牛奶的量也减了? 缺一截儿呀……敢情是你丫的给偷喝了!"

我姥姥生育二子一女,其中一子早夭,我妈妈是老大,舅舅在老家当建筑工人。姥姥老观念,儿子最重要,女儿是人家的,什么事都向着儿子,用我妈的话说就是"偏心眼"。我妈妈有一个姑父叫关俊彦,锡伯族,是吉林当地的名人、大人物,解放军到了老家后,关俊彦要把我舅舅带出去,给他当警卫员。我姥姥死活不肯,非把儿子拴在自己身边。后来我妈常跟我说:"不是她,舅舅不也就出来了? 哪儿像现在? 都是她给耽误了!"我妈妈曾经买过一块挺好的皮子,准备给我爸做大衣,时间一久忘了放在哪儿,找不到了。后来才知道,是让我姥姥给藏起来了,偷偷给了我舅舅。我舅舅每次来北京,姥姥都要给他几大包的东西带走。我妈说:"咱们家不定有多少东西都让姥姥给了舅舅,每月给她的零花钱她也不花,全给舅舅留着……"

姥姥信佛吃素,相信因果报应,手上总缠着一大串佛珠,没事就捻着佛珠念佛。在她的影响下,阿姨也信了佛吃了素。刚开始阿姨还吃鸡蛋,后来姥姥说鸡蛋里有荤腥,她把鸡蛋也戒掉了。姥姥串联了很多信佛的老太太，一起偷偷去庙里烧香，鬼鬼祟祟地不知还做些什么。那时候把信佛看作封建迷信，是受到打压的，不敢招摇。

我喜欢到姥姥的房间去，躺在大床上，听她盘腿讲故事。天上打雷下雨，她说是秃尾巴老李回家给母亲上坟了。秃尾巴老李原来是人，后来变成了一条龙，他有悲惨的身世，变成龙后，在与对手黑龙搏斗时被咬掉了尾巴。他每年都要回家上坟，一边飞一边哭，思念母亲的恩情……具体的来龙去脉，我长大了还记得，现在已经忘了。我感到她讲这个故事突出的是老李对母亲的孝，也是暗示我要孝。我对照自己，顽劣不听话，跟母亲耍脾气，心头有了压力。

有一次阿姨给我洗脚，姥姥在旁边，说二脚趾比大脚趾长的人，不孝，让看看我的。一看，果然二脚趾长。她们二人都没说什么，我心里却蒙上了一层阴影，似乎命运降临到了我头上，从此一直忐忑地等待着不孝的行为在我身上发生。这个阴影伴随了我好多年。

三

我上小学后，阿姨跟我妈提出要走，并已在我家旁边的一条胡同的朱家找好了工作。我妈妈很惊讶，因为她是打算在我们家给阿姨养老送终的（这种事在当时并不罕见）。后来她才知道，是姥姥跟阿姨说：晓阳上学了，不用人看了。阿姨非常老实，自尊心又强，就另外找了事。我妈妈对姥姥很生气，说了她一通，因为像这样自作主张地"瞎掺和事"，她不是第一次了。姥姥就是精力太旺盛，不掺和什么事不舒服。

我上学后，有点儿懂事了。我特别想阿姨！想阿姨的时候，也渐渐体味到一些愧意。有一天，我没跟家里人说，自己敲开了朱家的门，去看阿姨。阿姨正一个人在厨房里吃饭，我感觉她十分孤独。她还是没有话，光是看我；我也不知道说什么，看看她，再看看别处。我们娘俩心里想的事，不用通过语言也互相能明白。多年后回想，我认为阿姨这次看见我，心里肯定感到安慰。那也是我最后一次看见阿姨。

1966年"红八月"，全城大乱。北京居民中的"黑五类"，一律遣返回原籍，吊销北京户口。我姥姥的成分是地主，当然属于驱逐对象。我事先什么也没察觉，在一个清晨我还在做梦时，姥姥悄悄离开了。家里人对我严格保密，应该是怕我太难过。后来有一天我走过北京站，见广场上坐着一个老太太，一身黑衣，胸前缝着一块黑布，上面写着几个白字"地主分子×××"。她孤零零一个人,斜靠在身旁一个大包袱上,灰头土脸,惊恐不安。我看着她,想象着姥姥走时的样子,心里很难过。另外一天,胡同里一个孩子不知是故意地还是无心,问我:"晓阳,你姥姥呢?"我眼泪一下就下来了。从此胡同里再没人跟我提姥姥。

我不知道阿姨是什么时候离开朱家的,她回到了天津。庆本哥哥初中毕业后已去当兵,自立了。阿姨辛苦一辈子,终于可以休息了。

四

1966年冬,庆本哥哥回天津探亲,特意到北京来看我们。那正是我爸爸遭攻击批斗最厉害的时期,谁也不敢进我们家的门。庆本哥哥穿着军装,也不敢。他先到我们前院的章家,让小友子来叫我。我们在章家见了面。他比过去又高了壮了,已经像个成年人,穿着翻毛大头皮鞋,大衣和帽子都是皮的。他用担心的目光审视我。我想问他阿姨怎么样了? 但张不开嘴,一张嘴,就流眼泪。他那天真爽朗的脸上闪过一丝悲戚。他在东北当兵,看监狱的,讲了好多那里有意思的事儿,想转移我的思绪。我渐渐平静下来，但基本上没有说话。

阿姨在我家待了七年或以上（她哪年离开我不确定），每月工资三十元。我妈每月给姥姥零花钱二十元。姥姥回去后，我妈仍给她寄钱。据说她的生活条件很不好，身体也一年不如一年。

多年后我当了兵，平生第一次自己挣钱，每月津贴八元。我立志存钱，要给姥姥寄二十块钱，给阿姨寄二十块钱，以此来表示，她们当年也没白疼我。但在当兵的头一年里，二人就相继故去了。

妈妈说：姥姥在死前的一封信（她口述，请人代笔）中，还提到了我，说她在老家已替我相中了一个媳妇，身体好，会针线，"炕上炕下都做得"。她让我妈赶快把亲事定下来，不要拖。这位什么事都爱管的老人家，偏处一隅，仍操心着外孙的终身大事。

"文革"结束后，庆本哥哥又跟我们家联系上了，专门来北京探望。他早已经复员，在天津当工人。他说他妈妈临死前告诉他：以后有什么事，别人不用找，就找晓阳他们家。

"散养"的幸福生活

一

小学开学第一天,据同班同学王小东多年后告诉我,我穿了一身"水兵服"。这在我们那所靠近城根儿、学生大多来自工人和城市贫民家庭的学校里,非常扎眼。我自己完全没有记忆,当时也不懂事。上学后和同学一玩儿,慢慢意识到了这种差异。所以,我有一段时期特别不爱穿新衣服,不希望跟周边同学区别太大。记得有一次我妈给我买了条新裤子,我要她在膝盖处补上两块补丁才穿。小孩儿的心理实在有意思,那不是欲盖弥彰嘛!而且还浪费。

我父亲反对我和我姐姐上干部子弟学校,认为别人上什么学校,我们就上什么学校,这是天经地义的事。在当时,那就是就近入学了。我姐姐上小学时,我哥哥带她去育才已经报上了名,我爸知道后,坚决不让去。结果我姐姐上的小学比我们那所学校还破，她们学校最长的一道院墙，是古城墙，踢足球也是直接往城墙上"闷"的。这段城墙意外地保留了下来，现在叫"明城墙遗址公园"。

我学习不错，每门考试都是一百分。但回家就是玩儿，不爱做作业，从此落下做事拖拉的毛病。有时候特别不想上学，就编瞎话说肚子疼。家长给学校写个病假条，小孩就以为诈骗成功了，其实我妈心里明镜似的。这也是几十年后和我妈聊天时才知道的。她还说：我十几岁时偷偷抽烟，她当时也知道。

在我们小时候，父母对我们是放任的，基本上什么都不管，不管学习、不管功课考试，也不管跟谁玩儿和玩儿什么。用现在的话说就是"散养""放养"。成人后，我特别感激的就是这个，他们给了我们一个自由、快乐、幸福的童年，什么做得什么做不得都顺乎人性，不培养也不压制，心里没有阴影，性格不被扭曲。有了这个底子，"文革"骤然而来、冲击那么大，我们的心理健康没有出现问题。当社会上把父母当成敌人时，我们没有一分一秒的时刻认为他们是坏人。当时我们都还不懂事，更谈不上有什么成熟的思想来对抗社会主流，这种对父母毫不动摇的信心，纯粹出自本能。而这种本能，就是父母无为而治的结果。

在当时，像我父母这样对待孩子的家庭可能不多。所以很多人，包括我父母的一些朋友都认为这是溺爱。我父亲被打倒后，有一天，曾经在我们家做厨师（机关按规定分配来的）的张德先伯伯偷偷来我家，跟我妈说："现在他们让我写大字报揭发顾部长，我揭发什么呀？"我妈说："有什么就揭发什么。"张伯伯说："那我就写顾部长溺爱晓阳吧？"

我爸爸溺爱我的主要表现，就是"惯着"——什么都不管，怎么样都行，不批评也不教育，更没发过脾气。其实，他在家里很少跟我说话，更不会哄我玩儿，口中没有一句亲热话，目光中的慈爱多过肢体上的接触。记忆中，我两三岁或三四岁时经常往他身上爬，那以后，我也不爬了，他也没有主动抱过我，唯一的情感表达，就是摸摸我的头顶。

父亲终日忙于工作，经常出差，有时一走几个月，"四清"时在河南农村待了快一年。在家里，就是闷头看书，我们多闹多吵，他也不生气，因为看起书来他听不见这些声音。节假日，仍是从早到晚坐在书桌前，头都不抬。我妈妈想让他活动活动，有时叫我去提要求，的确，我向他提出想去香山、颐和园，他答应的几率比较大。但从我记事起到"文革"开始这几年间，我们全家出游的次数，掰着手指头就能算出来，没有几次。在我看，父亲对我确实是爱,但是非常含蓄,深到看不见。

看看现在城里人家长对孩子的宠爱,我父母就是小巫见大巫了,不是一个量级的。为了满足孩子的愿望,花多少钱都愿意;为"不输在起跑线上",不知要参加多少补习班和才艺班;父亲母亲、爷爷奶奶、外公外婆,至少十二只眼睛紧盯着一个中心,可能有六种野心勃勃又难以协调的人才养成计划……其实,首先这都是因为生活好了,家家有了余钱余裕和心情把孩子当宝。几十年前,有哪个家庭能这么做呢?现在的问题是,与其拼全家之命让孩子进名校、拿第一、出人头地,或者留下财富,不如在小时候多给他们自由。金钱与地位,富与贵,不一定能保证一个人拥有幸福的人生,而心理健康的人却能。

单从这一点来说,我的人生是幸福的。这个幸福,来自父母埋下的种子。

二

我的第一个朋友,也是幼时最亲密的伙伴国栋,我父母也很喜欢他。有一段几乎整天在一起。他特老实,有一次我姐姐给他头上戴上花,裤子外面套上一条裙子,装女孩。打扮完又要把他拉到胡同里去,这他可就不干了,立刻脱下裙子扔了花儿。他姑姑有一对双胞胎女儿，四五岁大，春节来他家走亲戚，他把双胞胎带到我家玩儿，给我父母拜年。我爸爸逗她们说："这两个小姑娘怎么那么漂亮啊！是从哪儿来的呀？"

国栋比我大，他上小学后，我没了玩伴，失魂落魄，寂寞了好久。二年级时，他被选入外语学院附小，这是为未来培养外交人才的学校，筛选的都是品学兼优的学生，十分令人羡慕。

我小时候极瘦。国栋的父亲有一次说我："晓阳啊，别看你每天喝牛奶吃面包，我们家国民天天吃窝头，他可比你壮实多了！"国民是国栋的弟弟，比我小。所谓喝牛奶吃面包，也是大叔的想象或形容，其实我们家只有我爸爸喝牛奶，面包则与点心一样，属于"高级食品"，偶尔才吃。

我爸爸是行政七级，每月工资三百零二元。1960年后，下了一个新规定：党内十级以上的干部，每月减薪百分之五（这是我母亲说的，另一说是十七级以上都减，比例不同，七级减百分之四，实拿二百九十元），名曰缩小收入差距。

我们家的开销不小：奶奶、姥姥、保姆、三个孩子、给我同父异母的哥哥的抚养费（每月三十元）等。我父亲手不离烟，每天要抽三四盒，中华烟每盒六毛，一个月大约要抽一百盒。他本来不喝酒，1952年挨过一次整，天天生闷气，在家里开始喝酒和学俄语。后来，喝酒成了习惯，每天中饭和晚饭各一杯，是五钱或八钱的小酒杯，量很小。茅台一瓶四元左右，一个月下来喝四五瓶。在我们家，全家八口人的吃喝和我父亲的烟酒消费，可能是日常支出中最大的部分，也是基本固定、浮动很小的部分。另外一项就是买书，马恩全集和列宁全集出一本买一本，都是精装大厚本，也不便宜，其他的书量也很大。父亲很少买衣服，买也是蓝布中山装和圆口老头布鞋。完全没有请客送礼。比起我父亲，母亲买衣服多一些，其他没什么特别消费。

我爸不让我妈存钱，我妈说："你可以没有，将来阳他们怎么办？"他说："他们有'组织'呢。"这个话，现在的人可能都无法理解了，我原来理解，现在也不理解了。

好在我爸不管家不管钱，所以我妈没听他的，还是悄悄存了钱，到"文革"开始时，一共有存款一千多元。

造反派抄家时，让我妈交出全部存款，那时候叫"冻结存款"。但他们死活不相信我们家只有这么少的钱，认为我父母隐瞒了。翻遍了家里的犄角旮旯，连墙上挂的毛主席像的镜框都摘下来，拆开，看看夹层里是否藏着存折。最后带着满腹狐疑而去。

三

"文革"开始后,对我们家最关心的是徐滨阿姨,几乎每个星期都来,互通消息。徐滨的先生黎澍,是学部近代史所的"学术权威",早在1966年6月就被《人民日报》点名批判了。"学部"是社科院的前身,属于"重灾区",因此许多新动向、新花招都先从学部开始,然后风行全国。

我一个什么都不懂的小孩儿,一夜之间被逼成了个小小的"政治动物",因为社会上的任何波动,都可能影响到我的家庭,不关心也得关心。徐滨阿姨每次来,我都坐在旁边听大人说话。大人是不想让我听到他们谈话的,怕我说出去惹祸,但又不能直接轰我走,一轰,反而是此地无银三百两,说明他们的谈话"有问题"——当时子女揭发父母给父母贴大字报的事情太多了,家庭内部已失去了安全感。这就叫"人人自危"。

徐滨阿姨为了让我听不懂,常使用一些暗语,其实我一听就知道是谁。别看人小,大字报可没少看,字虽然认识的还不多,"社会大学"里的知识井喷式增长。而且我超级敏感。

一天晚上徐滨阿姨来,坐下就说:"扣发了黎澍的工资，看来此风颇盛……"意思是提醒我父母做好准备。我父母一声不响，脸色极为难看。

果然，扣工资的做法很快蔓延开来。我爸的工资也被扣了，每月只发给他本人三十元，未成年子女一人二十元，统称"生活费"。我妈妈的工资是每月一百二十五元，没动。那时，奶奶已经不在了，姥姥被遣返回老家了，保姆也辞职了。所以，虽然我爸的工资被扣，家里一般的生活倒没有明显变化。

我姐姐十五岁，长得漂亮，挑起了全家的大梁，买菜、做饭、洗衣，冬天买煤运煤、搪炉子刷烟筒，操持一切。"西院姥爷"看见我姐姐一个人搬煤，弄得满脸满身黑，直掉眼泪，"这么好的姑娘哪能干这个啊……"

我们都不知柴米油盐，对斤斤两两没概念，也不会花钱。看见带鱼一毛七分钱一斤，"来十斤。"买完才知道十斤带鱼有这么大一堆！拿回家也不会收拾，把国栋叫来帮着弄。国栋上的外语附小是寄宿学校，自从去了那儿，已渐渐与胡同脱离，现在搞运动不上课，才经常回家。后来，我学拢火和刷烟筒搪炉子，是跟他哥哥国华学的。我们家的这些事，多亏胡同里的小朋友帮忙。

渐渐，我们学会了买菜做饭，学会了应付日常生活的这些杂事，学会了有计划地、量入为出地花钱。我姐姐的厨艺越来越棒。我二姐患唐氏综合征，生活不能自理，全靠我姐姐照顾。

我爸爸被关押着。我妈在机关也经常挨斗，每天晚上十点以后才能到家。多年后，我妈妈说：那时，不管她多晚到家，一推开门，就见我们姐弟三个坐在灯下，一句话不说，眼巴巴地盯着门，等她回家……

我妈下干校时，只有爸爸、姐姐和我去车站送（徐滨阿姨好像已经去江西干校了）。火车都动了，忽见于川阿姨领着小儿子大兴急匆匆赶来，把一袋煮鸡蛋塞进车窗，嘱咐我妈保重。鸡蛋尚温。这件事，我妈念叨了一辈子。

到了1980年代，有一年我哥哥带儿子来北京，我们一起去于川阿姨家玩儿。儿子当时十岁上下，淘，上蹿下跳的。我指着他跟于川阿姨说："我'文革'时就他这么大，跟他一样。"于川阿姨说："可不一样！你什么成色呀！那时候你哪有笑脸儿啊……"

我听了，非常意外，也非常难过：一个脸上没有笑容的小孩，那会是什么样的童年！我并不知道自己当年是这样的，如今，连想象也无法去想象了。

小时候我虽然瘦，但个子不矮。刚上小学时，班上列队我是排在前面的。大约从十岁以后，突然不长个儿了，一直到十六岁，身高基本在一米五五以下，成了个小矮子。

我印象特深的是，有一次在操场上整队，体育老师邓云驹走过来，把我往后移了一位，看看，又移一位，再移一位……边移边说："你这个晓阳啊，还真是小啊，怎么越来越矮了？"

可能十六七岁起，个子忽然长起来了，长得很快，两三年的时间就蹿到了接近一米八。

我一直奇怪，那个年纪正是从童年跃入少年的转变期，身体理应猛长，是什么原因阻碍了它？营养？运动？遗传？……都不是，都不确，也不能。后来终于想明白了：那正是"文革"狂风暴雨的时期，给我精神上造成的压力太大了，大到压住了身体的发育。随着运动趋缓，经过六年多自我调适，才回归正常。

"小流氓"的生活日常

一

应该是1968年前后,大力家成了我们这帮孩子的一个"黑据点"。

他家就在我家的前院,有兄弟五个,还有一个姐姐。"文革"前他们大都上寄宿学校,很少在胡同露面,加之父亲是"右派",全家有些抬不起头,所以跟我们没有来往。"文革"一起,好多家庭都"黑"了,混成了一锅粥,不再有差别,所以你是骂也好,歧视反感也好,或者本人感觉牛逼哄哄也好,反正帽子一样,都叫"干部子弟"。

之前一年,有天早晨我还在睡觉,忽然被一阵"语录歌"吵醒了——下定决心,不怕牺牲,排除万难,去争取胜利……只听墙外有一队人马的脚步声伴随着歌声由远而近。我以为是奔我们家来的,赶紧穿衣服下床,跑出院门——那时候我已见怪不怪,锻炼出临危不乱的本事,随时准备应对灾难。到胡同一看,果然是一队造反派,但已走过我家,向南向西,拐进死胡同,去了大力家。这一去,把他家抄了个底儿掉。

先前有一个男造反派想趁火打劫,占他家的房子。他们家老大大鹏在,坚决不允。造反派很凶,想来硬的,大鹏不吃这套,一拳就把他右脸颧骨上打起个大包。后来我们都管这人叫"大金包"。大金包本是个厌人,欺软怕硬,挨了打落荒而逃,回到机关去搬救兵。这一队人马,就是他叫来的。

等我进到大力家的院子,他父亲也回来了。他父亲也很硬,只听他说:"我们家大鹏是练武的,真要动起手来,七八个人不得近身……"大鹏在另一边骂骂咧咧,好像要跟谁干一架。可惜没一会,我们这些小孩子就被轰出来了,详细情况不得而知。反正最后的结果是:房子没占成,但把大力家给抄了。当年所有"公家人"的家里,家具都是由单位按干部级别配给的,收取极便宜的月租金。大力家人口多,没收房子的理由不充分,但造反派不肯善罢甘休,说家具是公家的,把他家的家具全部运走了。纯粹是报复。

抄家持续了近一天。大金包站在院子当中,指手画脚,不可一世。我和谢鸡子儿等小孩爬到房上,观看院内情形。鸡子儿家在大力家西边，从房上可以过去，他家有一棵杏树，正值春夏之交，树上结了青杏。首先是球子摘了一兜杏儿，趴在房顶，偷偷砍院里的大金包，纯粹是淘气，砍着玩儿。我和鸡子儿一看，也搞起了偷袭，见谁砍谁，乐趣无穷。结果我们被发现了，大喊："那是顾××的儿子！""那是谢××的儿子！……"我们一缩脖子，赶紧逃跑。

属于大力家自己的东西：衣服、被褥、锅碗瓢盆、几只箱子等，全部被扔在院门外的胡同里，靠墙堆成一个小山。下午，我从房上绕到了他家院门上的小门楼，手把树干往下一看，大力半躺在那座"小山"上，两手抱着后脑勺，眼望天空发呆，那忧郁无助悒惶的神情，使我内心一震，充满同情。这年他十五岁。我们俩从无来往，一个招呼都没打过。这时他正好抬眼看到了我，我们的目光第一次有了交流，虽然什么话都没说，从此就算认识了。

二

大力是个美男子。大伙曾经评分玩儿，把他评为"罗马型5分"。5分可是满分啊！小建一家三兄弟长得几乎一模一样，都是那么俊秀文雅。鸡子儿细高挑，小红嘴唇儿，数他最能吹牛逼。京平说话结巴，小个子，穿柞蚕丝军上衣，骑个26燕式线儿闸自行车，最厚道。小弟谈吐斯文，郁郁寡欢，面皮白皙，目睛发黄，他父亲是山西崞县人，估计祖上有胡人血统，家里人都有些像外国人。小白憨厚内向，平常不说话，急起来满眼血丝，白刀子进红刀子出……我在这里边最小，什么也不懂，满嘴胡同口音，是他们的跟屁虫。

现在已记不清什么原因——在1968年的某些时段，大力的父母经常不能回家。于是，这些孩子就没日没夜地泡在他家。桌椅板凳和床都没了，家人打地铺睡觉，我们也全部蜷缩在地铺上坐着。满屋烟气缭绕，人人都抽烟，有好的抽好的，没好的抽次的，最便宜的叫"经济"烟，九分一盒；最常抽的是"战斗"牌，一毛多一盒。警察和居委会大妈已经盯上了这里，因此为避免暴露，发明了一些"切口"，比如谁去小铺子买东西，你追到外面托他带烟，就要喊："喂，给我捎一两盐，要火药味儿浓的！"火药味浓的，就是"战斗"牌香烟，精装的叫细盐，简装的叫粗盐。也都喝酒，但可能因为酒太贵，每人喝不到几口，印象中发酒疯的只有一次，是大力的弟弟小龙喝醉了，抄起顶门杠跑到胡同里要打架。大力等人连拉带扯把他弄回家，好一通骂。这要让片儿警或街道大妈撞上，还不把咱们全端喽!

这么多的光阴,如何才能打发掉呢? 有一天外号叫"老头儿"的孩子说:"晓阳,咱俩玩玩儿?""玩儿什么?""你打我一拳,我也打你一拳。""好。""你小,你先打。"我打了他一拳,他也打我一拳。"我操! 你怎么那么使劲儿啊?"他是中学生,比我大好多岁,高出我一头还多,力气当然大。"我没使劲儿啊!"睁眼说瞎话,没使劲会这么疼? 第二拳我出手就重了,他更重,更重换来更更重……结果我俩打了起来,直到他把我打哭。"哎,晓阳,别哭啊,咱们不是玩儿吗?"

"老头儿"家住永安里学部宿舍,我去过,他的单人床床底下全是烟头。烟屁股抽完一扔,用脚尖一蹑,顺势踢到床下,从来不扫。后来他去了内蒙古插队,就断了联系。十年后的1978年,他在报纸上看到我父亲平反了,很激动,给我写来了一封信,满纸是怀念之情。当时他在河南当工人,再后又断了联系。我也挺想他的。

当时中国芭蕾舞团在天桥剧场演出《红色娘子军》,是北京青少年中的一件大事。只要演出消息一出来,半城的"老兵儿"、痞子、土晃儿,立刻扑向天桥剧场。他们要在售票处外的露天排上一个通宵,才能买到票。京平也加入购票的人群中,还参与了闹事。

三

小弟上初中，把一副皮手套借给他们班一个同学，同学找了各种借口，拖延不还，看样子是要"咪"（私贪）。

一天中午，大伙儿去了127中，想在放学时憋住那个同学，把手套要回来。这热闹事我自然是不肯落下。七八个人骑着自行车往学校门口一戳，还挺狂的。直到下学的人都走干净，也没看见那人，他没来学校。

我们打道回府，都去了大力家，我的自行车也放在他家院子里，大家商量着去那人家里找他。我饥肠辘辘，回自己家吃了个馒头。再回到大力家，一个人都不见了，我的自行车也一起消失。咳！他们已经出发了，我差一步没赶上，好不失落！

那人住在北京站西边，他们不知道地址，找了"黄鼠狼"带路。黄鼠狼跟他熟。到他家门前，把他喊了出来。他挺横，干脆不承认有借皮手套这回事。大家跟他理论起来，还没说几句话，小白从书包里掏出三棱刮刀，冲上去照他屁股就捅了两刀。他还狂呢，说你们他妈玩儿真的是不是？说着一摸屁股，再看看手，一见手上有血，立刻软瘫在地。

"朝阳群众"不是一日练成的,街道大妈受教育几十年,早炼就了一副金睛火眼!从这帮人一进胡同,大妈们就知道不是好人,马上通知了派出所。在小白插完人、大家撤退时,胡同两头早被警察和群众堵上了。京平个儿小,没被关注,成了漏网之鱼。大力可能面相太俊了,不像歹徒,群众识别不出来。小白一看大力没事,急中生智,追过去冲他喊:"嘿!嘿!你买菜去怎么不叫上我呀?"也溜了。鸡子儿本来没动手,在路边跨在自行车上看热闹,但长得太像坏人,被大妈一把薅住。黄鼠狼最倒霉,其实没他什么事,也折进去了……

大力躲到小建家避难,小建家住永安里,没有参加这次流氓斗殴。我记得大力的姐姐还要让我给他送东西。过了两天,他以为平安无事了,就回了家。京平逃了两天,也认为没事了,这天跑来大力家打探消息。片儿警小魏摸透了这帮小流氓的心理,当大力京平劫后重逢额手称庆之时,小魏带着人把他俩逮个正着。我的自行车还在大力家放着呢。小魏认定这是赃证,把自行车挂到京平脖子上,又抽走了他的裤腰带,让他两手提着裤子、挂着自行车向派出所走。

小白家住台基厂,也不敢回家,东躲西藏,在外边"刷夜"十几天,临近春节,再无人能收留他了,只好返家。

他父亲带着他去派出所自首，被拘留七天。

街道大妈忽然来找我，叫我去喜鹊胡同派出所。让我去干吗呀？我可是清白得不能再清白啦！到那儿一问，是让我把自行车骑回去。

四

大力的朋友老孙，是师范学院体育系学生，学拳击。他曾把一副拳套放在大力家给我们玩儿。有一天大力让我把拳套送回学校去。我不知道师范大学和师范学院是两个学校，骑上自行车就出了新街口奔铁狮子坟，大夏景天儿的，骑了三十里地，汗出如雨。到北师大一问，人家说师大是师大，师院是师院，你要找的师范学院在花园村。我直犯晕！什么铁狮子坟、花园村，我不但从没来过，连地名也是头一次听说。我是城里人啊！那时的北京人真好，我一路打听着路线，不论是下棋的老头还是行路的阿姨，都非常耐心地给我指路，又骑了十几里地，终于找到偏僻的师院。可一打听，还是不对！体育系不在本校，在十几里地之外、现在北三环的蓟门桥附近……苦煞我也！那个鬼地方，比农村还农村，一条土路，树木茂密，我从门口来来回回过了好几趟，硬是看不到校门。当我终于找到老孙时,眼泪差点掉下来,亲人哪! 老孙听完我的遭遇哈哈大笑,摸着我的脸说:"可把我们晓阳折腾惨了,今天跑了小一百里地……"

老孙哪儿都好,就是老爱摸我的脸蛋,说比婴儿屁股还嫩,弄得我浑身麻痒痒的。后来他看出了这是我的软肋,一见我就故意揸撒开巨大的双手说:"哎呀晓阳,你怎么这么嫩哪!"我撒腿就跑。

唉,要是老孙现在看见我长成了这么一副糙样儿,非得自残。

有一次在大力家,我和老孙去买东西。在大羊毛胡同,我的一个同班女同学和同伴迎面而来,她们可能刚洗完澡,披散着湿头发,端着脸盆,这在当时的小丫头是常事。我一看见她就脸红心跳。这天我觉得我很注意控制自己,但可能控制得太使劲了,迈步有些僵硬。老孙一眼就看了出来,大笑,说:"晓阳你怎么脸红了? 啊哈哈哈……你这个小崽子,真他妈逗!"大概他觉得我小得还没长全乎呢,怎么居然也会对异性有反应? 回到大力家,他见谁对谁说一遍,把我臊得够呛。

小龙比我大一岁,有一次他的一个小学同班女生从我们胡同过,他脸也一下就红了,很不自然。我看在了眼里,但当时还没到开这种玩笑的年龄,憋着不敢说。那个女生住在我们小学旁边,高个子,有些黑,长得挺漂亮,身上有一种与众不同的气质。后来,直到现在,我还拿这件事跟小龙逗。

京平十五岁,成熟老练,胆子也大,看上谁就"拍"谁,"哎同学,咱们交……个朋友吧?"而且他为人仗义,更多的是替别人拍婆子。别人一般都是色大胆小,不敢主动跟女孩说话,他上去替别人说,"同学,那、那个人是我朋友,他想跟你认……识认识。"最牛的是,拍成的几率比拍不成的高,从没拍炸过。

冬天,他叫上鸡子儿和我,跟他到永安里去憋一个女孩。这女孩是他们学校的,当时好像叫日坛中学,就在现在 LG 大厦的后面,女孩家住永安里。他想在女孩放学回家的路上跟她说话。鸡子儿穿了一双"将校靴",那叫狂!我把我妈妈的一双不太像女鞋的牛皮鞋给蹬上了,虽然大,倒还能走起来。不过这双鞋我只穿了那一次,再也没脸丢人现眼了,鸡子儿光数落这双鞋就数落了半小时。刚下过雪,路上的积雪被自行车和行人压得又硬又滑。我们在寒风中哆哆嗦嗦,两只脚不停地跺着地面,等了两个小时,冻得张嘴都困难了,只好撤兵。

不过后来京平到底把那个女孩给拍上了。有一天,他带着女孩来到大力家。这可是件大事,人们都集中在上屋

(北房），围着新添置的桌椅坐了一圈儿。我太小，上不得台面，只好假装灌暖瓶，提着一个开水壶走了进去，匆匆瞥了一眼：女孩很清秀，端端庄庄，穿一件发白的黄军装，不喜也不愠，很大方……后来京平当兵探亲回来，我还问过他与女孩怎么样了？他说吹了。我惋惜半天。

五

大力学手风琴才两年，已接近专业水准，声名四播。有一天北京军区炮兵的欧阳"小胡子"来，邀大力去西山跟人"茬琴"（比赛）。他俩出门骑上车后，我习惯性地跳上大力车的后座，也想跟着去。小胡子说："这小孩儿太小了，去干吗？丢份！"大力只好说："晓阳你别去了。"我尴尬地跳了下来。

他学琴的第一年练得最刻苦，没白天没黑夜地拉，左手腕被带子磨破了，缠上手绢照拉，大哥大鹏监督着，稍有懈怠就打。夏天有午睡习惯，琴声惊扰四邻，我们院儿的孟阿姨站在他家后窗下喊："别拉啦！吵死了！让不让人睡觉！"那时他家还没被抄，他就关上后窗户，钻到大衣柜里去练，汗如雨下。

我们经常如醉如痴地听他拉琴。最欢快的是《小苹果》,最炫技的是《马刀》和《霍拉》,我最爱听的是《牧民歌唱毛主席》。一听就是几个小时。

他家有一台苏联落地式大收音机,像个柜子,柜顶有翻盖,打开翻盖里面是留声机。唱片只有几张,其中还有借的。《梁祝》百听不厌。有一张外国的,因为都不会外语,不知是什么,乐曲进行当中,忽然传来女人一声尖叫,接着一个男低音不怀好意地笑了几声:嘿嘿嘿嘿……这张唱片引来最多的关注和议论,是强奸吗? 杀了人? 音乐中怎么会有这个? ……结果有一天唱片放在地铺上,鸡子儿一屁股就给坐碎了。

大力提出"百鸡宴"的倡议:每个人都去偷鸡,凑不到一百也得弄个十来只,做成红烧的、白煮的、白切的、香酥的、酱的、炒的……大家热烈响应,但实际上去偷的,好像只有京平一个人。

京平家住东大桥。这时鸡子儿的父亲不知又犯了什么错误,全家被赶了出去,也搬到东大桥,跟京平家挨着,是那种一排一排的平房。京平夜里爬起来,偷袭了邻居家的鸡窝。他说,鸡在夜里不叫,他打开鸡窝门,手上放些米粒,嘴里学着"咕咕咕、咕咕咕",抓住鸡脖子,一拧,就齐活了。他偷了三四只,送到鸡子儿家,鸡子儿连夜就奔了大力家。第二天邻居发现鸡没了,顺着地上的鸡毛找到了鸡子儿家。鸡子儿坚称昨天不在家。邻居明明知道是这俩坏小子偷的,但找不到证据,没辙。

小建最本分。他带来了双胞胎大宝二宝。大宝二宝家住黄化门总参宿舍,都是一米九的大个子,不仅长得一样,说话也一样。直到现在,如果我不看人光听他俩说话,分不出是谁说的。但二人的个性可说截然相反,大宝能说会道,二宝少言寡语;大宝幽默外向,二宝沉稳有干才。那时,大宝偷了衣服,交给小建让他帮着卖,等警察来他家搜,什么赃物也没有。有一阵子商店里灯泡紧缺,他就偷灯泡,一次路过一间房,亮着灯,他进去就要摘,手都够着灯泡了,一低头,下面坐着一个人在看书……个儿太高了,有时也会出现盲点的。眼睛里不能光有灯泡儿啊!

有一天京平去鸡子儿家,正赶上几个警察和军代表要把鸡子儿带走,他打抱不平,质问人家凭什么拘人?警察哪儿见过这个?很凶,双方吵了起来。警察问他:"你叫什么?""×京平。"警察听了大喊:"嘿!就是你呀?我们正找你呢!一块儿给我走。"当即把他俩的裤腰带又抽走了,让他们提着裤子,关进"学习班"。

后来家长想办法找人去说情,一来二去一问,敢情警察要抓的人叫"冉京平",不是他!这才把他放了。

六

1968年底，上山下乡运动开始了，人人都要离别可爱的家乡。北京站从早到晚是远行的人流，站台上挤满了送别的亲友。汽笛鸣叫，火车哐当一动，整个站台上轰的一声响起一片哭声……这个场面，令人终生难忘。

大力先去浙江农村插队，后来走后门当了兵。此后过了七八年，风云际会，他才发现自己是个电脑天才。小建大宝都是先去农村再当兵，大宝后来投身司法界，小建和二宝则成了金融口高管。鸡子儿也入伍了，在四川。小白去了黑龙江生产建设兵团。京平随父亲去河南农村五七干校，后来他去河北当兵，刚到县城还没穿军装时，与一个同伴闲逛，遇到几个当地流氓要"洗"他俩，他先假装逃，然后抄起板儿砖左右开弓，花了三个，拍晕一个，被抓进公安局。别看个儿小，论打架，那是行家里手。

有一天小弟来找我借自行车，说他父亲病了，要驮着父亲去医院。他感叹着说："真是此一时也，彼一时也！"虽然我还不能准确理解这句话的含义，但他的情绪感染了我，心情灰了好一阵子。我看着他推着自行车载着老父亲黎玉，向东裱褙胡同的建国门门诊部走去。

几年后,我上了中学。大力从山西炮兵部队回来探亲,我一听说,立刻飞奔到他家。他穿着军装,正在与姐姐说话。他姐姐一见我就问:"晓阳,你知道赫鲁晓夫是谁吗?""知道啊。"他姐姐立刻嘲笑他:"你看,连人家晓阳都知道!"他说:"不知道赫鲁晓夫怎么了? 我会背唐诗:山不在高,有仙则名。水不在深,有龙则灵。"我插话说:"这个好像是古文,不是诗。"姐姐又笑他:"露怯了吧? 露怯了吧? ……"

听她这么一说,我忽然意识到自己长大了。

读书记

一

我自幼爱读书,但不刻苦。学龄前不识字,喜欢听父母给我念书,印象最深的是我父亲靠在床上,我躺在旁边,听他读《中国民间故事集》。这本书,打开了我的想象力,很痴迷。爱看"小人书",也经常让父母给"讲",讲着讲着,有些字就自动认得了(父母从未专门教我识字或给予其他教育)。记得有一次我读出了"血肉横飞"四个字,受到父母表扬,很高兴。一高兴,兴趣更大了。

长大后,我总结父母对我是"不教而教",有身教无言教。另外,就是表扬鼓励为主。鼓励,但只限于口头,不像有些家长用实物或许诺来实现。我们现在都知道,美国人对孩子动不动就是表扬,"你是最棒的!"是家长的口头语。像我父母这种老辈的中国家长,还说不出这么极端的赞语，但他们肯定和鼓励你的那种态度，的确是孩子成长的动力。

上小学后，赶上"文革"，不用上课了，有了读课外书的充裕时间。先看《水浒传》《三国演义》《西游记》，兴味极浓。读了一本《侯宝林郭启儒相声选》，逗得我哈哈大笑，我觉得我受这本书影响很大，看待事物的方法和日后的写作，可能都与此相关。《夜行记》实际上是塑造了一个人物典型，放在文学画廊里也毫不逊色。

十一二岁时，读了一批外国小说，捷克的《好兵帅克》、阿拉伯的《一千零一夜》、安徒生童话、马克·吐温的《王子与贫儿》、俄国的高尔基、果戈理等等。果戈理读不懂，后来也一直没再看过。

《福尔摩斯探案集》看的时候挺上瘾，看完就完了，不迷。至今，我对侦探、悬疑、武侠类小说一概免疫。国门打开后，金庸看过几本，也是看时不释手，看完不惦记。我可能是少数对金庸不感兴趣的人。记得我的一个大学同学说，他们院儿有一家的女婿是王洪文的秘书，参与起草中共"十大报告"，期间在岳丈家看金庸看迷了（因为是驻外外交官家庭，一九七几年就把金庸小说带回北京），连"十大报告"都忘了写了。我很好奇我为什么对这类书不着迷，但找不到原因。

当然,"硬汉"钱德勒可是我倍加推崇的大人物,他的侦探小说的中译本我全读过,有的还读了两三遍。但我所迷恋的,主要是他的写作风格,而非故事情节。这是后话。

当年那些外国小说,都是从"老三届"的大朋友那里借来的,到我上了中学,"老三届"下乡的下乡、当兵的当兵,风流云散,都离开了北京,我的书籍来源就没有了。此后初中三年、高中两年、当兵三年,在我一生中最能吸收东西的这八年间,基本上没看到什么好书。

二

我父亲藏书很多,但遭遇大劫难,损失约半。留下来的,除马、恩、列、斯全集和各种版本的选集外,主要是西方古典哲学著作、中国古籍(经书、子书为主)、经济学和唯物论辩证法方面的书籍。这些我都看不懂。

有一套儒勒·凡尔纳的科幻小说和肖洛霍夫的《被开垦的处女地》等,劫后幸存,但小时候引不起我的兴趣,所以不重视,神不知鬼不觉地被来我家的小伙伴们偷走了。也有人偷了几本柏拉图、黑格尔的书,这些书虽然比较常见,谁家都可能有,但内页里有我父亲写的笔记,我一看就知道。我还在小伙伴家里发现过我家的茶叶罐等小物件。

"偷"这个字不好听,但在当年的青少年中却十分普遍。真正的小偷是偷陌生人的东西,不是小偷的人只偷朋友家的。有一个朋友告诉我,当今的一个大名人,过去曾是他家的常客,当时是初中生,高干子弟,家庭很富裕,却喜欢顺手牵羊,经常从他们家偷小物件。他去未来的"大名人"家,常会发现自己家的东西摆在那里。"我一看,怎么都跑他们家去了?"至今说起来还哭笑不得。

大概是1968年前后,黎澍("三姨父")发现自己的书少了,于是广泛查问。我姐姐从他家借过书,看完都还了。六姨到我们家来,只有我一个人在,我跟六姨报告了情况,当时我都记得借过哪些书、什么时候还的,现在只记得一本佐拉的《小酒店》。查来查去,没有结果,但书确实少了,成了一桩悬案。多年后,我在美国与他家的一个亲戚聊起此事,这位仁兄大笑,说:"书是我偷的,奶奶看见了,但奶奶不说话……"

这位仁兄的英文名字叫Lee(李),说起他来还有一件好玩儿的事。有一天我们在洛杉矶的几个人大同学一起吃饭,我把李也叫上了。吃到一半,座中的老米看着李忽然说:"你叫某某吧? 陕北插队的吧?""是啊。"原来他俩居然是一个村一个窑洞的,后来各奔前程,十几年没见面,相互认不出来了。

老米说:李看的书多,特能侃,当年在地里干活时,杵着镢头,给他们讲《茶花女》,连讲好几天,把他们给迷的呀!从此老米对《茶花女》神往之极,多年后书籍解禁,他急忙找来原著阅读,一看,和李讲的根本就不是一回事,还没李讲的精彩呢。

三

我上中学后,因断了借书的来源,只能在我父亲的书里挑出几本来看,看过黑格尔《哲学史讲演录》,一个日本人写的论述辩证法的书,第二野战军战史(送审稿),《联共(布)党史简明教程》,等等。我对哲学等抽象思辨的东西缺乏真正的兴趣,加上不刻苦,没有钻到哲学里去,不然还是有相当的书可读的。

真正使我着迷的,是斯诺的《西行漫记》和斯诺夫人的《续西行漫记》,这是早期版本,内部读物,可能没有或很少有删节。我真正的兴趣是"人",这两本书满足了我的兴趣,也勾起了我对党史的好奇。斯诺夫妇不仅记述了大人物们的经历,还试图探索他们的个性,这使他们在我的脑子里一下"活"了起来,从此对这类事情兴味弥深。

《西行漫记》及《续西行漫记》被我视若珍宝，一直小心翼翼地保存到今天，不时翻阅。

这期间，最打动我的是苏联教育家马卡连科写的《教育诗》（现译《教育诗篇》）。打动我的原因也是因为他写了"人"。那是在他创办的类似劳动教养院中的一群孩子，性格各异，善恶难辨，悲喜交加。他们不同于我们惯常在书中读到的脸谱化人物，是活生生的。他们的命运，引导我思考人生。而马卡连科对孩子们的爱和宽恕，是我在现实生活中几乎看不到的，尤其感动。这本书，忘了是从哪里借来的，看完就还了。前些年自己买了一套新的译本（三册）。

我还偶然借到了贺敬之的《放歌集》，一下子对白话诗产生热爱，而且持续了很多年。自己也模仿着写起来，都是歌颂类的，抒发的是革命豪情。

《共产党宣言》是我读的第一本马列的书，读起来感觉像诗和号角，使我热血沸腾。"无产阶级失去的只是锁链，他们得到的将是整个世界"——这个口号能引起我的共情，前提是我已把自己归入了无产阶级的行列，可另一方面，我从小就被他人批评为一个资产阶级和小资产阶级思想相当严重的人，离无产阶级还差得远。因此，自我的归属感与外界对我的分类，从一开始就存在着不小的落差，而且很难通过努力来缩小它。这个矛盾，苦恼了我的整个青春期。

四

上了高中后，好像有点儿要开窍，有点儿会思想了。有一次我们班到顺义的一个苹果园去"学农"劳动，打地铺住了一个月，采摘苹果。我带了一本《自然辩证法》杂志。一天劳动结束后，我斜靠在被子上翻看，忽然一行文字从书中跳了出来，说宇宙"在空间上是无边无际，在时间上是无始无终"。这句话一下子把我带走了，离开了人类，离开了地球。我竭尽全力地去想象"无边无际"和"无始无终"是怎么一种情况，想得都有些恐惧了，深感这是超出人类想象力的，是我们普通人所无法理解的。这种感觉使人间万事万物都改变了。我靠在被子上，魂飞天外，体会到一种特别深邃的茫然。

教我们高中班的几个老师非常想好好培养我们，环境紧严时，他们只能按部就班，一旦有所宽松，就想多做些什么。所以有一个时期，决定对我们班的同学有限开放学校图书馆。所谓有限，是不能到图书馆里随便挑，而是每人提出自己想看的书单，由老师审查后借阅。当时我不知是从哪里看到个书名,提出要借歌德的《浮士德》。教语文的董老师善意地劝我说:"借别的吧,这本书你看不懂。"我年少无知,挺不服气,没有改变。结果借来后真看不懂。后来我才知道,要想看懂像但丁《神曲》、歌德《浮士德》这样的书,需要有丰厚的西方文化修养,我至今也不具备这个基础。

我记忆中,从图书馆借书就这一次,形势瞬息万变,还没松两天呢,又紧了。

先是反"师道尊严",又把一个考试交白卷的人树为英雄,紧接着就是"批林批孔"运动。

要"批孔",就要了解孔老二的主张是什么。我读了《论语》,竟然被迷住了,没想到这么有意思。记得有一次开小组会批判"中庸之道",何谓中庸之道呢? 辅导材料里引了一句话"叩其两端而执其中"。我整整思考了两天,才弄明白这句话的意思。我虽然是笨,可一旦想通,非常高兴,第一次体验到了思考的乐趣。由此兴趣大增。

兄弟郭化

一

1966年夏天,郭化是小学六年级学生。

郭化家在8号,我家是甲8号,挨着。8号是个大杂院,我们一般叫"清洁大院",因为住户都属于清洁车辆厂系统。学校里搞运动,郭化要扩大势力,把低年级同学也招致麾下。记得他曾让我在操场上喊过队,都是一、二、三年级的"小豆包儿",乱哄哄的,"一打一蹦高儿"。至于喊队干什么?忘了。我是否被任命为红小兵的某级领导?也忘了。历史的真相可能是,确有过此议,也把"小豆包儿"们集合过一次,完了就完了,没有任何实质性的推进和发展。所以,"喊队"这件事,是进不了我的个人履历表的。

我人小力薄,没有资格加入组织,属于外围同情者,在一次行动中，郭化命我把存放的一副哑铃搬回家藏匿起来。哑铃是生铁的，巨大，我拿得动，但要负重行走几里地，是个艰巨任务。严冬季节，天已经擦黑了，我的双手被哑铃冻得针刺一般疼，口喷白气，弯腰罗锅，呼哧带喘，圆满完成了任务。几十年后我妈妈说，当时还让我把学校的一部电话机也藏到家里，她一看，这可不得了，黑帮家庭私藏公家的重要财产，如果被揭露，罪名严重，硬让我送了回去。听妈妈一说，我影影绰绰有这个印象。

二

激情过后，革命转化为日常生活，场所亦从校内变成了校外。校外是多么自由的天地啊！郭化家成了他们一帮同学的聚集点，经常来往的有十几个，我也都熟悉了：西裱褙的哑巴、水磨胡同的重人、东受禄街的白脸儿、东裱褙的燕农、盔甲厂的小敬……鸡子儿和小滨本来就是我们胡同的，从小在一起玩儿。哑巴黑眉毛黑眼窝、小薄嘴唇，十三四岁就长了两撇小胡子，翩翩一公子，我觉得宋江就长得他这个样子。他车技高超，会"定车"，定儿分钟都不倒；在骑行中一捏闸一抬屁股，后车轮能跳起来。白脸儿肚子里存了很多歌子，常坐在我家街门前的石台阶上给我们唱,有的很抒情,比如《婚誓》:"燕子双双昂飞上天,我和阿妹哎打秋千,秋千荡到那晴空里,好像燕子云里穿"。小敬是大个子,打篮球的,总是满腹心事,他父亲是炮兵少将,前不久自杀身亡。他喜欢他们班的一个女生,因为父亲的问题,女生对他冷淡起来,这增加了他的苦闷。重人像个大哥,对我很关照,他不言不语,温和稳重,心里有准儿,几十年后当了驻外大使。燕农特爱揭鸡子儿的老底,从那时候一直揭到现在,主要是鸡子儿和他们班几个女生的互动情况……

有一次我们骑车去香山,我偷偷把我爸的怀表带上了。回来的路上,有一段大下坡,车速飞快。有人冲我喊:"晓阳,几点啦?"我一边蹬车一边掏出怀表来看:"现在是……"前方有一堆沙子,我刚说出三个字,车就扎进沙堆,人则被平甩出去,躺在了路上。

还有一次,我跟着这帮人去龙潭湖游泳,路过光明楼时,郭化提议去造访我们学校的音乐老师。这个老师是个华侨,广东口音重,举止做派与众不同,爱穿戴打扮,总是花里胡哨的。我们在学校批判过她的资产阶级思想和作风……老师打开门,见是自己的学生,很高兴,非但不介意这几个小崽子参加过斗争会,反而热情地招待我们,给我们泡茶,叽叽呱呱说个不停。在她,我们的来访本身就意味着并不把她当坏人，因而她可能感到欣慰。在我们，现在近距离接触，觉得这个老师真好。她家虽小，但整洁干净，还有一台钢琴，确实比北京一般老百姓的家要讲究。她在家里仍穿着花裙子，我感到很新奇，但一点儿也不反感。

三

郭化中等个子，秀眉俊目，一表人才。他在哪里都是个组织者，有号召力。在学生们成了校外的散兵游勇后，他仍时常冒出一些想法，把大家聚集在一起做些事情，比如组织我们去郊区东坝割麦子。"大串联"时，他也与几个同学去外地闯荡了一圈儿，当时我很想跟着去，但因为太小，他没同意。

我没上小学时就是郭家的常客，最早是跟郭化的弟弟玩儿，后来他弟弟上了寄宿学校，我就成天跟在他的屁股后头跑了。以前，我们家在胡同里很显眼，愿意跟我交往的孩子自然多。我爸爸被打倒后，成为人人眼中的黑帮，郭化兄弟不仅没与我疏远，反倒比从前更近了。我家里没有大人，日常生活都出现问题，姐姐缺乏生活常识，不会干家务活儿，我就更甭提了，很多朋友都来帮我们，郭化兄弟则是最多的。冬天取暖，需要搪炉子、装烟筒，怎么点劈柴生火、怎么"管"炉子、怎么"封火"和防止煤气中毒，都是技术活儿。冬季过后，拆下的烟筒要刷干净保存……这些，主要是郭化兄弟帮忙和传授的。

有一年爸爸生病，郭化帮助找到一个蹬平板儿三轮的大爷，我爸坐在平板儿上，郭化骑自行车带着我，跟在三轮车后，去了北京医院。我俩去挂号、缴费，搀扶着我爸爸，他一口一个"顾伯伯"，无微不至，至今记忆鲜明。

四

郭化与他们班的一个女生产生了爱情。这是个秘密，却似乎长了翅膀，飞进每一个人的耳朵里。那大概是他十五岁时候的事。十五岁年龄的男孩，半懂不懂，对性有着强烈的好奇，爱用说下流话、议论女生等方式排解性苦闷，但敢于下手去交女朋友的，真是凤毛麟角。

详细的情况我至今也不了解，当时只觉得二人般配，又有些不可思议。几十年后我写小说《花开也有声》时，男女主人公设定的就是他们这个年纪。我曾经向郭化等当年有过恋爱经历的同龄人询问一个简单的问题："你们当时拉手了吗？"别的我都可以依靠想象力，唯有这个简单的、基本的问题必须落实到具体的人。结果答案是有的人拉手了,有的人没有。这就得了! 只要确实有拉手的,后面的事情我来编。

当时盛传,另一个男生也喜欢那个女生,因而把郭化视为情敌。是真是假,不得而知,但那个男生确实一直与郭化的关系不好。1997年我第一次回国,召集胡同的发小聚会,那个男生就没来。几天后,他给我打了个电话,说那天他有事来不了,后来到我家来找过我,我不在。有的朋友听了,推测说实际上是因为有郭化,他才不来的。纯情的少男少女啊,一个梁子结下了,能结一辈子。

在1969年他们下乡之前,郭化与女生分手了。据说他们两人之间没有问题,而是由于外力。至今,我除了问过"拉手了没有?"再没问过郭化其他的任何事。如果有伤疤的话,我们还是不要去碰吧。人会老,心永远是嫩的,什么时候都怕痛。

五

有一天我和白脸儿在我们家门口坐着,相隔几十米的路上走过一个女孩,也就十四五岁的样子,但个子高、胸高、腰身丰满,穿一件绿军装,皮肤白皙,很妖娆。白脸儿认识她，冲她怪叫了起来："噢！哈——！嘿——！"女孩看到是白脸儿，一笑，扭着屁股走了过去。我见过这个女孩，知道是泡子河的。白脸儿告诉我，她是"卖大炕的"。她家只住一间平房，凡有客人来，家人就都出去了，只剩女孩和客人在一起，"在炕上滚哪！"卖一次好像是几毛钱。我听了十分吃惊，难以置信，怎么还会有这么古老的行当？但白脸儿与名震京城的"北京站小坛子"住在一个大杂院里，听得多、见得多，对方圆五里地内的事情门儿清，他的话可信度很高。

六

郭化的父亲是河北人，抗战期间参加八路军，打过鬼子，在死人堆上睡过觉。他的左脚后跟被打伤残了，定为某个轻度等级的残疾，每月领有补助金，但走路受影响不大。我们老家完县是晋察冀的根据地，他就在那一带打游击。有一次他问我："你们家是哪个村啊？"我说："神南。""南神南还是北神南？这两个村子我都住过。"神南还分南北啊？这个我可不知道。

郭叔叔没有受过正规教育，新中国成立后是普通干部。"文革"中，旧北京市委的黑帮们被集中起来看管，他被派去做负责人。我父亲解放初期在市委工作过,那些黑帮都认识或知道他。郭叔叔经常跟他们说:"人家顾××对我们老百姓家的孩子可好了,跟我们完全平等……"他对黑帮们比较同情,在力所能及的范围内给予关照,有的人年纪大了,劳动时就让他干轻活儿,也从不刁难人。黑帮们对他印象很好,有的还与他结下了友情。后来,这些黑帮都平反了,又当了官,经常来看郭叔叔。郭化结婚时,还有来参加婚礼的。

郭化的弟弟郭东1968年当了兵,当时才十四岁。不是"后门兵",是海军专门到他们学校去挑的小孩,学习通信技术。他踏踏实实地在海军干了一辈子,不到四十岁就挂上了大校军衔。我妈妈老念叨的一件事是:他第一次从部队回来探亲,先到我们家来看看,再回自己的家。这样的情谊实在令人难忘。郭东生性寡言,朴实厚道,是胡同里公认的好孩子。

郭化爱喝酒,喝完话多。1987年我出国前,他在台基厂一家四川餐厅给我饯行,吃完又一起回了我家。当时他在公家单位当一个所长,吃饭时已喝了一瓶白酒,到家又让他的同事搬来一箱啤酒(大瓶二十四瓶),接着喝。我是愤青,对社会的批评尖刻激烈,喝醉后,出言不逊,对我父亲一生追求和为之奋斗的理想彻底否定,措辞大不敬。郭化也醉了，拍桌子骂我："顾晓阳，你他妈算老几？敢说老一辈的坏话！"我哭了，郭化也很难过。这种突然涌起又十分强烈的感情里混杂了太多的东西，那是一个人从孩童成长为成年人所经历的一切，说也说不清，道也道不明，只有我们俩的心里互相能明白。

十年后，我回到北京，与郭化在老胡同旁边的一个饭馆吃饭。他又提起了当年我说的话，可见他对此耿耿不能去怀。我的观点一直没有什么变化，但想起那时年轻气盛，表达的方式过于偏激和粗陋，的确缺乏理性。我向郭化承认了错误。

七

我们都长大了。成人的世界是最没有意思的，一脑门子的官司，做梦都在算计和动心眼儿，人和人互相防着，占便宜没够吃亏难受，有阴谋，没爱情，酒是年头越长味道越厚，人是岁数越大越寡淡无味。我猜所有的人都希望能永远活在童年里。可人是生物，你不想长它自个儿也长啊！这是人类不可克服的悲哀。

所幸，我和郭化的友谊经住了时间的磨洗，没有被利益所侵蚀。我们现在还在一起喝酒，但都有了克制，小酌而已。社会话题已经不谈了,陈芝麻烂谷子的事越唑摸越有意思。他仍然给了我很多的帮助,感激之情无以言表。大哥永远是大哥。

居委会主任二大妈

一

我们胡同的居委会主任叫二大妈。大概从1960年代早期到1970年代初期，至少十年间，她是我们胡同的明星级人物，从黄口幼童到耄耋老人，绝对是无人不知无人不晓。

我上小学一年级时，学会了写字。有一天在同学小理家院门旁，堆了一堆沙子、一堆石灰。我去玩儿沙子时，见左近无人，就用白石灰在墙上写了五个歪歪扭扭的大字"小理是我儿"。写完就跑了，以为没人知道。第二天，我在胡同里遇上了二大妈，她拦下我，温和地说："阳子啊，你字儿写得挺好，可不能往墙上乱写啊，是不是？"从此以后，我认为没有任何事能瞒住二大妈。

"文革"中有一年，不知何故，灯泡这个再普通不过的商品在全北京市断货。不论谁家要买灯泡，必须由二大妈批准。正好我家要换灯泡,我就去找她,"二大妈,我们家灯泡儿憋了。""是吗? 走,看看去。"二大妈跟我到了家里,我拉了几下灯绳示意,经她验证灯泡确实憋了,于是写了张条子,大意是允许甲8号顾家买40瓦灯泡一个,然后掏出随身带着的自己的名章,往纸上一盖。我拿着这张条子,再带上那只坏灯泡,到(指定商店)"合作社",才能买到新灯泡。从此以后,我觉得二大妈的权威大了去了。

二大妈虽是个家庭妇女,但在胡同"主政"多年,自然有人恨她,于是传出了她的一些坏话,是关于她的出身来历的。我听见小孩儿们说,回家就告诉了我妈,"那谁谁说,二大妈以前是××。"我妈一听脸色大变,严厉地对我说:"你可不能在外头瞎说!"其实我不懂××的确切意思,只知道不是好人。

二大妈确实短暂地沉寂了些日子,但不久便高调复出,地位比原来还要煊赫。那时候,最讨人厌的事情之一是警察查户口,用现在的话说,是"常态化"的。有时挨家挨户都查,但很少,主要是抽查,就是专查"有问题"的人家。一条胡同,少说上百个家庭,谁家有问题? 片儿警小柳知道个大概齐,主要还是依靠居委会,二大妈说谁就是谁。我们家本来就"黑"了,这谁都知道,铁定的"问题户"。后来，我姐姐也成了关注对象，一是"黑帮子女"肯定要划入监控范围，二是她在女十三中念初二，经常有同学和朋友（世交家的孩子）来找她，院门口自行车一停七八辆，十分扎眼，这些，全都会有人汇报给二大妈。我抽烟，也让人揭发了，但岁数太小，没资格纳入二大妈代表的系统，所以是汇报到了小学班主任那里。说起来，耳目怎么那么多呀？

警察查户口，是由二大妈或其他居委会委员带路，带到门口，警察进去，一般她们不露面。都是街坊，也明知不是什么好事，面对面的话太尴尬，警察还是很体谅她们的。有时候白天查，更多时候是夜里查，因为夜里会藏人。进了家不许开灯，警察手持五节1号电池的大长电筒，一个一个地照人脸。我小孩睡觉贼死，一般动静都吵不醒，可只要手电光照在我脸上，必醒。乱世之中，也不害怕了，就是觉得真他妈讨厌！"这是谁？""我儿子。""叫什么？""顾晓阳。"警察叔叔手持户口簿，一一对照。

有一天白天来了两个警察，一个是片儿警小魏，一个没见过。当时家里只有我在。他俩把每个房间都走了一遍，挺客气。在我姐姐的房间，小魏拿起一本佐拉的小说《小酒店》，翻了翻，问我："这是谁的？""借的。""你姐姐就看这个呀？"说完轻蔑地扔在桌上，倒也没再追究。这本书是从黎澍家借来的,我姐姐看没看不清楚,我倒是真看了。就像后来有一次市局警察训我时说的那样:"别瞧你小,你最坏!"

二

二大妈的先生叫二大爷,蹬"排子车"(平板三轮)的,干瘦,寡言,人很和气,我从未见二大爷说过一句话。二大妈当主任好像每月会补助她三五块钱。他们住在我家南边的一个大杂院里,只有一间小房,一张大炕就占了房间的一半。一家三口,生活十分困难。二大爷好喝一口,只要钱够花,晚上吃饭就来两盅二锅头。他是体力劳动者,身体单薄,岁数也不小了,一天劳累下来,不借借酒力,还能干吗呢?

一天晚上我在新果家门口与他、老王闲聊。忽然从胡同口拐进来两个人,一个骑车,一个手背在身后步行。黑乎乎看不清,新果以为是他27中的同学来了,上前一步,叫道:"豁子,你怎么刚来呀?"二人也不答话,步行者手上两块砖头,突然飞了出来,砸向新果,骑车的从书包里掏出菜刀。原来是专门来打新果的。新果家门紧挨着另一个院门,我和老王滋溜钻进那个门,跑了。新果来不及躲避，被那二人围殴。

我们进的那个院子曲里拐弯，往北往东最后能通到我家的小院，新果家北房的后墙就对着我家院门，墙顶端开有矩形小窗。当时我十岁出头，新果和老王十五六岁。我与老王跑到墙下，老王"嘿儿搂"（双腿骑在人脖子上叫"嘿儿搂"）着我，我爬到矩形小窗前，一望，新果的哥哥大鹏在屋里。"大鹏！大鹏！有人来打新果啦！"大鹏是练武的，很会打架，在胡同小孩中素有威望。只见他抄起一根练武用的白蜡杆，拉开房门就跑了出去。我和老王顿时壮起胆，进了我家院子，他抄了一把铁锹，我拿了一根火筷子（捅煤球炉用的铁钎），返身往回跑。

我们回到现场时，大鹏、新果已经把步行者打得连连后退，骑车的一看人多，吓得骑上车逃了。当时南边就是地铁工地，工地围着铁丝网。大鹏、新果把那人一直按到铁丝网上，挥拳猛揍，边打边问"服不服？"那人吱哇乱叫"服啦！哥们儿我服啦！……"打得满脸是血。二人看打得差不多了，把他揪起来，扭着，说："送二大妈家去！"

二大妈和二大爷盘腿坐在炕上，围着小炕桌，正在吃饭，二大爷喝着小酒。猛然看见闯进来这么多人，杀气腾腾，浑身是土，二大妈吓一跳，直往炕里缩。大鹏说了一下情况，二大妈说："这事儿我可管不了，赶紧送派出所呀！"

敢情也有二大妈管不了的事啊！我们去了喜鹊胡同派出所。警察见多了，先把我打发走了，"这小孩儿，没你的事，回家去吧。"于是我先走了。几个小时后，大鹏、新果、老王也都回来了，说警察询问了经过（不知那时是不是叫"笔录"），确定没他们的责任，把肇事者扣下了。这是我头一回看见二大妈害怕。

二大妈抽烟，瘾还很大，穿鞋不爱提后跟，老趿拉着。平时风风火火，打胡同里一过，打不完的招呼，点不完的头。工作积极性高，很负责任。没有一个家庭她不了解，知道的隐私、隐情、秘密不知有多少。当时要是有人给她做个口述历史，那就是一本内容丰富的北京市民史。

三

二大妈对我们家，在我爸爸被打倒前和打倒后，态度没有明显变化过，上面交给要执行的事，那当然必须执行，但从没有过故意找碴或刁难。要知道，中国社会是一个人情浇薄、极为势利的社会，一个普通家庭妇女，手上又掌握着一点权，能做到一视同仁，不简单。

那时北京不让养狗，新果偷偷养过一条白色的小狗，被人汇报给二大妈。她来询问，新果咬死了说，那不是狗，是"荷兰猪"。她要进院里看看，新果不让，最后也就不了了之了。说明她"执法"的弹性比较大。

有一次居委会召集胡同里所有的男性小学生去开会，到了那儿，每人发一张纸一支笔，让写标语，签上本人的名。写完交上去就散了，二大妈表情严肃，不多言语，气氛诡异，不知道干什么。后来我才听说，是因为我们附近一个公共厕所男厕内的墙上，出现了一条反动标语，字迹像是小孩儿的。派出所搞追查，让男孩都写几个字，做笔迹学研究。最终这件事再没了消息，估计是没查出来。

地铁建设继续向东推进，二大妈他们家也给拆了，后来连整个泡子河都没了，一直挖到了城墙。二大妈家搬到了马匹厂胡同。虽然离得不远，但究竟是两条胡同，她就此从我们的生活中消失了。我们的胡同变成了一条寂寞的胡同。

我上了高中，那时已经好几年没见过二大妈了。有一天在农业部大楼的拐角，我和二大妈差点儿撞了个满怀。她往后一退，把眼一睁，像嚷嚷一样惊呼道："哎哟！这不是阳子嘛！你怎么越长越丑啦？"

这是我最后一次看见她。

胡 同

一

对于今天的我来说,"胡同",已不是一个词汇,更不是一个三十年来每天看到、触摸和穿行其中的实物。它已成了一段历史、一股乡愁、一块无法疗治的心病。无论在东京、在巴黎,还是在纽约,我总是积习难改地问:"该从哪条胡同走?"因此我常常迷路。

我住的那条胡同,在北京城东建国门内。那是一个贫穷破败、民风顽劣的所在。我至今记得在夜黑风高之时,一声呼啸,胡同里所有的爷们小子纷纷抄起顶门杠、菜刀和"板儿砖"倾巢而出,与胆敢来犯之敌——不管他是别条胡同里的爷们小子,还是谁——混战一场。那殴斗的起因,常常只因为一只鸽子、一颗玻璃球,或者一句脏话。

一位臂上刺着青龙的壮汉,永远赤裸着上身,立在胡同口上,像一尊守护神。警察皆惧怕且规避着他,而不是相反。每次捕他,必以二三十人之众将小院围实,并且喊:"山根儿,你丫的要是不出来,我们就把你娘铐走啦!"为了亲爱的只剩三根全白头发的母亲,山根儿走出来,一面伸出双手让警察上铐,一面朝地下啐吐沫……

二

年久失修、低矮幽暗的大杂院群里,也居然有漂亮的四合院,有画家徐悲鸿故居那样豪华的宅院。那位常与我们布阵弈棋、智力残障的"徐悲鸿家的大傻子",拖着两条腿走出来,把徐家珍藏的青铜古玩卖给废品回收站……现在你知道了,在我幼年所受教育中,至少包括了以下两点:暴力和对文化的蔑视。

胡同与胡同里的人们一起,历尽沧桑。1966年北京修地铁,我们的胡同竟被数十米深和宽的壕沟拦腰斩断。这边儿的人与那边儿的人,只好遥遥相望,隔断了许多交游,也隔断了许多恩怨。胡同当中建起了木制简易房,操外地口音的工程兵蜂拥而入,搅乱了胡同永恒的宁静。数年后,他们留下一条泛白的公路,和一些无法证实的传说,消失得无影无踪。只有简易房仍霸在胡同中央,它成了水泥的,并且向居民古老的墙垣扩张，向缩小的天空伸展，它有了气派的大门，门前牌子上写的是"北京站地区公安分局"。

三

我在胡同里就这么过了三十年。自出生后我的全部生活几乎都储存在那里，犹如储存了一坛好酒在地下，年愈久而味道愈醇厚。自斟自酌，浅吟低唱，以昔年之杯酒浇今日胸中之块垒，成了我无论漂泊在何处都不可缺少的精神享受。不过，我明知那不仅仅是享受，它带给我的疼痛正在周身蔓延，恐惧像不可抗御的病菌侵袭着我。我越是怀念家园，越感到我正在与我自身的历史发生断裂。邻居的来信中告诉我的消息如此富有象征性：我家周围、我们的胡同，已被全部拆除、变成一片瓦砾场。这就是说，我的童年、我的往事、我的一切，将无迹可寻！我像个丢了魂的影子，在曼哈顿四处漂浮，到处想要寻找我的胡同……断裂的碎片落满街头，我俯身捡拾，可它们刚一触到我的指尖便化为尘埃。我想说的是：如果你丧失了与过去的联系，你丧失了你的历史，那你剩下来的还有什么？

胡同，在我珍藏的照片上留存下来。四周的一切由于超越了局限，被轻率地省略掉了。那条我在上面滚铁环、摔跤、翻跟头，有长度、有纵深的道路，被压成一个平面。这是张二十多年前拍摄的照片了。由于光线，由于一个挺不错的蔡斯镜头和一张保定出产的胶片，漫不经心、毫无深意的那一刹那，居然脱离了无始无终、刻刻相接、变幻无穷的时间的河床，像从模具里被磕出来似的滑落在我的手掌上。照片上有一群十岁到十五岁的孩子，也许是因为他们还从未被什么人如此专注地注视过（哪怕仅仅是几秒钟），人人脸上都现出几分惊慌。而站在边上、心事重重、穿一身密不透风的蓝布衣装的那个小男孩儿根本想不到，他生命中这短暂的六十分之一秒竟被保存至今，而他每天看到、触摸、穿行的胡同，二十多年后竟使他如此牵肠挂肚，他渴望占有它像渴望占有一笔巨大的财富。他想不到，时间，既然它能使河水枯竭、沧桑互变、美人色衰，那就没有什么是它不能的了。如今他想到他竟想不到所有这一切，不由得对上帝充满敬畏……不用说，那个男孩儿就是我。

"大姑娘"张朴

我妈管张朴叫"名士派",他二十郎当岁的时候,穿一件中式对襟棉袄,一条蓝围脖前一搭后一甩,一副五四青年的模样。那些年,他几乎每天都到我家来,有时一天两趟。来干吗?屁事没有,就是穷聊。他说话语速慢,但话头源源不断,有时有意思,有时枯燥。枯燥的时候我就打断他。

我俩十三岁就认识了,初中同班。他高大壮实营养好,宽肩膀,面皮细白粉嫩,说话爱脸红,人送外号"大姑娘"。开学半年,雪天路滑,"大姑娘"在103路总站的马路上与无轨电车相撞,一头撞碎一个车灯,头真硬!我去他家看他。他父母在外地,他跟爷爷住,去了才知道,他有一个大奶奶,还有一个二奶奶。大奶奶持重寡言,不识字,但有威仪;二奶奶灵活热络,爱看《红楼梦》。爷爷是留美的铁路工程师,按当时的习俗娶了两房。

张朴有点"神",虽然初中时还不那么明显。他功课一般,但杂七麻八什么都知道点儿,爱看书,广交游。加上弹跳好,篮球排球都打得不错,又是鼓号队敲大鼓的,在学校挺出风头。我那时瘦小枯干没有特长,想狂狂不起来,暗自羡慕着"大姑娘",他带球上篮儿的身姿我到现在还清清楚楚记得。这一点,他到死都不知道。

我妈还管他叫"无事忙",因为他一辈子闲闲荡荡,却总是显得很忙。另一个绰号是"不着调",是东北话吧,不靠谱的意思。有一年腊月,他对我妈说:"阿姨年前我给您送只鸡来,我表哥过两天从天津来还能给您捎几斤带鱼,您就用不着办年货了。"那年头商品匮乏,办年货是很伤神的一件事,得求很多人。有了张朴的许诺,老太太乐坏了。可是张朴说归说,说完完,他的鸡和鱼飞的飞游的游,根本没见影儿。到了除夕,我家干吃了一顿饺子;到了初一,又干吃了一顿饺子,过了个革命化的春节。

张朴=没谱儿,类似的事儿多了去了。

初中毕业,我在本校上高中,他去了帅府园中学。他把和他要好的同学都介绍给我。我常跟他去东单的青艺宿舍和煤渣胡同的人民日报宿舍,认识了与文艺界沾边儿的孩子。这对我是个新鲜经验。我俩的交往一点儿也没减少。

爷爷死了,不久大奶奶也死了,大奶奶是他的亲奶奶。

二奶奶继续研读了几年《红楼梦》，也死了。两间不小的平房成了张朴一个人的天下。他招来一群群狗男女跳黑灯舞，彻夜跳。最后来了警察。这都是他事后告诉我的，这种事，他从来不叫我。我一直不明白为什么：难道说我不是男人？不是人？

高考复习的时候，我俩一起到首都图书馆用功。为什么？他说："因为咱俩都属于看见床就想躺下的那种。"我们在家都有安静不受打搅的学习环境，可是的确像他说的，对床太有感情，在它旁边而不照顾它，于心不忍。所以只好来个眼不见心不烦。当时首图在国子监里，古木森然，芳草如茵，人也很少。我们坐在草地上，他一问我一答，互相诘考。可一复习到平时讨厌的科目，都动起了肝火，我每问一句，必招来他一通臭骂，什么"操你妈的胡说八道嘛这不是？"之类的，就复习不下去了。张朴说："这么复习会伤了咱俩的和气，还是去康乐吃过桥面吧。"我校鼓号队的指挥小冷在康乐餐馆当厨师，康乐在交道口，离国子监很近。于是二话不说，拍屁股走人。我们对朋友小冷和过桥面，也都很有感情，不亚于床。

当时社会上流行的观点是"学好数理化，走遍天下都不怕"。可我对理科毫无兴趣，想报历史系。不知有多少人劝我别学文科，不但没出息，还"有危险"。连曾给我作文打满分的傅老师也对我的意向表示惊讶,说"哟！干吗不报清华呀？"我意志不坚定,产生了动摇。张朴慢条斯理地说:"一个人如果连自己的爱好都不敢坚持,还有什么劲哪？"一句话,影响了我一生。

但我从来不知道张朴的理想是什么。我们谈了那么多话,通宵达旦地谈,年复一年地谈,他只品评别人,有的赞扬,有的讥讽,却没说过一句自己的。究竟他这一辈子在想些什么？我始终没摸透,而现在则成了谜。

我们都上了大学,看来过桥面和睡眠充足对高考还真有用。我在学校参加游泳训练,身体强壮起来,个头也长得比张朴猛些。他还是那样细皮嫩肉,脸上红红白白的,像刚被谁扇了两个耳刮子。我们都爱上了喝酒。他一直和各种女孩儿交往,但一个也没让我见过,他都是和对方吹了以后,才告诉我他有一个什么样的女友。真是怪!

毕业后,张朴分在银行当信贷员。他的一个同学念了研究生,导师是高官,把学生推荐到某省当信托投资公司总经理,同学拉上张朴,当信贷部经理。都才二十多岁,手里掌握着巨额资金,非常地拉风喽。在北京设了办事处,是宣武饭店吧。我的美国佬朋友老康,北大刚毕业,想做生意,但学生签证到期,身份成了问题,手提两个大皮包四处游荡。我就把他介绍给张朴。去宣武饭店的时候,美国佬拎着俩皮包就去了，一进门，张朴、尹强等满屋子人哄堂大笑，说："就这孙子想跟我们做生意呀？真正的皮包公司啊！"

他们北京来的几个人占据了省里的肥缺，当然引起本地人嫉妒。本地人设下美人计，引总经理堕落。总经理同学被捉奸在床，有夫之妇，破坏军婚，触犯了法律，抓进监狱。张朴去探监，同学偷偷给高官导师写了求救的条子，让张朴连夜进京活动。高官听张朴细说了原委，气得拍桌子骂脏话，骂这个学生没出息。总之，这伙人最后就作鸟兽散了。我出国前最后一次跟他讲电话，是他半夜两点喝醉了从东莞打来的，说要在那儿盖酒店，留了地址和电话。不久我为了什么事给他拍了份电报，第二天电报被退了回来，"查无此地址"。我又去西单电报大楼给他挂长途电话（我家电话不能打长途），打通了，对方说没这个人！

张朴1970年代曾给我写过一封信，说："今冬明春将有一场边界性争端，但第三次世界大战的条件尚不成熟。"这话啥意思？鬼知道。这就是他神神叨叨的地方。信的其他内容我已经忘了，只有这一句记得牢牢的，什么时候想起来什么时候觉得好玩。我出国后，他又不爱写信了，竟断了联系。

隔了多少年，他的表哥，就是要给老太太二斤带鱼让我们家过年的那位天津亲戚,来美国出差,通过张朴在美国的小学同学小季,找到了我,这才有了他的消息。他又搞了一个公司,这回玩儿大了,公司资产几十亿,他是副总裁,表哥是天津办事处主任。我旧事重提,"那他给我们家的二斤带鱼呢?"表哥直乐,"小朴的话什么时候有准儿?"

张朴已经结婚了,老婆是在澡堂子认识的。"什么?男女同浴吗?"表哥大笑,说你真是离开太久了,老婆是做按摩的,正经的按摩。"还有不正经的按摩吗?"表哥又笑,说人家是名牌医学院毕业的,人很好。有孩子了?有,六个,哈哈哈,狗。说完表哥与其他同行的人互相看着笑,好像关于狗有很多故事似的。他俩不想要小孩吗?表哥说:他老婆天天坐着"大奔"上庙里念佛,他忙着伺候狗,哪有工夫养孩子!

出国十年后,我回了趟北京。又是在半夜时分,张朴打来电话,他明显喝醉了,口齿不清,说正坐在我们家门口等我呢。周围还有不知什么人,说说笑笑的。我住在亚运村的一个酒店里,没去和他见面。这么没谱儿的人又喝了酒,还是改日吧。

几天后见了面。他居然有点认生,好像恢复到初中"大姑娘"的时代,腼腼腆腆的,目光总是躲闪着。变化不大，老一些，自然的；浮囊了——不运动和酒肉征逐的后果。一饮酒，话多起来，还是那么慢条斯理，还那么神。这一来不要紧，又回到了过去的样子，天天约我喝酒，话题无穷无尽。但关于他的家庭和太太，一字不提。没准儿这小子从有第一个女友开始，就打定了主意不让我见她们。

后来我听说，张朴非常能挥霍，但从来不把钱往自己的兜里装，他不贪。所以当他们公司败落后，他几乎身无分文。总之，第二年我再回北京，就找不到人了。第三年回来，他们总裁已判刑入狱，张朴失踪。

是金融犯罪：体外循环六十亿。什么是"体外循环"你知道吗？反正我是不知道。

我逢人便打听他的下落。尹强早在公司出事前就离开了他们，另起一摊儿。尹强的哥哥是尹力。有一年尹力说："听说张朴进去了。""哟！"

后来尹强在香港开了家老北京饭馆，焦熘丸子红烧黄花鱼烙饼芥末墩都十分地道。我每次去香港都到他那儿吃饭。那里来往的北京人太多了，消息灵通。有一次尹强说："最新消息：张朴上峨眉山了。"

倒是个让人意外又在情理之中的结局。

二〇一几年，失联多年的老朋友董一公露了面，他曾与张朴同事。我们一起吃饭时，我问他有没有张朴的消息？

"已经走了。"

"啊？什么时候？"

"一两年前。"

"才五十几岁呀！他身体那么好……"我声音哽住，不能再说。

据董一公说：张朴有心脏病，很注意，多年喝泡洋葱的葡萄酒，认为能软化血管。外出旅行也从不坐飞机。近年他在我们班同学老段的公司做事，与老董也"一起合作"干着什么。上没上过峨眉山不清楚。

那一次，是董一公让他出差，为了给董省钱，他坐了火车的硬卧。夜里睡觉时，突发心肌梗死，悄无声息地走了。早上被列车上的人发现时，身体已经凉了。医生判断死前没有什么痛苦。他的太太无人晓得在哪里，老段给他料理了后事。

我问董一公"你们一起合作什么？"一公语焉不详，因为他本人现在做的事更离奇——他在给缅甸一个军事集团当顾问！

一帮神人。

还记得高考结束后，张朴去邯郸父母家，我俩约好数天后在北戴河见面。到了那天,我从北京坐火车到北戴河站,下了车,才知道还要坐班车才能到海边,而最末一班车已经走了。只好在车站旅馆住了一夜。这样就错过了约好的日子。第二天到了海边,才发现我们也没有约好具体地点,因为我俩都没来过北戴河,是说不上哪个地点的。所以,既错过了日期,又没有见面地点,是碰不到一起的,只有自己玩儿了。

我顺着下坡的道路朝海边走去,我还从来没见过海呢,心情激动。

看见海了!

> 大海,你这自由的元素!

中学时张朴读了《普希金诗集》,最欣赏这句话。他把这句话反复讲给我,我就记住了。

我看到大海,脑袋里就蹦出了这句诗。

然后,我直觉地感到后面有人,一回头——张朴在离我二十米远的地方跟着我,冲我笑。

"我操!咱俩还是碰上了?"

他笑眯眯地说:"我一直跟着你呢。"

"那你怎么不叫我啊?"

"我想看看你第一次看见大海有什么反应？"

典型的张朴风格。

于是，我们一起向海边走去。

老北京城的小与大

一

几十年前,北京城小,人口也不算多,不管走到哪里,都能遇到熟人。

我童年时期的一次"路遇",是在1967年。那天,我一个人去王府井大街闲逛,走到百货大楼对面的四季香果品店前,看见了我认识的一位大哥哥小丁。我是个小学生、小毛孩儿,除了同学邻居,还能有几个熟人呢?可北京城小哇!哪怕是游丝断线,也能给你连上。小丁跟我是世交,这年十七岁,我还不具备与这般年龄的人交流的能力,但四岁就和他认识了,您说这算不算老朋友?他身旁还站着一个他的同学,叫老钟,比他矮一点,黑黑的,寸头,目光炯炯有神。我是头一次见他,所以至今印象鲜活,小丁因为太熟,那天的样子反倒记不起来了。

这二人是不是身穿军装，腰扎"苏（联）式武装带"？保留下的印象是，事实上可能不是。反正一看就是"老兵儿"的样子。当时他们俩加另两个同学，四人出版了一份小报，叫《莱茵报》，报名取自青年马克思主编的一份报纸。这天，二人就是来王府井，在街头卖报的。我站在他们身边，虽说不上话，已足以自豪。这是真正的老兵儿！是1967年北京青少年中最大的时尚。我跟时尚沾上了边儿。

1967年，全国的民间自办小报出现井喷，几乎什么人都可以办报纸，只要你能筹到些钱，有了纸张和印刷费。一般都是四开四版，一张卖二分钱，主要靠街头叫卖来发行。如果卖得不错，收回成本还能赚钱，用盈余再出下一期。著名的《出身论》就是在这样办的报纸上发表的。小报多如牛毛，以致在西单体育场出现了自发的交易市场，互相换小报为乐，抢手的，可以卖高价。这种局面持续了近一年，到这年年底，上边下令禁止，小报才消失。

我也卖过两次小报。一次是小学六年级的国华组织的，是帮北京日报社内的某一派卖他们的小报，卖完一大堆零钱，放在一个纸盒里，我跟着国华等人送到东单的北京日报社。当然是义务的，也一分钱没贪。另一次是夏天，那时我妈妈被他们单位的造反派"解放"了，让她去卖小报。我妈带着我,在东长安街上摆摊儿。王府井南口以东的长安街边,一溜儿几十米全是卖报的,一个挨一个。我有了上一次的经验,知道要吆喝一些耸人听闻的标题,以招徕买者,于是从小报里挑出几件事,拼了命地喊,喊着喊着,忽然发现旁边出现了几位另类的卖报者,他们手上拿着报纸,脖子上都挂着大牌子,原来这是几个外交部被批斗的。他们立刻就被路人围观了,让他们来卖报,既是对他们的一种惩罚,也是报纸的促销手段。

据小丁回忆,我碰到他和老钟那天,是十一期间,另外两位"报社同人",蹬着平板车拉着报纸,停在百货大楼前。他们的报纸卖三分钱一张,销路很好,赚钱了,可惜只出了一期。多年后,老钟成了副部级干部。

二

1983年,美国大名鼎鼎的剧作家阿瑟·米勒来到北京,给北京人艺导演他的代表作《推销员之死》。他和夫人在北京住了一个多月,二人经常骑上自行车从北京饭店出发,满城转悠。他的观感是:北京就像一个大村庄,人们都互相认识,挎着篮子买菜去的大爷大妈,在路上遇到任何人,都要站住聊半天。

的确，那时候，中国是个大农村，北京就像个大镇子。

阿瑟·米勒担心他这部"纯美国"的剧作能否在中国引起共鸣？"推销员"威利有两个儿子，小儿喜欢泡妞，泡妞时瞎吹说"我是西点军校的！"排练时，演儿子的中国演员说这句台词找不到感觉，拿不出那个范儿。米勒问他："如果你想吸引一个女孩子的注意，你会说什么？"演员立刻说："我爸在香港！"米勒导演一看，这下子就全对啦！大喜，让演员就这么来演……那时，谁家有个亲属在海外，是很牛逼的一件事，人人羡慕。

我去首都剧场看了《推销员之死》的演出。正好那天阿瑟·米勒也悄悄地坐在剧场里，在中间横过道后的第一排、靠左边通道的第一个座位上，我就在他的后一排。灯暗了，幕拉开了，人物上场了……剧场里还不断有迟到的观众进来，进来后理直气壮，旁若无人，把座椅搞得砰噔哪当响。米勒怒气冲天，圆睁环眼，哪儿有响动他就扭脖子狠狠瞪过去。可是没用，你瞪人家，人家也看不见啊，看见了也不知道你为什么瞪他（她）。我们是在戏园子里泡了二百多年的观众的后代，图的就是个热闹。

如今又几十年过去了，这种状况改善了许多，但还没绝迹。由于工业进步，人人都用塑料袋，有的人特别喜欢带着塑料袋去听高雅的交响音乐会。塑料袋里可能装着大额存单或现金，老不放心，隔一会儿就得摸弄摸弄揉擦揉擦，声音特别刺耳！我去听音乐会不算多，反正每次后排都有带塑料袋的……可见一种文明习惯的普遍养成，怎么也得花上一百年的工夫。我这老愤青，过于急躁了。

《推销员之死》在北京获得巨大成功！英若诚饰演的威利深入人心。像我这样在计划经济中长大的年轻观众，虽不懂"人寿保险"这个商业术语是啥意思，也不知"推销员"是干什么的，但这并不是障碍，威利作为一个人，我们完全能够理解他。那种无解的人生困境，人心最深幽处的焦灼和爱，深深打动了每一个人。

北京人艺的黄金时代进入巅峰期，不出十年，就结束了，真的特别令人怀念。

1980年代，北京的各个剧场，是最时髦的场所。人们津津乐道的红塔礼堂、首都剧场、展览馆剧场、政协礼堂、民族宫……有的是舞台最适合演芭蕾舞，有的音响效果好成为外国交响乐团首选之处，有的则老放"内部电影"。在这些地方，群贤毕至，名流云集，你可以看到北京最新潮的服饰打扮，听到最刺激人的小道消息，遇到最当红的各类名人。京城的"交际花""交际草"们逐臭而来，谁都认识，幕间休息的两个十五分钟，是他们最繁忙的时刻，比看演出兴奋。我已经上大学了，同学朋友比小时候多得多，但在这种场合却碰不到熟人。他们都到哪儿去了呢？忽然明白，是自己的档次太低了。

北京城虽小，也是分层的。

我编剧、导演的电视剧《花开也有声》，讲的是1968年北京胡同里的故事。一位大姐看完后，对剧中展示的北京市民生活感到十分陌生。她一直生活在北京的大院、寄宿学校和国家机关里，想象不出还有北京人过着像剧中人物那样贫穷的日子。在拍摄过程中，一位演"姥姥"的演员也屡次对我说："'我们家'是不是太破了？北京有这么穷的人吗？天天吃窝头啊？"最后我不耐烦了，说了一句："那是您档次太高，生活太好了。"其实，拍完做后期时再看，我觉得剧中人穿的衣服都偏新偏好，家庭里吃饭，菜摆得也有点多了，与实际生活仍有距离。我由那位大姐的惊讶，才真正意识到北京城内部的差别，有这样大。

三

那时的北京城很小，也很大。

记得人民大学的一位老师说过："文革"前，他有一晚在动物园坐32路（今332路）公共汽车，发现对面一个男人坐得笔杆条直，目不斜视，虽也是一身中山装，却显得与众不同。他不由得多看了两眼，这一看不要紧，"啊呀！这不是宣统吗？ 皇上啊！"在北京，你可以在公交车上与废帝相向而坐，但你与他的距离，仍相隔十万八千里。

我的同学伟光的母亲，与林彪家的保姆王阿姨是好朋友。王阿姨的儿子黑子在空军当兵。伟光七八岁时，有一天跟母亲去王阿姨家玩儿，正好那天黑子回北京，王阿姨要去车站接他。伟光一听，也闹着要去。一会儿，来了一辆轿车，王阿姨带他上了车。开车的是一位青年军人，戴着墨镜，回头冲伟光笑了笑，然后从毛家湾开到北京站，接上黑子，又回了毛家湾。这个司机，是林立果。

以前，我家住在长安街以南，小淀家在颐和园以北。小淀说长安街以南就不算北京了，是河北。我说颐和园以北没好人。这当然都是玩笑话，但这两片地方的人，的确有很大差异。我们小时候逮蜻蜓，举着网子，嘴里唱"花儿低低哟！"是招呼蜻蜓过来的意思。他们从来没听过这句话，嫌这种土腔土调"太痞"。颐和园以北占面积最大的是农村农田，但各党政军机关大院也很多。大院的孩子，"文革"前上的是机关子弟学校，学生清一色。后来子弟学校或解散或本地化了，学校中海淀的农民子弟占百分之六七十，剩下的是各个大院里的孩子。我们"准河北"这边，居民以北京市民为主，除了北京土籍以外，老家是河北、山东的最多（历史上北京的移民即以河北、山东人为主），习俗相近。他们大院里则是天南地北，从哪里来的都有。海淀农民、大院子弟、北京市民这三部分，在生活习惯、吃饭口味和说话口音等方面，都不一样。我听一个人的口音，观其形貌举止，基本能分辨得出是哪里的。

焦菊隐在排话剧《茶馆》时，让饰演刘麻子的演员英若诚用广安门一带的口音说台词。这广安门一带的口音是啥口音，我这辈儿的"新北京人"已经不知道了。

我的朋友老朱和大桥过去住在复兴门以西。我们仨的家庭条件相似，他们二位的父母都是浙江人。大桥说，小时候如果他往东边来，他父亲都会嘱咐他去王府井百货大楼，看看有没有卖120支全棉圆领老头衫的。老朱听了，说他父亲也是专要120支的老头衫，那时候只有百货大楼才卖，而且不常有。我太土了，根本不知道稀松平常的老头衫还有这等区别，茫然不知所谓。我的"北佬"老爸，也爱穿老头衫，也就是穿最普通的50支、60支的。他常识丰富，对棉花、纺织这些专业知识相当了解，却不懂得如此细腻地享受生活。这就是南北差异在北京的体现，北方人粗粗拉拉，南方人的生活要精致讲究得多。

前几年，我特意去了趟百货大楼，传统的120支的老头衫仍有卖的，四百多元一件。

我怀念也小也大的老北京城。在现在的北京，不要说偶遇熟人的几率是零，就是一棵熟悉的树也遇不到了。我对北京已失去了归属感、认同感和亲切感，总觉得自己身在异乡。听说现在有很多北京人歧视外地人，不知道这是哪儿来的底气？

只能说这么多了。

1997：我的北京已去

一

从1987年到1997年，我十年没回北京。回来一看，完全变了。从小自认是个无所不晓的北京胡同串子，现在成了陌生人，什么都不明白，哪儿哪儿都不认识。

首先连家都找不着了。我家那条胡同原来是宽敞的、笔直的，现在变成曲里拐弯、破破烂烂，我在街门前逡巡彷徨，觉得应该是这儿，可愣认不出来。一个六七岁的男孩跑过来，用河南话问我："恁找谁呀？"我苦笑一下，没搭理他。真是"儿童相见不相识，笑问客从何处来"呀。经人一指点，咳！这不就是我家嘛！怎么成这样儿了？

其次是整体风貌已全非。高强接机送我回家，又拉我到奥体中心的一家餐馆吃饭，一路从机场到建国门，再到亚运村，几乎没有一条路一个建筑是我熟悉的。终于看见了体育场,我惊喜地大喊:"这儿我认识!工体!"车上的人都笑了,说那不是工体,是奥体。

再次是人与人的交往方式变了。我在北京那会儿,朋友聚会大多是在家里,主人家做上一桌菜,或者是每人各带一两个菜,小桌一围,吃喝聊天,随随便便,给人温馨的感觉,像一家人。也可以打架,酒喝高了,一言不合,大打出手,打完酒醒,还是朋友。现在很少有人往家里招人了,尽管很多人都住上了比原来大得多的房子。一约,必是餐馆,呼朋唤友,一大群人,多数不认识。吃完了再去酒吧喝酒,喝完还得转到夜总会唱歌儿,唱完又去泡澡。泡舒服了又饿啦,在凌晨三四点时,再拥去东直门簋街吃夜宵……这漫漫长夜啊,你很难逮空跟其中多年不见的老友好好聊几句。

我在北京待了四个月,只有老邻居老王喊我去他家吃过一次饺子。冯小刚让我去他家,也是吃饺子,大伙儿一块包,有那么点当年的气氛。姜文约我去过他父母家,还是捏饺子……饺子啊饺子!自从李自成在北京当了几十天皇上,你就成了北京人的最爱。

在姜文父母家那天,电视里正在放新闻联播。我十年没看过中国电视节目了,抬头看了一眼,不禁惊叫:"哎哟!这不是罗京吗?怎么头发都没了!"把姜文逗得直笑。我出国前，罗京还是个俊小伙，如今前额已秃了。十年，真是不短的时间啊！

一天晚上，老同学宋毅说来我家。当年在人大游泳队，我是个瘦猴儿，他比我还瘦。可那天门一开，进来了个胖子，要是在街上碰见，我肯定认不出来他。正好蒋雯丽与老吕、常继红两口子等四五个人临时起意也来了。"临时起意"这种事，本就是昔日的遗风，妙不可言。我说咱们不出去了，门口有餐馆，可以送餐，就在家里吃好不好？大家说好。结果那顿饭吃得很开心，准确地说，是聊得很开心。聚餐的本意，不就是聊嘛！

二

我回北京之前，小淀把我的小说《洛杉矶蜂鸟》拿给冯小刚看，小刚非常喜欢。当时小说还没出版。我回来不久，《甲方乙方》开拍了。开机的第一天是在和平里的一个幼儿园里，小淀带我去了现场。这是我第一次和冯小刚见面。

老朋友范捷滨是摄影助理，见了面十分高兴。据说他的绝活儿是"跟焦点"，拍《阳光灿烂的日子》时给顾长卫当助理，很多大腕摄影师都认可他。他本来唱流行歌曲，出过畅销盒带，我妈妈和姐姐在美国时，经常放着小范的带子，随着音乐放声高歌。我也一直保存着他的带子。后来忽然不唱了，传说在香山搞了个中外合资的奶牛场，生产黄油。我以为他成了资本家，多年后北岛声称：在他不在北京期间，未经授权，小淀带着一帮人在他团结湖的空房子里熬牛油，把厨房搞得污垢不堪，怎么擦都擦不出来了。敢情是这么回事啊！这种连小作坊都算不上的作业方式，距资本家还有点远。怪不得小范又成了摄影助理呢。反正人聪明，干什么都成。但小淀否认了北岛的指控。两造相驳，历史的真相在牛油蒸汽中若隐若现。

《甲方乙方》的拍摄大概花了一个月时间，很快。期间小刚经常招呼我一起吃饭，那时候我敢喝能喝，一喝就酩酊大醉。小陆开车送我回家，到家门口一下车，立刻狂吐。吐是好事，第二天能恢复，若干年后，不管喝多少也吐不出来了，难受得要命。

有一天在三里屯南街的一个酒吧喝酒，小淀、张丰毅和另一个人同年同月同日生，算是给他们仨过生日，有小刚、徐帆、王朔、徐静蕾、俞飞鸿等，还有个外国人。我们在院子里坐，院子里有一棵树，酒吧就叫"隐蔽的树"。喝得挺高兴，忽见坐我旁边的"秃子"抄起酒杯，斜刺里朝外国人丢过去，接着二人都站起来，准备互殴。我赶忙上前拉架，其实我是第一次见秃子，根本不知道发生了什么。后来有人把二位拉了出去。大家照喝自己的酒，都很镇静。我直问："他们怎么样了？"人说："没事儿！你喝吧，别管了。"我不放心，走出去看看，一看，二位并肩坐在门槛上，一人一瓶啤酒，像哥们儿一样聊上了。后来我才知道，二人背后有故事，大家都了解，所以心里有底。从这件事，我得到一个教训：作为局外人，遇事不要急着反应，看看再说，有很多信息是我不掌握的。所谓"水深"，其实也没有多深，只是我们光盯着表面看而已。

还有一次，一个美国剧组在北京举办开机酒会，制片人和导演让我去。是在亮马大厦的滚石餐厅，跟在美国一样，就是喝酒，还有一些小点心。结束后，导演叫上一些人再转去三里屯酒吧。我坐上一位美国中年男子的车，路上聊天，他说他在福特基金会工作，已经在北京生活了六年。我问："你对北京什么印象？"他说："破！北京就是一个破香港。""那你为什么还在北京这么多年？"他兴奋地说："太有意思了！北京啊，我离不开呀！"后来，我又遇到好多对北京和中国上了瘾的外国人。

去的还是"隐蔽的树"，可见这家酒吧当年有多火。但外国人喝多了以后就全说英文了，而且跳起舞来，我感到无聊，十一点多时悄悄往外溜，想回家。走到最外一间，忽然在攒动的人头中看到了陈丹青。他也多年不回国，对一切都很生。我们俩相见很意外，非常高兴，相携出了"隐蔽的树"，找到一家安静的酒吧，一直聊到凌晨三点多。此后他经常回国，并且开始爆红。

三

因为对什么都感到好奇，我去新建的光华长安大厦看了一场电影，是部国产片，实在太差。在怀旧的东单大华电影院看了一部好莱坞电影，也很一般。美国佬老康约我去人艺小剧场看了一出话剧，舞台美术挺漂亮，但内容空洞，就是玩儿个花架子而已。

我每天都买各种报纸杂志浏览，发现外国艺术团体的演出比十年前多得多了。我去听了一场圣彼得堡交响乐团的音乐会，票价二百六十元。维也纳国家歌剧院的《费加罗的婚礼》，是在世纪剧院演出，我买了较贵的五百八十元的票，因为莫扎特是我的最爱。刚散场，朋友打来电话，问我在哪儿呢？又问谁给我的票？我说自己买的。朋友说你傻逼呀？这么贵的票自己买！我说不买怎么办？抢去？我也没那本事啊！朋友说：找人送啊！哦，我一下想起来了，国内是有人情赠送的传统的。在美国干什么都是自己掏钱,习惯了,忘了这码事。不过现在中国也都商业化了,我以为没这种事了,其实大谬不然。传统强大得很,在畸形的商业大潮中不仅没消失,反而变本加厉,赠送各类演出票,只能算是最不起眼的一种人情往来。

所以,后来我也鸡贼了,给朋友们打了招呼,说我喜欢听交响乐。于是,赠票纷纷而来,票源主要来自在各部委工作的朋友,他们手里的赠票最多。是什么人赠他们的呢?我怎么会傻到打听这个!反正,后来,祖宾·梅塔指挥、张艺谋导演的太庙版《图兰朵》,紫禁城"三大男高音"……都是朋友给的票。在紫禁城,我的座位离搭在午门前的舞台已经很远很远了,三大男高音只能看见三个小黑点儿。我听身旁的一个观众抱怨:"六千块钱一张票,什么都看不见哪!这也太坑人了……"我的天!六千,如果自己掏,我怎么掏得起?

四

那一年,我在北京最深切的感受,是社会充满了活力,为我从所未见。与十年前相比,最具实质性的改变是人获得了解放。十年前,虽然有了下海的、有了人力的流动,但城市居民绝大部分还是生活在"单位"里,外地的流动人员要想在北京居住，手续繁难，很不容易。现在则完全不一样了。我觉得这是巨大的进步，赞不绝口。

相反，当时在体制内的各类人员的生活境况，降入低谷。国有企业倒闭或裁员，出现了很多下岗工人。我的一个老邻居告诉我，他下岗后每月工资二百元，当时才四十多岁。有一次跟芒克吃饭，他的一个朋友说：最高法院一位原副院长有六个子女，生活都比较紧，其中一个儿子是机关干部，他的孩子没钱上幼儿园，副院长本人也无力资助，因此给中央写信申请困难补助。"补助"当然是不会给的，写信的目的主要是发泄不满。我听了感到惊讶，所以印象特深。最高法院的副院长地位很高，早年的副院长们的行政级别，从四级到七级的都有。这位副院长资历较浅，我估计是九级上下，也属"高薪阶层"。连他都成了困难户，可见当时干部的收入，在物价节节攀升的年代里，变得多么微薄。

我接触周围的同学朋友，有一个直观的印象，即凡在体制内的，过得都一般般；凡是脱离了体制的，都挺滋润的……我以为照这样下去，民间会越来越强，旧的一套失灵，不变也得变。人才流动是趋利避害，民间经济这么活跃，铁饭碗这么不值钱，那么精英肯定会被大量吸引过去，假以时日，将会脱胎换骨。

五

《甲方乙方》关机后,冯小刚找到我,要我给他写一个剧本。我们住进了亚运村的猴王酒店,他一边做着《甲》片的后期,一边和我把新剧本的大纲拉了出来。后来又搬到雅城宾馆,开始写剧本……以后许多年,他都是以这样的速度进行着工作,马不停蹄,部部作品票房爆棚,实在让人叹服。

剧本刚写完初稿,惊闻我洛杉矶的紧邻阿城家被盗,我感到危机在即,自己家也将不保。12月,我匆匆离开了北京。

北京是我的恋人,我对北京感情深厚,从小就爱浏览有关北京城历史和民俗的书籍,对大街小巷、一瓦一石都深深着迷。拿起笔写文字时,最大的冲动就是要写北京这个大主角。或者说,是因为生长在北京,我才有了写作的动机。

可是,1997年在北京这四个月住下来,我完全失去了这样的感情和兴趣。感觉就像谈了一场热烈和漫长的恋爱,忽然有一天,我对这个恋人什么感觉都没有了。像做了一场梦,醒来一看,身边相伴的竟是一位陌生人,离我如此之近，又如此之远。摸摸胸口，心如止水；拍拍脑袋，麻木不仁。唯一剩下的，是对过去的无限怀恋。

这里根本就不是我的北京了！只是一块相同的地理位置而已。我的北京已去，永无法复生。

故园新话

一

1997年,我时隔十年第一次回国,在北京住了四个月。强烈的感受是,社会上最有活力的阶层,是从事民营经济的群体,无论企业家还是做小买卖的,都生气勃勃。

到处是小商小贩,生活变得方便多了,要想吃个便饭,出家门十步之外就有烤鸭店、粤菜、东北菜、小笼包子铺、吃面条的、喝粥的。正缓步踌躇之际,忽然过来个人,低声问:"要发票吗?"搞得我大惑不解。后来才知道是卖假发票的,供您需要时充数报销。有许多街道,一溜儿过去全是发廊和洗脚店,每个店门口都坐着一个年轻姑娘,我从没见过这景象,不免好奇地朝里张望,窄小的店内都挤着一群姑娘,都对你笑。门口的姑娘则喊:"大哥,洗头吗?""大哥,洗脚吗?"这可把我给弄毛了——难道我的头发这么脏吗？难道北京的风俗变了，现在时兴大白天儿的到店里去洗脚？

到了王府井，看到一家我熟悉的国营理发馆，叫美白。我一想，干脆把我这一头长发剃掉算了！走上高台阶，进了门，里面昏昏暗暗、冷冷清清，装修很落伍，一个顾客也没有，与个体户发廊的兴旺景象大不相同。我带着与生俱来的对国营商业的无条件信任，一屁股坐在理发椅上。"怎么理？""推平头。""全剃了吗？""全剃。多少钱？""十五。"十五元是最低价。理发师一共就两位，一男一女，都是中年人。给我理发的是男师傅。女理发师闲着没事干，听到我们俩的对话，羡慕地对男理发师说："十五，就推个平头，你这活儿不错啊！……"我猜，他们的收入一定也和绩效挂上了钩，没有顾客，收入也上不去。

这个"美白"，1966年夏天"破四旧"时，我有一天晚上路过，只见高台阶上挤满了人，都堵在门口，向里看热闹。我是小孩，钻来钻去，也到了门前，里面顾客只有一个女人，留着一头烫发，长得挺漂亮，可面色惨白，神情严肃。几个红卫兵和理发师站在她旁边指指点点，不知在说什么。围观群众议论纷纷："野鸡头！野鸡头！""肯定得剃了，现在禁止烫发。""剃秃子！"女顾客拿起一张报纸假装看，挡住了脸。我看了一会就离开了，不知道后来的结局。

我以前从未在"美白"理过发,因为它属于比较高级的理发店,价格贵。到我在这里十五块钱推一个平头时,它已经没落了,成了当时国营服务业的一个缩影。

当然,即便我剃了平头,走过街边发廊时,仍会被问"大哥洗头吗?""大哥洗脚吗?"所谓"醉翁之意不在酒,在乎山水之间也",洗头洗脚,是大有深意的一件事,并不像这个词表面的意思那么简单。发廊虽陋,它的内部却有山有水有河流。孔子曰:何陋之有?

二

这个庞大的民营经济从业者群体,十年前在我出国时还没有形成。

1980年代初,我们胡同里出现了第一个个体户,叫小黄。当时旅客乘火车,如果有大件行李要托运,是个大麻烦,必须提前到北京站"行李托运处"去办理繁杂的手续,排大长队。小黄可能跟北京站有点儿关系,办起了一个行李托运的代办点,在一切都是国营一手包办的体制中,这是以前没有过的事情,但确实能分流那唯一一个行李托运处的巨大压力。他又打通了"街道"上的关系,允许他使用（或租赁）我们胡同在地震期间盖的一间小房。

于是，一个个体户诞生了。

生意出奇地好。因为需求太大了。人们在这里不用排大队，手续也简便，小黄还帮助客人打箱子、捆草绳、搬运……有求必应。他不是我们胡同的老住户，我不认识，我妈妈爱说话，出来进去老碰到，跟他挺熟。据说，他是刑满释放人员，刚从监狱或劳教场所放出来，好像是刑事方面的轻罪。这样的人，以前是社会最底层，到处受歧视，很难找到出路。

有一天中午我出门，看见他坐在小房子外，带着三个小伙子吃饭，都光着大膀子，饭菜放在一只大木箱上，有两个炒菜、粉肠、馒头，一人一瓶啤酒。旁边堆放着乱七八糟的行李和杂物。那景象很扎眼，从未见过却又似曾相识，十足的人间烟火气，给我印象颇深。

我发现，街道上的大妈们对他格外热络，甚至有点儿巴结。这是反常的，在过去不可想象，因为那一辈的北京大妈比现在的还厉害，负有部分行政职能，本应是对小黄这类人实行监督和管制的。

为什么大妈们转变了？当时，社会上存在着大量的"待业青年"，即中学毕业生普遍失业。大妈一般都出自普通家庭，社会资源稀少，找不到给子女安排工作的门路，非常焦虑，家庭生活很困难。小黄扎下营寨后，居然能解决就业难题，那几个给他打工、一起吃粉肠喝啤酒的小伙子，就是大妈们的儿子。另外，他有钱。小黄的身份因此而陡然改变，从"反派"成了正角。大妈们的"阶级觉悟"，是根据自身利益可有可无的。

1997年我回来时，宽敞笔直的胡同已面目全非，胡同两边的墙外，都盖起了小房子，中间只留出一条狭窄的通道。这些房子都是"街道"上盖了对外出租的。小黄租下了其中的好几间。经过十几年的奋斗，他有了两房太太，都住在这里，都生了孩子。托运的生意早就不做了，后来做的是什么，我不了解。一个邻居跟我说，他估计小黄有个两三百万存款。

三

没有经历过1970年代的人，不知道在那时生活有多苦。农村就不说了，牛马不如。即使是在北京这个大城市、首善之区，商品之匮乏、生活之不便，也是三天三夜说不完。洗澡要排大队、理发要排大队、买西红柿要排大队、在餐馆吃饭不但必须拼桌也还要排队……毛主席对这些情况都清楚，他说过"头发卡子少了，肥皂也没有"。连这种基本生活用品尚且如此，其他可想而知。

我印象极深的一件事是，刚上大学时，在一份内刊形式的资料中读到，一个西德人访问北京、上海等地，得知城市居民住房稀缺，一家几代人挤住在一间十几平方米的房子里的情况相当普遍，他感到很不理解。他说：要是在西德，那房地产开发商们会高兴坏了，他们会马上建起一幢又一幢公寓楼投放到市场上，住房困难的问题将迎刃而解。西德人的话我们现在一听就明白，因为这已是我们眼中看到的现实。但在1980年代初，却是我闻所未闻的说法，感觉特别新奇。为什么呢？因为那时候中国根本就没有"市场"，我从生下来就不知市场经济为何物。

从计划经济转变为市场经济，困难重重。那时的观念是私人雇工就是剥削，所以犯法，要判罪（如投机倒把）。后来，慢慢地，开了条缝儿，允许雇工了，但又规定不得超过六人，雇六人以上仍算剥削。为什么是六人而不是五人或八人呢？据说是理论家们查阅典籍找到了一个根据：恩格斯雇的是六个工人。

就这么挤呀挤呀，"千里之堤，溃于蚁穴"，只要挤出一条缝，巨大的能量就堵不住了。我们需要数量充足的头发卡子和肥皂。我们需要大大小小各式各样的澡堂子。我们需要五块或十五块钱推个平头，也需要一两千块钱又剪又烫来个时尚发型。如果有人要洗头洗脚，那就让他去吧，市场经济就是这样：有买的就有卖的。我们不仅要吃生西红柿，还要吃西红柿炒鸡蛋、西红柿炖牛腩，要做西红柿酱、喝奶油西红柿汤，而且不用排大队……这种种需求，靠定计划是猜不出来的，只有市场经济才能够满足。

我个人的感觉是：2000年后的中国比1980年代不仅经济繁荣得多得多，各方面的管制也松了许多。报纸杂志多如牛毛，说什么的都有。我去上海的一家咖啡馆，看到报架上放着好几种港台大报。人人眼睛贼亮，都憋着要发大财，因为他们看到了机会。

四

2000年以后，我住在朝阳区。我们小区的旁边有一个村子，村子里很热闹，村民都盖了房、盖了楼，出租给外来务工人员。村中大路两边都是小饭馆、小商店和小型超市，人员杂乱，红红火火。村口外的十字路口上，都是摆摊做小买卖的，有卖针头线脑的、卖服装的、卖烤红薯的、卖煎饼的。小区大门距村口挺远，行人来往，安静而有人气。

2017年冬的一天，我开车出门，忽然感觉怪怪的，有哪里不对。人呢？怎么没人了？路上静悄悄的，不见人影。往村口方向看，一片死寂。人多的时候嫌乱，不见人了倒觉得有点瘆得慌。心想：要说都回老家过年去了，也太早了点吧？

后来才弄明白，原来是外地人离开了北京。我们那个村子，再也没恢复到当初的乱哄哄、充满人间烟火气的样子。附近的几个村子则夷为平地。

在微信群里看到有的人说"本来就应该嘛，外地人太多了，太乱"。我特别生气。你是清静了，多少人的饭碗却砸了！小商小贩没了，人们的生活也不如以前方便了。建立起一个东西很难很难，破坏一个东西那太容易了。

美国佬老康在北京

一

美国佬老康心眼儿实,古道热肠,有求必应。他的好朋友们对他也够意思。为了获得每次一年的签证,我的朋友田力用自己的工厂替他申请工作签证。后来他又长期挂在老魏的公司。给他介绍各种关系、帮他各种忙的人,就更多了。

某一天,晚上八九点了,他醉醺醺地来了我家。来了也不说话,很郁闷的样子,然后没头没脑地给我来了这么句话:"咱们认识这么长时间了,关系这么好,你们还是把我当外人!"我很惊讶。这是从何说起呀!我们已经把他当哥们儿中的哥们儿了,他怎么会有这种感觉?我问他具体指什么?他闷头不语。

当然他那个劲儿过去就过去了,照样请客吃饭,享受着我们的嘲讽和捉弄。我猜，可能是他感觉自己在中国这么久了，还是无法摸透中国人的心思，或者说，觉得我们还是没有对他敞开心扉。我至今也没搞明白，这究竟是中西文化差异造成的沟通障碍，还是他个人的问题。

二

后来，老康成立了贸易公司，设在友谊宾馆里。到了1987年，我看他成天没头苍蝇似的瞎跑，没做成一单生意（他深入河南农村，让妇女手工缝制中式对襟大棉袄和大肥缅裆裤，出口美国卖五十美元一套的事情，我已写在《美国佬老康在北京》一文中）。我就说了："老康，你现在到底做什么呢，跟我说说，看我能不能帮上你？"原来，艾滋病的漫延，在西方引起了恐慌，一次性用品的需求量大增，老康正在寻找安全套、手套一类的产品。

我问了一位南方的朋友，他那里有天津产海浪牌超薄避孕套，这是个名牌出口产品，正在老康的采购清单里。老康大喜，但他的原则是坚决不给回扣，朋友一听，当然不做了。后来又找了几个人，都因此而搁浅。

我的发小田力在一个生产这类产品的工厂工作，多年没联系了。听朋友说他现在当了厂长，让我找他。于是我给他打了电话。田力说:"晓阳啊,你别给我弄这事儿了!现在意大利人、德国人、美国人成天追着我,全世界都缺货。我一个小工厂,哪有那么大产量啊?你让你的朋友到江苏找找,那边工厂多……"我说:"这样吧,你先跟我这个朋友见个面,认识一下。我要出国了,将来什么时候有货,你帮帮他。"冲着老面子,田力答应了。

老康在兆龙饭店请客。我和他早到一步,站在饭店门外的台阶上等候。一会,一辆草黄色的"八座"北京吉普车驶来。所谓"八座",是在车后面双开门,里面左右各一排长椅,可以膝盖顶膝盖坐六个人,加前面司机和副驾驶,一共八个人,北京人管它叫"八座儿",现在早没有了。

车停下,后门一开,下来了好几个人,田力是书记,还有厂长老童、副厂长、生产科长等。我一看,田力真不是敷衍我。我对老康说:"你看,来了这么多人,人家可是动真的了!以后怎么样,就看你的了。"

老康的天真、单纯、善良、仗义赢得了他们的好感,并且迅速成了哥们儿。也许,正是因为老康不像个商人,人家才愿意帮他。不久,田力给了老康两个货柜的货,顺利发往美国。这是老康做成的第一笔生意,赚得的第一桶金。

我陪着田力、老童、老康喝了好几回酒。田力和老童是我见过的人里酒量最大的，一般人连同等量的水都喝不了那么多。老康酒量也不小，拼命的精神更值得夸赞。余虽不才，只好以烂醉谢天下。有一天夜里我们坐着八座车，在阜外大街等红灯时，老康突然推开车门跳了下去，在马路中央大喊大叫发酒疯。幸亏是深夜，幸亏那时北京的车辆很少，没有造成拥堵或围观。当时北京也基本没有酒吧，有一天在餐馆已经喝到了顶，连田力都摇晃了，老康还嚷嚷着没喝好，让我们到友谊宾馆他那里去接着喝。他租的客房是套间，外间是办公室，里面他住。在攀登宾馆主楼前面的高台阶时，我和田力手握着手，互相靠着才能抬腿……我是真挺不住了！

我马上要离开北京了，有一天，我郑重其事地对老康说："田力、老童对你这么好，帮你这么大忙，人家什么都不说，但你应该表示一下。"他很敏感："怎么表示？""送点儿礼物。""那不就是行贿吗？""不是行贿，人情往来，在中国很正常，又不是让你给他们现金回扣。""我认为这是贿赂。""人家田力、老童是接受贿赂的人吗？他要想为自己捞好处，能他妈把两个货柜给你丫这傻逼吗？""你说的礼物要花多少钱？一千？五千？一万？我拿出这么多钱来请客，可以吗？"他倒真不是吝啬，就是太轴，只要自己认定了一件事，什么话都听不进去。

我气得鼻子冒烟儿。这么点儿小事他都不做，实在有悖常情，说不过去。而且，我虽然是纯粹为帮忙介绍他们认识，脑袋里完全不存在钱这个概念，但这毕竟是一项经济活动，只要一沾钱，我就难逃干系。可我怎么向田力、老童解释我的角色呢？开口也错，闭口也错！即使是百分之百互相信任的朋友，我内心的不安也无法消除。

田力、老童真是大好人，就冲老康这德性，也一直在帮他。十几年下来，与他那个公司的生意从未中断，并且拓展了范围。在他遇到困难的时候，什么都管他。

我出国十年后，第一次回了北京。这时田力、老童已经有了七个工厂，产品销往许多国家。老康约了田力、老童，我们四个一起吃饭。还没开始喝酒，我就对老康正色而言道："我操你妈的康××！今天当着田力、老童的面，你给我回答几个问题，当初我介绍你们认识，你做成了第一笔生意，我拿你丫的一分钱了没有？"他说："没有。""我得到任何别的什么好处了？""没有。""我当时是不是让你送人家礼物，表示表示？""是，你说了……"老童拉住我说："阳子，丫一傻逼，理他干嘛吗？"我说："我背了十年黑锅，你们去洛杉矶的时候，我都没跟你们说过这件事。也就是你们，换了别人，不定认为我从中间拿了多少钱呢。"老童说："这孙子，我们现在可比你了解得多了，丫就是一大傻逼！想帮都帮不了。你看现在混的……不说他了，不说他了。"

听了老童的骂，老康高兴得不得了，那意味着他们之间的友谊仍在持续。这十年，在他们之间不知发生了多少故事，人家二位厚道，不在我面前数落老康的不是，但从三言两语中，我猜出来都是老康的糗事。

三

二〇〇几年，我们的朋友老铁去门头沟爬山，失踪了，活不见人死不见尸。网上的志愿者自发组织起了搜救，警方也出动了。老康自然更着急，天天到山里去。他是明白众人协调效率高的道理的，努力和大家去协调，但因为他的思路和别人都不一样，又异常固执，没几天就吵翻了。爬山"专家"大踏跟他是好朋友，也为此翻了脸。此后他一个人独往独来，照样每天去搜救。

有一天，他急赤白脸地来找我，说有重大发现。原来，他考察失踪地，认为那里既无悬岩峭壁也无岔路险路，顺着山路走几公里就能到达国道，不要说老铁，就是我这样的爬山"素人"都不会走失。因此，他推测老铁是遇害。他很有心，把附近及国道周边的情况去仔细摸了一遍，发现有一个煤窑。他想进入矿区,煤窑的人不让进,还把他的车后视镜掰了一下。他据此推断,这肯定是个"黑煤窑",再进一步推断,很可能就是煤窑的人把老铁害了。

我说:你没有证据,全是猜测啊!杀人要有动机吧?老铁与煤窑远日无冤近日无仇,为什么要杀他?他周末单衣单裤来此,一看就是个爬山的,身上不可能有钱财,图财害命的可能性也很小。另外,你凭什么说人家是黑煤窑呢?矿区闲人免进,是很正常的吧?何况你是个外国人。

老康说:现在,我要给中央写信,揭发这个"黑煤窑",对这个煤窑进行彻底搜查。还有,建议军队的直升机搜山,因为军队的直升机多,可以快一点。还有……

我打断他说:警方不是很重视已经派出人了吗?每天不是都有几十个志愿者参与搜救吗?

老康就像没听见我的话,接着说:但是我中文说可以,写不行。所以我今天来,就是要你帮我写这封信……

我给他分析为什么写信没有用,是瞎耽误工夫。他拿出了准备好的文字资料和煤窑照片,仍按他的思路翻来覆去说他的,我的话像放屁,而且是蔫儿屁。我说你他妈长耳朵没有?他说你不是作家吗?你不是朋友吗?……

在我眼里,老康从可笑变为可怜,我自己从可怜变为可笑。我拿起笔,按照他的耳提面命,写了一封信,花了差不多三个小时。这是一个逻辑清晰、遣词造句准确妥帖，但毫无用处的漂亮文本。我放下笔告诉他：你丫白在中国待了几十年！这件事到此为止，你永远不要再为这个找我了，我已经帮到头了，听明白了吗？他乐呵呵地拿起信，开上他那辆北京吉普2020破车，一溜烟走了。

果不出所料，三天后，他又打来电话，说信已寄出，但哪里哪里还不行，他要来我家，让我修改一下，再寄第二封信。我真生气了，发了很大的脾气，把他臭骂一顿。他很不理解，说你能花两三个小时帮我写信，那么够哥们儿，现在只是要你改一改，怎么就生这么大气呢？我回应的声音大得震动了天花板，如果脏字是带颜色的话，天花板一定会被熏得乌漆麻黑。

那之后，我们俩好几年没联系。老铁至今下落不明。

起初，我们都把老康那些不合常情的行止当成文化不同，以为"美国人就这样"，觉得好玩儿。可是后来，发现美国人也不这样，这就是他的个性。

天真与幼稚、善良与无能、单纯与傻、正直与偏执、执着与冥顽不化……这些品质往往是相伴而生、一体两面。缺了前者，就没后者。两者常常很难用一条线清晰划开。这样说并不仅仅是对老康而言的，许多人的身上都有这种特性，程度不同而已。只有前者而无后者的人有，那就是圣人了。我还真认识近于"圣"或"完"的人。

老康对我是真好,几十年如一日。我呢,是见到厌人拢不住火儿,柿子专拣软的捏,人家越对我好,我越爱骂他。我骂他一回,他生一回气,等气消了,待我如初。两相比较,人格之高下立见。这也促使我反省自己做人不厚道的地方。

好在,中国有句俗话,叫作"打是亲骂是爱,不打不骂是祸害"。老康不是热爱中国文化吗?琢磨琢磨这句话,也许能对我稍加宽恕。

三里屯咏叹调

一

据说三里屯酒吧街是从1995年兴起的，开头只有一两家酒吧。我1997年第一次去，已经十分繁盛了，发展的速度惊人。那是我第一次回国，小丁、原凯带我去的。原凯是台湾人，并不长住北京，对这里却非常熟悉。拿过酒单一看，嚯！价格跟美国一样啊！这么贵，北京有多少人消费得起呢？原凯说：中国人现在有钱啦，你看看这人多的，找空位都不容易。

此后几年我常去那边。酒吧溢出了最早的三里屯路，向东到长虹桥，向西到工体，向南奔了朝阳医院，大面积漫延开来，简直就是一座酒吧城。有一年的平安夜，我随朋友去了那里，每家酒吧都收起了进门费，因为来这里过节的人太多了。我们去的那家是一人六十元，交了钱，每人发一罐"彩喷",互相往头发上衣服上滋着玩儿。酒吧内座无虚席、人气爆棚,有乐队,还搞猜奖活动,我赢了一条领带,具体是怎么玩儿的已经不记得了。这可比美国的平安夜热闹多啦!我在纽约和洛杉矶时,平安夜去过教堂,人们高唱圣诞颂歌,赞美耶稣和天堂。而三里屯,简直就是天堂。

二

朋友们认为我不喝酒就不说话,没意思;喝了酒妙语连珠,好玩儿。因此总想方设法灌我。他们把我在餐桌上喝酒的情形总结出三个步骤:第一步,"不喝不喝,今天不想喝。"第二步,"行了行了,喝不了了,就这么多了。"第三步,(站起来)"服务员!再来一瓶儿!"一到第三步,那就谁也拦不住了,而我则不知道自己在喝什么、喝了多少,也不知道自己在说什么和做什么。第二天深自痛悔。

后来我拜托密友陈小东说:一旦你看我要喝大,立刻把我拉走,当时我可能会骂你、跟你急,你别往心里去,第二天我就该感谢你了。

有一次和一帮美女在三里屯叫99号或88号的酒吧喝酒,我放开了猛喝。陈小东看着我喝到了红线,与他的朋友高旗把我一架，拖起来就走。我大喊："我没喝多！真没喝多！你再让我坐会儿。"他们理都不理我，硬把我塞进车里，绝尘而去。到了我家门外的路上，小东把车停下，让高旗送我回家。我家的街门与停车的位置还有一段距离，小东特别嘱咐高旗说："你要一直把他送到门口，看着他进去才行，不然他还得跑回来。"高旗果然盯着我进了门。可是我关上门后并没有进院，而是悄悄趴在门上，透过门缝往外看，看到高旗上了车，车走了，我又打开门走出来，掏出手机给美女打电话："喂，喂，我马上就过去啊，顶多二十分钟……"美女也害怕了，说："哎呀，我们这就要散了，咱们下次再聚吧！"我看了看表，已经凌晨两点了。

在三里屯，什么人都能遇到，包括港台的演艺明星和千奇百怪的外国人，如果一一道来，名单能写满一页纸。肯定有打架的，我没碰上过。许多混子在那里寻找机会，希望结识有用的人，方式各种各样。比如我见过的一个女孩，据说她每天都去名人出没的那些酒吧，自己先点一杯饮料，看到目标出现，立刻凑过去跟各位打招呼，然后落座其间，像老相识一般畅聊。甲以为她是乙的朋友，乙认为她是丙和丁的熟人，就这么接纳了她，混成个熟脸儿。直到某一天甲乙丙丁互相聊起来，才知道谁都不晓得她的底细。

我渐渐对三里屯失去兴趣了。本来也是因为长久不在北京，对什么都好奇，等新鲜劲儿一过，就疲沓了。另外我并不好酒，一个人在家里的话，一滴酒都不想喝。酒量也不大，喝多了，第二天怎么缓都缓不过来，特别难受。有的人是要酒不要命，喝死也喝；我是要命不要酒，生性平庸。

三

三里屯原来是农村，属北京的东郊。1950年代后期开始建单位宿舍楼，到1960年代已经形成规模。有许多机关和部队的家属楼，也有老百姓的居民楼，与和平里、三里河等地的宿舍区相埒，可能规模略小，也更杂一些。至于商业，除了菜市场和日用品商店，没有别的。是一个偏远和僻静的小地方。

我不知道三里屯是从什么时候火起来的，但肯定是酒吧街的出现才真正使它名扬四海。我曾经听一个出租车司机说，他拉过一个来旅游的日本女学生，不大会中文，掏出一张日本出版的北京地图给他看，在三里屯路上，清清楚楚地标明东边是酒吧一条街，西边是服装一条街。她要先去淘衣服，再去逛酒吧。

三里屯酒吧街是自然形成的，不是规划出来的。后海的非凡热闹也不是规划出来的。2002年，顾长卫曾在后海岸边的一个小酒吧办party，包下来的，都是自己人。酒吧门前一条小路，路对过就是什刹海的水边栏杆。我一个人步出酒吧，在栏杆前站了好久，三百六十度地环视一圈，远远近近，只有零零星星那么几家餐馆和酒吧，非常安静。一年后的2003年，因为"非典"，那里突然火爆了，餐饮业的繁殖追着病毒传播的速度跑，迅速传染了整片地区，一直火到现在。还是那句话：野生野长才有生机，凡是规划出来的，都不靠谱。

自好多年前始，三里屯酒吧街就开始衰落了，原因不清楚。我早就不去那里了，偶尔从三里屯路经过，看着仅存的那几家酒吧，感觉是人老珠黄，失去了当年的风骚，不成个样子。别说我已不那么自杀式地喝酒了，就是还那么喝，也不会去找这种地方。人也好，什么也好，一没了精气神儿，怎么都不招人待见。

2023年1月，三里屯酒吧街正式被宣告"安乐死"。算起来，它统共存活了二十七八年，在这个什么都是以日、以小时、以分钟计时的历史年代，寿命真够长的了。它见证了一个时代，也进入了几代人的回忆当中。

我一点儿也不留恋它，我只有期待，期待着更新更多的野生的事物生长出来，使这个城市生机勃勃。

辑四

八十年代崛起的电影人

一

妮妮管戴锦华叫戴小姐。戴锦华1982年从北大中文系毕业，分到电影学院当老师，没两年，就开始撰写电影研究方面的文章。妮妮跑电影学院跑得勤，上上下下都熟悉，是她把戴小姐带到我们编辑部的年轻人中间。

我们编辑部年轻人少，小陈和小田管收发稿件和外联等事务性工作，单独有一间办公室。我和妮妮、小夏没事儿就跑到她们的房间去聊大天儿。那时影协在和平里的大楼刚盖好，我们在七层。有一天小陈有事先走了，小田忽然发现她忘带一件东西，趴窗一看，她已到马路对面的公交站（那时还没建北三环高架路），相距甚远。小田和妮妮就喊她。这二位都是娇滴滴的嗓音，细如蚊蝇，小陈根本听不见。我分开二位，说："起开起开，瞧我的。"一运气,大喊一声"陈霄——"小陈立刻抬起了头。把小田和妮妮给笑的! 小田说:"晓阳这破锣嗓子,真难听,但是穿透力太强。"

戴小姐跟我们很对脾气,有时也来我们这里聊天。她词锋犀利,咄咄逼人,女性意识很强,分析问题深刻。我常跟她开玩笑似的辩论几句,说不过她。我喜欢她的文章,编发过她的稿件,但也曾直言相告:"你的文章深刻,但是辞藻太多,过于华丽,文胜过质,质会受到损害。"

我的大学同学老夏在国际关系学院当老师,学生会希望他找位专家来讲电影。他让我去讲,讲课费十元。我说:"我刚进影协不久,是门外汉,别瞎起哄了! 我给你找个人吧。"于是推荐了戴锦华。

国关派出一辆华沙牌轿车,先接我,再接戴小姐。在车上,小戴问我讲什么? 我随口说:"咳,推拉摇移呗!"

礼堂里挤满了学生,可以说人山人海,翘首而盼。那次我才意识到:人们对电影是多么热爱,充满了好奇。我坐在第一排偏左。戴小姐一走上主席台,人群却轰的一声,响起一片议论声,表达的明显是意外和失望的情绪。我估计他们的期望中是看到一个大导演或大明星,没想到上来一位二十几岁的女性。戴小姐肤色偏黑,不施粉黛,梳辫子,很朴素,又高又瘦,脑门亮晶晶的,与学生们的想象反差较大。

戴小姐沉稳地望着台下，不慌不忙，一言不发，静待骚动渐渐平息。她很会掌握会场，随机应变，有左右听众情绪的技巧。待台下声音稍弱，她开口说道："刚才在来的路上，我问这个导演——"说着竟一指我，学生们的目光立刻集中在我身上——他们对电影创作人员是太好奇了，恨不得要看看我这个冒牌导演究竟是人还是猴儿——也由此，听众的注意力一集中，立刻安静下来。

戴小姐接着说："我问导演讲什么？导演说，讲镜头的推拉摇移吧。好！那么我们今天就讲推、拉、摇、移。推——……"我现在还记得，她讲"推"时，举的第一个例子是《公民凯恩》。学生们完全被吸引住了，两个小时聚精会神，鸦雀无声。戴小姐口才实在好！不仅学生，我也受益匪浅。

戴小姐非常用功。她父亲在外贸口工作，出国时带回一台录像机。在当时，个人家庭有录像机的，百不足一，十分稀少。她搜罗能找到的经典电影录像带，一个镜头一个镜头地分析。

当时电影学院还有几个青年教师跟我们有联系，现在想得起来的有钟大丰、王洪海、李奕明（好像是叫这个名字，已早逝）等。

有一天，妮妮让我看电影学院一位著名的中年教师给她写的信，其中有一句是"请转告《电影艺术》的小将们，我宣布休战"。我问："小将是谁呀？"妮妮说："就是你呀！""啊？我不认识他啊！从没开过战，'休战'是从何说起？"妮妮直笑，说我太单纯。后来，七八级留校的摄影系教师张会军来我们编辑部，也告诉我那位老师对我有意见。

一些人之所以这样敏感，是因为《电影艺术》是一个重要的理论杂志、中央级刊物，在这上面发表文章，不仅名头响亮，对作者在本单位的评级、评职、分房等利益都有作用。他们看新来了一个愣头青，一头就扎进一伙年轻人中，心里不舒服；或者认为我要挑战谁，感觉自己受到了威胁。也许，我没有主动去认识他们，就意味着轻视了他们。心眼儿小得来，令我咂舌。作为编辑，看见好文章我就高兴，不管是谁写的，从没想过搞什么拉帮结派，更不屑混上一官半职，哪用得着这么多心计？

二

有一段时间，我给文学杂志《丑小鸭》当编外编辑，挣点儿外快。遇罗锦把自己写的《一个冬天的童话》改编成电影剧本，要我拿到《丑小鸭》上发表。《一个冬天的童话》非常有名，杂志愿意发表。遇在剧本的开首，写了一段献辞，大意是"我以一个心灵的残疾者，把这部剧本献给残疾人福利基金会"。她说写上这个，可能会引起该基金会的注意，为将来的拍摄投资。我跟杂志的编辑特别强调了一下：这句话是否妥当，你们把关，别引起什么麻烦。我熟悉的几个编辑都是大大咧咧的人，说没事儿。结果，杂志一出版，朴方就给他们打了电话，对刊登这句献辞大为不满。把他们吓得够呛。

遇罗锦又请我帮助找导演，说最好是由张艺谋来导。这大概是1985年前后，张艺谋因担任《一个与八个》《黄土地》的摄影师而蜚声影坛。我认识他的时候，他和陈凯歌正筹备拍《大阅兵》。我听妮妮说过他想当导演，于是请妮妮约一下他。在妮妮家，我跟艺谋说了遇罗锦的想法。他很激动，说《一个冬天的童话》是他在电影学院上学时读的，看完一夜没睡觉。不久，我把剧本给了他。然后，就没有然后了。大概的原因是这个剧本不像个剧本，不是能够拍摄的脚本。记得张艺谋好像是这么说的："一写成剧本就不是那么回事了。"

那时的风气是把电影剧本叫作"电影文学剧本"，电影学院还设有电影文学系。文人都爱写剧本，但大多不懂电影，经常在剧本里肆意进行文学描写：风景的、人物特征的、心理活动的……"文学"是够文学了，离电影却越来越远。当时电影学院周传基教授有一句名言，讽刺这件事，这么说："山里人只见过驴，没见过摩托车，所以看见摩托车就叫电驴子。电影文学就是电驴子！"（大意如此）

三

小夏是复旦大学毕业，分配到电影公司，不久又调到《电影艺术》，比我早来约一年。我的大学同学小津也在电影公司，跟他住一个宿舍楼。我去《电影艺术》前，小津介绍我跟小夏见面，了解一下情况。我最关心的是坐不坐班？小夏说不坐班，每周一三五上班，二四六在家编稿子或外出组稿。我大喜，说就想找个不坐班的地方。

几天后，《电影艺术》负责人让我去面谈。她是个直肠子，没有城府，上来就问："听说你就想找个不坐班的单位？"我一听，小夏把我卖了。

不过后来我和小夏相处得很好，成了朋友。他和小田跟我家里的人也都熟悉了。小夏的父亲是"右派"，他给我妈妈讲过他童年时家庭的艰辛，我妈妈很同情他，老感叹说小夏不容易。他和小田还曾为帮助我跑前跑后，瞒着我做了很多事，我知道后非常感动。

小夏瘦高个子，虾米腰，说话偶尔蹦几个天津音，做事勤勤恳恳。我们俩年纪相当，他比我成熟，各方面关系都处理得很好，两三年后，就当了编辑部副主任，坐到领导的办公室去了。

小田是老三届的，善良，漂亮。她父亲是北京人艺的一位一流演员，抗敌演剧队出身，比于是之他们高一辈，但因嗓子坏了，很少演戏。"文革"后在改编巴金原著的电影《寒夜》里露过几面，演一个账房先生。外国一个名导演火眼金睛，对这位账房先生的演技赞不绝口。这是我翻什么杂书时看见的消息，告诉给她，她才知道，但那位外国导演是谁，现在完全忘了。

妮妮是老大学生，在我们几个人中最大，三十多岁。她在当年的电影界是个活跃人物，据说文章也写得好，但我去以后，她已经不写了。她父亲是老干部，我有一次去上影厂出差访问黄晨（郑君里的夫人），黄晨说妮妮的父亲解放初是华东局的，曾经带着上海的文艺界人士（包括黄本人）参加土改。

妮妮的弟弟叫王海，老三届的，写了十几篇短篇小说，拿给我看。我非常赞赏，在《丑小鸭》上发了一两篇。后来她又给了李陀，在《北京文学》发表了，还邀请王海参加过一些会议。王海是个工人,斯斯文文,谈吐不俗,他什么书都不看,只看莎士比亚和黑格尔(或康德,我记不清了),而且只看朱生豪译的老莎士比亚。他的小说的写法既不先锋也不古典,小说的调子与"共和国文体"毫无关系,后者是使我最为惊奇和佩服的。我很愿意与他多一些交往,可惜妮妮与他闹了矛盾,后来就再也没听到他的消息。

何新有一个哥们儿小贾,复员大兵,在文研院工作,喜欢写影评。何新把他介绍给我,让我帮他发些文章。有一次我约他写一篇某部电影的影评,他如约写了来。我们的负责人看了,说写得不好,枪毙了。我感到难为情,给他写了封信说明是负责人不让发,表示歉意。写完放在办公桌上,就下班了。

负责人到我们办公室去,翻我桌子上的稿件,看到了这封信,很生气,当时就批了我一通,在场的人都听见了。第二天我一上班,小田小陈就说:你等着挨批吧!负责人可不高兴了!果然,不一会我就被传唤了。

出乎意料的是,她很平静,让我坐下,问了一些无关紧要的业务问题,最后才点到这封信,说我这样做不对,不能把编辑部内部的分歧泄露给作者。语气和缓,点到即止,不像她平常的脾气。这样一来,我也觉得自己的做法欠妥,向她做了自我批评。

小陈小田妮妮以为我们俩得吵一架,都等着结果呢。我进来把情况一说,她们觉得很意外,说这可不像负责人的作风啊!这么轻易就放过你了?我说:"是小夏给她出的主意。""是吗?你怎么知道?""我猜的,百分之百。""不会吧?"我说:小夏知道,以她的脾气,上来就得冲我发火。猛一发火,我也得急,两造势必就得戗戗起来,吵一通,都不好看,还解决不了问题。本来也不是什么大事,不如轻描淡写,我容易接受,下不为例就是了。她们听了,不以为然,说我瞎猜。等这件事过去以后,她们问了小夏,果如我所说。

小贾后来写出了名堂,当了影视研究所副所长、文研院副院长。

四

吕丽萍和张丰毅到编辑部找我玩儿,也就认识了小田她们。当时吕丽萍还没出名,她们却对吕丽萍评价甚高,一致看好她。她从中戏毕业后分配到上影厂演员剧团,有一次我去上海出差,正好我们杂志管表演的编辑老徐也在,让我约吕丽萍谈一谈,谈完后老徐对她也满口称赞。

1986年吴天明开拍《老井》，张艺谋演男主角，吕丽萍演女配角。结果她得了金鸡奖和百花奖的双料最佳女配角奖，从此在电影界崭露头角。多年后她在访谈中说，是我介绍她去的吴天明剧组。这个我已经不记得了。我记得的是她曾跟我说，她想去西安找吴导演毛遂自荐，但张丰毅不以为然，认为演员是要导演来请的，哪有自己找上门去的？我说：你跟丰毅的情况不一样，丰毅已经是明星了，当然会有人来找他；你毕业时间不长，了解你的人不多，如果你喜欢这个戏，应该去争取一下。

吕丽萍后来讲过拍摄当中的一件趣事：有一场是张艺谋跟吕丽萍的亲热戏，导演让张艺谋分三个层次来演，要有个过程，最后再扑上去。张艺谋听了，嘴里也老念叨"三个步骤三个步骤"。可是等一开机，他把步骤忘得一干二净，一家伙就扑了上去。

《老井》拍完后，先送到影协来放。我没想到拍得这么好，片尾一长串刻在石碑上的历代掘井人的名字缓缓滚动，使我深感震撼。我坐在后排，看完第一个从"标（准）放（映室）"里走出来，只见吴天明一个人站在空荡荡的大厅里，盯着标放的大门。影片尚未公映，他不知道观众的观感如何，心里应该比较忐忑，抱着胳膊显得挺紧张。我走上去向吴导演表示祝贺。

小田她们觉得张丰毅有明星架子，不好接近。其实丰毅性格就是如此，比较内敛，不太爱说话，并不是摆架子。他还在电影学院上学时，就因主演《骆驼祥子》红了，可谓少年成名，如果接触他的人先就把他当明星对待，自己心理上就有了距离，你一紧张，他也拘束。实际上他相当朴实，懂得照顾他人感受，没有虚华之气。有一年除夕好多朋友在我家过，热热闹闹，他还邀请我妈妈跳舞，老人家十分开心。俗话说人生有三大忌：少年成名，中年折翼，晚年入花丛。我看张丰毅把"少年成名"这一关给过了，而且过得很好。以后几十年就是踏踏实实地演戏，从不炒作自己。

我也见过他"耍大牌"。有一年我参加张水华导演艺术研讨会，住在北影招待所。张丰毅正在拍儿影的一部片子，也住在那里。我去他房间聊天，他说跟剧组闹了矛盾，罢演好几天了。具体什么矛盾，现在不记得了，只记得确实是剧组的错。正聊着，儿影厂厂长于蓝老太太进来了，亲自"劝驾"，来请张丰毅去继续拍戏。老艺术家是苦口婆心，甚至是苦苦哀求，说你不去这个电影就没法拍了呀！但张丰毅不为所动。于老太太让我劝劝他，我也说不了什么。看看自己在这儿挺碍事，我就告辞了。

说到水华导演研讨会，也很有意思。水华是延安来的，在电影界地位崇高，他拍的《白毛女》《烈火中永生》《林家铺子》《革命家庭》等是绝对的经典。但当时文化界最时髦的是"现代思潮"，这股思潮大有否定过去一切的气势，老一辈人虽然抵触，在风潮之中也难免不私心畏惮。在水华研讨会上，老辈人都想听听年轻人是怎么评价的。戴锦华发言了，她用华丽的辞藻、新颖的视角阐释水华作品的意义，令人耳目一新。大家似乎松了一口气，都挺高兴。

水华满头白发，他发言时，先在上衣兜里掏发言稿，掏来掏去，掏出几张美元，大伙直笑。那是八几年啊，美钞可是罕见的。当时我还心想：到底是大艺术家啊！人家有美元，肯定有海外关系。1990年我在纽约认识了水华的公子小三，跟他说了这件事，小三说："不可能啊！我们家哪儿来的美元！"当时我和小三都在纽约打零工，朋友老刘给我俩找了个搬家的活儿，可到了那天，又取消了，搞得我俩好生遗憾！

水华拍戏的时候，有一次在北影开会讨论剧本，忽然周总理来了。他兴致勃勃地听大家发言，还不时插话。有人反映说水华拍戏太慢，一部电影一两年也拍不完，总理还替他辩护说："慢工出细活儿嘛。"

五

1988年,我已经在日本了,放暑假回了北京。张艺谋开拍他的第二部电影《代号美洲豹》,编剧程十庆是哥们儿,小淀也在剧组工作。剧组住在香山的一个招待所里。小淀把我接到剧组去玩儿,跟张艺谋聊天。此前不久,《红高粱》获得了柏林电影节金熊奖,张艺谋跻身国际影坛。我们说起贝特鲁奇拍的《末代皇帝》,我是刚在东京看的。张艺谋说:"要是给我那么多钱,我也能拍。"

中午在招待所食堂吃饭,我们一张圆桌,巩俐也来了。张艺谋给我介绍说:"这是我们《红高粱》组的,巩俐。"其实,巩俐已经无人不晓了。说起我在日本的打工,艺谋问:"刷碗,五六个小时就那么一直刷呀?不带停的啊?"我说:"资本家付钱了,能让你停吗?"大家直龇牙花子。在吃饭时我发现张艺谋话特别多,非常亢奋,跟平常不一样。男人在喜欢的女人面前都会有这种表现,我猜到张艺谋爱上了巩俐。

编剧小程搞了一辆"华沙"还是"胜利20"(苏联车),要去西山北京军区联系拍摄需用的飞机,我跟他一起去了。在大门口,一个瘦瘦的青年军官小姜在等候着我们,他看起来还像个男孩。后来,小姜成了将军。

葛优在这部戏里演一个劫机犯,这是他第一次在电影银幕上露脸,片酬二百元人民币。这部电影的总投资是一百二十万元。

十年后,我碰到了这部电影的投资人宗峰。我跟他开玩笑说:"你怎么才给人家葛优二百块钱啊?"宗峰愣了愣,说:"我还送他一箱啤酒哪!"

两盒茶叶引发《不见不散》

一

1996年,我在洛杉矶家中接到一位陌生女子的电话,说她母亲从北京来,捎来吕丽萍送我的两盒茶叶。

我到美国后,和吕丽萍几乎断了联系。我取茶叶时,问那位老太太怎么回事?老人家说,她另一个女儿在吕丽萍办的明星学校工作,她去机场是吕丽萍开车送的(当时北京的私家车还不多),吕丽萍听她说是去洛杉矶,就说我有一个朋友在那儿,托您给他捎点儿东西吧。到机场后,买了这两盒茶叶。

回到家,我给吕丽萍打了个电话,想感谢一下。结果接电话的已不是吕家的人了,问什么也都不知道。北京的朋友谁会有她的新电话呢?芒克刚来过洛杉矶,记得他说过认识她。于是我给老芒爷去电,芒爷说没有。又给小淀打电话,他也没有。我和小淀断联系的年头更长了,幸好他电话没变。

我说:我在日本的时候,有人找你要我的通信地址,你说,丫现在在东京是住的棺材盒子,没法通信,但棺材盒子里还有个小电视,也挺舒服的,就是不能坐起来……

1980年代末日本出现了一种便捷旅馆,像停尸房里的大抽屉,一格一格的,客人住在抽屉里。他们在北京闲得蛋疼,把我给编排进去了。

小淀说:这可不是我说的!是丫北岛说的,向毛主席保证是他说的!

我又质问:我到了纽约,又有人要我地址,你说,丫现在住在纽约的地铁站里,不知道是几号线。

小淀回避了这一尖锐问题,打岔说:我倒听说了一件真事——反正人家告诉我是真的,说你在洛杉矶雇了个波兰保姆,天天给你做炸酱面吃,语言不通,就靠乱比画……

我气愤得一时语塞。

要挂电话时,小淀问有没有合作什么影视项目的可能?我说我刚写完一部长篇小说,寄给你评估一下吧,小说里有很多不健康的内容,不知道行不行?

大概过了一个月,蒋雯丽从北京回来,捎来了小淀给我的答复。她说：小淀特别真诚地说小说写得特好，但刚刚开了个什么长沙会议，以后电视剧里婚外情、三角恋什么的都不允许拍，所以你这个小说拍不了……

之前，我曾把小说《洛杉矶蜂鸟》的打印稿寄给同学东宪，请他帮我找找出版社。过了一段时间后，我给他打电话问情况。他说："姜文要拍《蜂鸟》了哈。"我说不知道。他说前几天遇到小淀，小淀让他不要把《蜂鸟》再给别人看了，姜文要拍电影。

我又给小淀打电话，小淀说他拿给姜文看了，特喜欢。姜文现在在法国，等他回来后，他俩可能会来洛杉矶找我商量。

《蜂鸟》里写了一个日料小餐馆，是台湾人开的。实际上的确有这么个地方，我们经常去那儿吃喝。老板是兄弟二人，哥哥是个航天工程师，晚上一下班就来店里，头上缠个小布条，在吧台后面一站，跟客人斗酒。最厉害的叫"炸弹"：玻璃杯里倒满啤酒，再在八钱小杯里斟上"金门高粱"，沉到啤酒杯里，一口干。我不知喝醉过多少回。弟弟喝起酒来不要命，他爱学大陆的流行语，觉得很好玩。他讲的事有两件我印象最深：一是台湾的小学里，老师打学生是极其正当的事，一般是用竹板打手心，很疼，所有人都挨过打；二是他们从不过生日，问"为什么？"他说那是妈妈最痛苦的一天。

1997年3月姜文和小淀来了后,提出的第一个要求,就是去这个餐馆吃饭。

姜文跟我说:"有那么一根儿筋,谁都没叨着,让你给叨着了。"这是对《蜂鸟》的一种点睛式解读,我也很受启发。我写的时候是糊里糊涂的,就是觉得好玩儿,并不知道有这么根儿筋。

往后的日子里,我再写,生怕自己变聪明变自觉了,不糊里糊涂了。活的生命本来就是糊里糊涂的,只有理论才清晰和有条理,它肢解了生命,看起来漂漂亮亮的。要说有什么是小说的天敌,那就是理论家。小说家不是不应该读理论,但写的时候要把它忘了。

二

1997年8月,我回了北京。去小淀的公司时,小淀指着复印机说:"为了复印《蜂鸟》,把复印机都印黑了,不知道印了多少份。"那时候个人电脑的使用还不普及,大家还是习惯看纸上的。他把《蜂鸟》给了许多人看,当时还没出版。

冯小刚也很喜欢《蜂鸟》,想拍,最后他说:"既然姜文想拍，我就不跟他抢了，也不能让你闲着，你再给我写一个吧。"这样有了《不见不散》的剧本。

小刚给这个剧本设定了三个"原则"：爱情的，喜剧的，主演葛优和徐帆。最初构思时还是发生在北京的故事，讨论来讨论去，我十年不在北京，对国内的事已经不熟了，说放到洛杉矶呢？小刚兴奋了。当时去境外拍摄的还不多，不知在美国拍戏比在国内能贵出多少？另外就是能找到多少投资？主要是个钱的问题。

在写剧本期间，这些问题得到了顺利解决。投资有谱了，小淀也成了制片人，在美国的制作费用，并不如想象中那么高。

小刚说：给小淀也捎上一句。于是就有了徐帆对葛优说的那句台词："挺黑挺胖的那是刘小淀儿！"把我们俩乐得够呛。小刚还说：晓阳你给你自己写个角色啊。对此，我颇费了一番踌躇：写个高大上的正面英雄形象最理想，但自身的条件差了点儿，好人不会长我这样儿；写成葛优那种好里带着坏、坏中又透着好的人物呢？万一我的演技太出色，把葛大爷给比下去了，也怪不好意思的。我还是有自知之明的，干脆写成了一个人贩子、一个真正的坏人、触犯法律的那种，好演。

演的时候，那已经是1998年了，自己写的台词，自己愣想不起来了,紧张得一塌糊涂。一个镜头拍好多条都过不去。录音师跟我急了:"不说开机还好,一说开机你声带就发紧,以后不跟你说开机了!"这时候,我感觉到葛优在帮我。我冲他说话时,不敢看他的眼睛,一看注意力就分散了,忘词儿。在我散乱慌张的视线内,能影影绰绰感觉到葛大爷在平静地、善意地注视着我,使我不由安心。他就像一块压舱石,稳住了局面。这是一种像磁场般的气氛,说不出什么具体的,但他就是制造了出来。我想他不是只对我,也不一定有特别的意识,而是因为他有戏德。大好人一个!有的演员,你对他(她)倾诉悲情时,他(她)会在对面冲你挤眉弄眼儿。

葛优对剧本非常下功夫,思考得很细,不仅琢磨自己的戏,方方面面他都研究。在墓地那场戏里,我饰演的人贩子康小鹏来找他,拉他入伙自己的公司。参加葬礼的人都穿大礼服,所以服装组事先也给我租了一套。到拍摄那天,我穿着T恤和大裤衩子就来了,换上礼服,像模像样的。葛优一看,不对!跟导演说:他是来找我的,不是参加葬礼的,不应该穿礼服。导演认为说得对,人贩子不能穿礼服。可我本人这身打扮没法入镜啊!徐帆跟导演说让晓阳穿你这件衣服吧。于是冯小刚脱下短袖衫,给我穿上了,裤子还是那套礼服的黑裤子。我穿小刚的衣服有些紧,比穿大礼服可差得远了,就这样失去了唯一一次成为电影明星的机会。

三

每一部作品都有自己的命运,就像人一样。《洛杉矶蜂鸟》算瞎了,姜文那里不算,后来又前后卖出过两次影视改编权,都是有名的大影视公司买的,可都没拍。这没别的,就是它的命。

四

我在北京与吕丽萍恢复了联系。她带着儿子请我在东直门的必胜客吃饭。不断有人来请她签名,她已成了人人皆知的大明星。由此我猜,在当时,必胜客在北京可能算一家高档餐厅。由此再往前推,1992年北京第一家麦当劳在王府井开业,我在美国看报纸说,人们是挈妇将雏、全家庭盛装前往,是个在时尚最前沿的去处。可现在呢?去"老家肉饼"吃个韭菜馅饼,也未见得比麦当劳土到哪儿去。都有馅儿,把馅儿包起来的,比用两块发面夹着馅儿的,技术难度要高吧?就看你追求什么了。

吕丽萍在北京办了个明星学校,教青少年学表演。姜文问我:她请你去讲课了吗? 我说没有啊,我能讲什么? 姜文说:应该去讲讲啊! 我、壮壮什么的,都让她叫去过。我问:给钱吗? 大家都笑了,说我是"美国人"。

导演何群

一

何群1955年生，2016年因病去世，年才六十一。中国人现在的平均寿命是七十七岁，他比平均数低了十六岁，真是天不假年，走得太匆忙了。

我1985年就认识何群了，很早，一直有联系，一直联系不多，来往并不密切。但他给我留下的印象很深、很可爱，我想我会一直记得他的。

他的家庭和成长背景与电影没有关系，因为爱画画，考入北京电影学院美术系。后来他在一次会上说过：上电影学院之前，我觉得演员、明星很神秘，以为他们都不拉屎呢，上了电影学院以后，才知道他们也拉屎。

毕业后，他、张艺谋、张军钊分配到广西电影制片厂，这是个小破厂，广西又在偏远边陲，可能是电影学院八二届毕业生里分得最差的单位。分得好的,比如田壮壮、夏钢、陈凯歌都在北京电影制片厂。这样的分配是否与出身有关? 外人不能遽下结论,因为不清楚内情。但是正好,田、夏、陈都是文艺世家,而且地位很高,而何群他爸是"右派",张艺谋他爸是国民党(张军钊的情况不了解),这就难免令许多人产生猜测。

到广西厂不久,他们拿到了一个电影剧本《一个和八个》。这是根据郭小川的一首长诗改编的,写的是抗战故事,一个八路军指导员蒙冤被抓,与八个土匪逃兵押在一起,当他们被日军包围时,指导员唤起了土匪的民族大义,带领他们奋不顾身英勇杀敌,冲出了包围圈,有的人牺牲了。剧本他们都很喜欢,但土匪逃兵成了抗日"英雄",忠勇的指导员差点儿被错杀……这些都是犯忌的内容,拍出来就是"毒草",风险巨大。何群说:"操,已经把咱们分到广西了,(犯了错误的话)再分,也就是分到河内了,还怕什么?"

三个人都有同感,都憋着一股子气,三个人同样年轻、有志、有血性。1983年,张军钊导演、张艺谋摄影、何群做美工,在广西厂领导的支持下,他们拍出了这部可以说是划时代的作品。

这部电影果然被枪毙了,但却在电影界引起强烈震动。他们创造出了一套新的电影语言：不规则的构图、对画外空间的开拓、把色彩和声音作为叙事语言加以运用……电影人看到这些，耳目一新，大为激动。

何群说：以前中国电影对美术设计是轻视的，也就是让你在镜头前头插个树枝之类。而他们这批人拍电影，是把美术设计当作构成一部作品的重要元素来看待的。

紧接着，何群又在陈凯歌导演、张艺谋摄影的《黄土地》中担任美工。《黄土地》命好，公映了，还在国际上得了奖，所以看过的人多，名声也大得多。

何群说：当初《黄土地》剧组到陕北勘景的时候，并不知道要把电影拍成什么样。是黄土高原上响亮的色彩、拴马桩上雕凿的夸张怪异的造型等，带给他们巨大的冲击，使他们捕捉到了想要表现的东西。

差不多同时，田壮壮导演的《猎场札撒》和吴子牛导演的《喋血黑谷》也拍摄完成了，"第五代导演"在中国电影界的地位得以确立。

不论在中国还是在好莱坞，在常规情况下，毕业才一两年的人，仍在做着初级助理。而"第五代导演"却已作为主创拍出了自己独立的作品，扬名立万，这简直是火箭般的速度，前无古人，后有无来者，还很难说。

有才华的人代代有，但有个好命，那就像皇帝的闺女抛绣球,砸上谁是谁。"第五代导演"比他们之前和之后的人都幸运。

二

何群小时候家住东大桥。家旁边有个军营,当兵的洗完衣服,就晾在院子里。他邻居中有个二十多岁的青工,有一天对他说:"军营有午睡时间,午睡时院子里没人。你去给我顺一件军上衣,我给你五块钱。"

何群中午去了一看,烈日当头,院子里静悄悄的,果然一个人影都没有。他身手敏捷地拽下一件上衣,撒腿跑回家。青工如约给了他五块钱。他美不滋儿的,心想这事儿好哇!第二天中午,又去了。手刚触到衣服,只听咚咚咚咚一通响,战士们早埋伏好了,夺门而出,把他像小鸡子一样擒住,扭送派出所。咚咚敲响的,是扣过来的洋铁皮大洗衣盆。他父亲是"右派",就怕孩子惹事,把他从派出所领回家后,暴打一顿。

这件事是何群给我讲的。后来我把它写进了电视剧《花开也有声》里。

1991年在洛杉矶,一天晚上阿城给我打电话,说何群在他家。我立刻就去了。何群改行当导演,拍了一部根据抗日小说《烈火金刚》改编的电影。这部片子参加了古巴的一个电影节,他从古巴回国,中途在洛杉矶转机。他自己也自嘲说:"人家都是去柏林、威尼斯,我这片子,只能去哈瓦那,要不就是平壤。"我说我小时候爱听袁阔成说的《烈火金刚》,"猪头小队长三分像人七分像鬼……"他没接这个话,对这部电影,也再没说一个字。

那天晚上好像只有我们三个,聊得热火朝天,而且是何群一个人唱独角戏。他特别会编段子,特别会模仿,把我笑得前仰后合,阿城则支上机器,把他的段子全录了下来。他编了一个上海某导演泡女演员的详细过程,从谈剧本、到假装发怒、到教表演、到喜、到昵、到狎,"先摸手后摸肘,顺着胸脯往下走"……起、承、转、合,大起大落,每个细节都妙不可言,活生生刻画出一个人物。他还瞎编陈凯歌的段子,说某次在外景地,凯歌在房间里一边搓着胸脯上的泥一边进行艺术思考。中午制片主任来敲门,"导演,该吃饭了。""今天吃什么?""吃鸡。""它是活的还是死的?""死的。""怎么死的?""用刀杀的。""这鸡死前必是很痛苦,不吃!"……

后来,有一年北岛来洛杉矶,与阿城吃完饭,我们三个去租录像带的店,挑了几个电影。因为都认识何群,选了他新拍的《凤凰琴》。这是描写一个民办教师(李保田饰)在深山里办学的电影,得了奖。在我家看了十分钟后,三人一起摇头,看不下去了。的确没什么意思,有的地方让人感觉别扭。这种电影,无法使人把它跟何群这个人联系到一起。

三

1998年,我去重庆。正好何群在那里拍电视剧《红岩》。我先去他住的酒店,他带我去了渣滓洞的拍摄现场,看他拍戏。据说何群在现场爱发脾气,我在的那天没有见到,他连话都很少说。

印象最深的是他告诉我:"为了拍这部戏,剧组看了大量原始资料……没一个人挺得住。"

这年晚些时候,《不见不散》做完了后期,小刚叫我去看。是在北影厂的一个小放映室,除了几个剧组的人,好像只有滕文骥和何群。电影放完,灯还黑着,何群滋溜一下就跑出了门。我追到门口,喊他:"何群! 你丫干吗去?"他一边转回身向我抱拳作个揖,一边噔噔噔地跑下楼梯。

我是第一次看《不见不散》的完成片,整场下来,基本只有我在乐。我乐,主要是联想到在写剧本和拍摄过程中的一些趣事。我哥哥和嫂子来北京看我,我带他们也来了，他俩看时也毫无反应。我心想，这回砸啦!

12月底在官园举行首映式，放电影时，我在后台的贵宾室里跟人聊天。只听剧场里的笑声一阵接着一阵，最后笑成了一片，几乎怀疑是不是剧场那边出了什么事……冯小刚和葛优的黄金组合征服了观众，让全国人民连笑了十几年。

有一段时间，陈凯歌给某个品牌（好像是威士忌）做代言人，拍了个喝酒的广告片，每天在电视里播放。冯小刚给我讲了个笑话，说有一次何群对陈凯歌说："凯歌啊，有一个咱们俩特别特别好的朋友，让我一定给你带句话。""什么话？""劝劝凯歌，再也别上电视拍广告了!太难看了!"……

后来，我向何群求证是真的还是假的？他说是真的，我确实跟凯歌说了。我问："那你们俩那个特别好的朋友是谁呢？"何群说："是我们楼里一小孩儿。"我不禁大笑。他说："有一天在电梯里，那小孩儿问我，叔叔您认识陈凯歌吗？我说认识啊。小孩儿说千万别让他上电视了……"

何群特别好玩儿、特别可爱，心善，直率，朴实。有一次他讲段子时，我说："你这些东西多好啊!你为什么不拍这种风格的电影，老拍主旋律呢？那跟你不是一码事儿呀!"他想都没想就回答说："我爸是'右派'!!"

李娜与苏小明琐忆

一

1990年代中期的一天,在洛杉矶,一个陌生人打来电话,自我介绍说叫李娜,刚从北京来,是中国音乐学院作曲系金湘教授的学生,金老师托她给我带了一封信。

金老师与我是忘年交,而且他的女儿、女婿是我非常密切的朋友。我马上开车到了李娜的住处。

她住在一个朋友家,朋友是一对夫妇,北京人,家里养了一条大狗。李娜三十出头,矮个子,稍胖,相貌和穿着很普通,也很朴素。金老师在信中说李娜是著名歌手,这次到美国是搞演出之类的事情,让我多关照。就是一封介绍、拜托性质的信。

我平时不关注流行音乐,也很少听。所以不知道李娜这个名字。既然是金老师介绍来的,我肯定要招待。我问李娜有什么需要帮助的？她说没有。我说如果想去什么地方，随时给我打电话，我可以陪她去。我没问她来美国干什么，这是我的习惯，从不问别人这类私人问题。

李娜不爱说话，但不是那种特傲的、高冷的爱搭不理，看起来好像是不擅交流。我看完金老师的信，顺手放在沙发上。和她聊了几句，找不到话题，东瞧瞧西看看，忽然发现那条大狗在吃金老师的信，赶紧抢救了出来。还好，牛皮纸信封上沾了口水，湿漉漉的，边沿被咬坏了一些，抽出信纸，基本完好。

北京夫妇不知姓字名谁，也不知是做什么的。我感到他俩对我很警惕，几乎没跟我说话。这种情况在中国人里很常见。传说前不久海南省的领导来洛杉矶访问，被当地某个华人老板接走了，别人都不知他住在哪个酒店，想接触他的人，不打通那位老板的关系，连个毛儿都摸不着。海外华人也很可怜，见到个国内来的官员或什么名人，都爱"抢"，希望这是自己独家占有的资源，深忌他人染指。我虽不知李娜是何许人也，但由这对夫妇对我的态度，感觉到李娜在他们眼里很有分量。

在这种情况下，我和李娜聊了没几句就告辞了。她送了我一张《青藏高原》的CD唱片。回家一听，嚯，这么高啊，好听！一打听，敢情她在国内是个红透半边天的明星歌手。

那以后,她没再给我打电话,我也没再跟她联系。演唱会之类的肯定没有举办,否则,巴掌大的华人社区不可能不知道。

忘记过了多久,忽然在报纸上看到新闻,说李娜在洛杉矶的西来寺出家为尼了。

二

大概是2000年的夏天,我带我妈妈回北京。有一天苏小明打我家的座机找我,我不在家,是我妈妈接的。

"晓阳在家吗?"

"不在,出去了。"

"什么时候回来?"

"不知道。"

"你认字儿吗? 拿笔,拿纸,记! —— 让他回来给苏小明回电话。"

我妈妈一听,说:"你是苏小明啊,唱歌的那个? 你歌儿唱得挺好,怎么说话这么没礼貌啊。"

苏小明问:"你是谁呀?"

"我是他妈妈。"

"哎哟阿姨！对不起对不起！我不知道是您，以为是你们家保姆呢。我改天去看您去啊……"

小明说话冲。她脑子快，嘴巴又比脑子快，一句话先从嘴里弹射而出，大脑再急忙来追认这句话的含义。若含义有所不妥，也来不及了。

后来我们拍电视剧《花开也有声》，我邀请她客串演女主角的母亲。她第一天来，拍的是一家四口坐在一起开会，展开批评和自我批评，父亲先念："我们都是来自五湖四海，为了一个共同的革命目标，走到一起来了。我们的干部要关心每一个战士……"儿子问："爸，咱们一家是来自五湖四海的吗？咱们为了什么革命目标走到一起来啊？"父亲、母亲呵斥儿子，并对一儿一女进行批评教育。

苏小明在椅子上坐姿僵硬，手攥成拳头。

我说："苏小明老师，你怎么那么紧张啊？"

她说："我没紧张啊！"

"没紧张你腰板挺那么直。"

"是吗？"

说完一下松弛下来，后背舒服地靠在椅背上。她演得很好，自然、生活化，台词也棒，大家纷纷称赞她。

小明演美了。不要片酬，不要接送，从不迟到，有时还给大家带零食吃。每天一到拍摄现场，手里端着个保温杯,往我身边一坐,就对全剧组的人高声开讲了:"有一天我给晓阳打电话,他妈妈接的,我说你拿纸、拿笔、记!……"真是津津乐道,每次都要讲一遍。可惜她的戏不多,没演过瘾。早知道她演得这么好,我肯定给她多写几场戏。

苏小明小时候住小西天的部队宿舍,与导演胡玫、歌唱家田浩江住一个院儿,是发小。有一次我跟她的发小们吃饭,几个女的七嘴八舌议论胡玫的先生何新。我1980年代就认识何新了,但出国后断了联系。

胡玫突然转向我说:"何新认识的那个顾晓阳,是你吗?"

我说:"啊?是吧?"

"那你怎么不说话呀?"

"我不知道你们说的何新,跟我认识的是不是一个人呀?"

胡玫立刻给何新打电话,让我跟他通话。

苏小明和胡玫都有北京干部子弟的一些特点:大大咧咧,心直口快,干脆利落,不吝。

胡玫拍《汉武大帝》时,给苏小明也找了个角色。摄影师池小宁是她的老搭档,带着自己的团队加盟了,这些人都是《花开也有声》剧组里的同一套人马,已和苏小明混熟了。在演戏时，与苏小明搭戏的专业演员教她怎么表演，告诉她演的时候要掌握好"心理节奏"。结果她心理上一有了节奏，形体上可就乱了套了。摄影组的兄弟们跟她开玩笑："小明姐，你在《花》剧里演得那么自然，怎么到这儿不会演啦？"小明说："是啊！我这一想心理节奏，迈腿我都不知道怎么迈了。"

我看过《汉武大帝》的片段，感觉剧中女性的造型像古代的日本女人。我曾跟何新说："长头发那么披下来，像电影里的日本女人。日本人是学唐朝的，可汉朝女人是那样吗？"何新说："小宁非要那样，胡玫哪儿拗得过他呀。"

三

我已忘了是怎么认识的田浩江。有一年我去纽约，还到他家里去过，当时他住在林肯中心旁边的一栋公寓楼里，很漂亮。电梯门一开，两条大狗向我扑了过来，我天生无理由怕狗，吓得脸都白了，浩江和他太太赶紧把狗呼唤回来。

田浩江是唱歌剧的，男中音，在中国和美国接受音乐教育，长期签约纽约大都会歌剧院。

他原来叫田小路。"文革"后期，他上中学时就开始自学英语了。那时小西天一带的"土流氓"经常跟他们总政宿舍的小孩打架。有一天他骑着自行车出门,一边骑一边背英语单词。路上忽然出现了几个土流氓,要劫道,喊他:"孙贼!你哪儿的你?"他一急,脱口而出说:"我他妈X.Y.Z.的我!"土流氓没听说过这个X.Y.Z,不知是什么路子,有多大的"份"?急切不敢下手,愣让田小路溜了。

记得有一年,跟他、苏小明,还有苏小明的一个姐姐在金鱼胡同的王府饭店喝咖啡。喝到半截,来了他们的另一个发小,男性。谈这谈那,这位朋友轻描淡写地说:"倒霉,刚在澳门输了一个亿……"那时我刚开始回国,对好多事都不明白,听得一愣一愣的,怎么也反应不过来。

一个亿,这个数字到现在我还是建立不起来概念。这辈子算白混了!

业余侦探

一

我在电影家协会工作时,大概是1984年,有一次要去上海出差。行前,人事处(兼保卫工作)的负责人老任突然来找我,挺神秘地给了我一封介绍信,让我顺便帮他们干点事。经他说明,原来是这么回事:当时我们单位自己的楼还没盖好,是借新闻电影制片厂的一层楼办公,因此电话奇缺,只在楼道里装了一部电话机。这楼里的人非常杂,晚上也经常有人进出。最近几个月,电话账单上出现了很多打给上海的长途,时间都是在下班以后,上海的号码只有固定的三个,一聊就是几十分钟一个小时。那时电话还不能直拨,要通过长话台接转,因此双方的姓名都记录在案。打我们这个电话的人,用的是假名,不仅影协没这个人,整个新影厂也没叫这个名字的。老任说,所以呢,就请你到上海以后,按照这三个电话号码,到这些单位调查一下,找到接电话的人,把偷用咱们电话的人给查出来。

能给人事保卫部门做事,我觉得很荣幸。说老实话,我混了这么多年,组织上是头一回这么信任我。所以我愉快地接受了这个光荣任务。

那三个电话分属于下列三个单位:一家食品商店、上海芭蕾舞团和某里弄居民委员会。我看了以后挺感兴趣:这小子的交际面还真杂!

二

到了上海,住申江饭店。恰好有两个朋友来看我,我就说兄弟我这回是重任在肩,吃喝玩乐是要放一放的,能不能请你们二位就先帮我完成了公务,再作计较? 二人欣然同意。他们先给那家食品商店打了个电话,问明地址,说离这里不远,很好找的。于是我们就出发了。

那街是一下子就找到了。可是我们在街上走了两个来回,却怎么也找不到食品商店。正是春夏之交,太阳够暖,走得我们把上衣都脱了,后背上一层汗。小张说再打个电话问问吧。打完了,他一脸困惑,说真是奇怪了,就在这条街上啊,怎么我们就是看不到呢? 于是又返身走第三趟。走到一半，小方突然叫道："他妈的，原来是这个！"我们一看，真是气不打一处来，什么"食品商店"，敢情就是路边一个破烂的小亭子，上海人叫"烟纸店"的！我们四次走过它旁边，谁也没注意到那上面脏了吧唧地写着某某食品商店的字样。

近前一看，里边只有一个老头儿，问了，才知道这电话其实是旁边小弄堂的公用电话，再问我要找的那个名字，说不晓得。这时一个老太太从弄堂里出来了，满脸的警惕性，一看就知道是个"里委会"积极分子。她不回答我的问题，反过来一个劲儿问我是什么人、干什么的？我说明原委，并且向她出示介绍信。她不识字，好像也没明白我的意思（我是通过小张和小方翻译成上海话来说的）。我说能不能见见里委会负责人？她十分气愤地说"我就是！"最后，她以对待坏分子的态度告诉我："这个弄里的人我都认识，根本就没这么个人！"

第一回合不明不白受了一肚子窝囊气，好不气恼。没辙，还得请朋友吃饭啊！人家帮你跑了一下午，背心都湿透了，怎么也得意思意思呀！去的是红房子，吃完了结了账，服务员还递给我一张发票，我"嚓嚓"两下就给撕了，明摆着不能报销嘛！

三

到上海芭蕾舞团是我一个人去的,老远就听见有人在练小号,啪啦啪啦直冒泡儿,吹得一塌糊涂。我直接去的党委,副书记很耐心地听我说,越听脸上越严肃,因为团里还真有我找的这个人,电话号码也都对!他先把办公室主任叫来,说了一通上海话(我听不懂),然后主任就出去了。他对我说:"人一会儿就来,你们先谈。"说完也走了。我一个人在房子里等了一会儿,门一响,主任带着人来了,我见了一愣,原来这人是位三十多岁的女士,光彩照人,举止优雅。她说她原来是舞蹈演员,现在在办公室搞联络工作,丈夫是舞蹈队的队长。

她说,北京电影界她的确认识一些人,前些天八一厂来团里物色演员,也是她接待的,但是从来没和影协的人打过交道,更无人从北京给她打长途。

"但是,账单上你的名字和电话号码都对呀……"我说。

她脸有点红,"是呀……我搞对外联络嘛,可能很多人有我的名片……"这时她突然想起来什么,"这些电话是什么时候打来的?"

我根据账单上的记录说了从几月到几月。

"这就好了。我在这几个月里正好在家休病假，一直没上班。我被汽车撞断了腿，打了半年石膏，根本走不动路。喏，我们主任和团里的人都可以给我做证。"

主任也立刻很释然的样子，连连说："对对对，没错没错！"

四

出了芭蕾舞团，我气都不喘一口，直奔第三家——某里弄居委会。这时候我心情亢奋，觉得自己简直就是北京福尔摩斯，到上海滩探案来了。

我大致总结了一下：第一家，号码是对的，但没有接电话的这么个人，可电话账单上明明有很多和这里的通话时间。那么接电话的是谁呢？总不会是烟纸店里的糟老头子吧。而其他任何人似乎都不大可能整天守在这儿等电话。第二家，号码和人名都对，但在这期间内，当事人偏偏腿断了，在家休养，一直没来上班，也就是说，根本没法接这个电话。这出车祸、断腿是作不了假的，全团的人都在那儿盯着呢。我想，这种情节在小说里算不了什么，可如果是现实里的事，真叫蹊跷了。

第三家的这个"里委会"挺像回事,里外两间办公室,墙上挂满了各类奖状和领导人的标准像。负责人是个老头子,脸皱得像核桃皮,整个一个我国第一代产业工人的形象。办事很干练的样子,看了介绍信,马上就对我表示出充分的信任。我想这老头儿八成在二六年就参加过上海工人暴动,阶级敌人见得多了去了,一瞧就知道我是好人。

我要找的那个人的名字很水灵,好像叫个什么"凤"啊"玲"啊之类的,现在已经忘了。老爷爷说,她是多年的老住户了,不过从来不到这里打电话,这样吧,你去她家和她谈谈。于是派了个小姑娘就领我去了。

那是个类似北京大杂院的地方,不知道上海人叫什么。七拐八拐,来到一扇门前,小姑娘用上海话叫了一声,里面答应了,响起脚步声。门一开,我是着着实实吃了一惊——出来的竟是一个满头白发的老太婆!我对小姑娘又重复了一遍那个"凤儿""玲儿"之类的名字。还没等小姑娘回答,老太太用一口比我还纯正的、侯宝林的那种北京话说道:"我就是啊!"

我的妈!今天真是撞到鬼了!

听小姑娘说我是北京来的,老太太喜形于色,口里叫着"稀客稀客",连拉带扯就把我让进了屋。还没坐稳,老人家就开言了:

"我也是北京人啊,我们家就住在长安戏院的后身儿,绒线儿胡同。广和还有没有啊?"

"广什么和呀?"

"广和戏院哪!"

"还有吧。"

"四牌楼呢?"

"早拆了。我说您问的这都是什么时候的事儿了,我爸爸那会儿才有牌楼呢,我连见都没见过!"

"您父亲是做什么的呀?"

"小学教员。"

"哪一年呀?"

"三几年吧。"

"嗳呦!那时候我正在北京呢,我是三六年嫁到上海来的,一晃五十年了。您父亲高寿啊?"

嘿,老太太成查户口的了!敢情我大老远的到这儿是陪她聊天解闷儿来的!

我问:"您常回北京吗?"

"抗战完了回去过一次,后来就没再回去了。岁数大啦,不方便。"

"北京还有亲戚吗?"

"有哇,多着哪,好几十口子,我都有第四代了。"

"有没有谁经常给您打电话？"

"打电话？从北京？"

"是啊是啊。"

老太太笑起来，"给我打电话？我一个老太太，谁给我打电话呀！有二十几年都没人给我打过电话了。哈哈哈哈……"

真是一种只有饱经沧桑、将人生世事全都看开了的人才有的笑声啊。

房间虽然狭小阴暗，但扎扎实实摆着几件上好的硬木家具：八仙桌、条案、大镜面的立柜……擦得油亮。在我爹当小学教员闹地下党的时候，人家这儿可能正是鼎盛之家哩。

这时小姑娘用上海话跟老太太谈起来，大概是向她解释我来的目的吧。我想我根本就用不着听老太太的回答了，明摆着，确实不会有人见天儿偷偷摸摸盗用公家电话给一个七老八十的老太太挂长途，除非那人是个疯子！

五

我一生当中唯一一次作为"业余侦探"的生涯，至此就毫无结果地结束了。这件事把我搅得糊里糊涂，越想越觉得奇怪，至今心里都结着个疙瘩。当然这不是件什么了不起的事，不就是有个人偷偷打了几次公家的电话嘛。可关键是这是件真事，我以上所写，没有一句是编的，连细节都老老实实如实道来。可怎么那么像小说呢？我遇到的这几个人，也太有小说的效果啦！其中的谜团，怎么想也解不开。电话账单上具名的人，一个不存在，另外两个是找到了，但她们不是，也根本就不可能是接电话的人。而电话又确实是有人接了。你说吧，那几个真正接了电话的人，他们可能会采取什么样的方法，而且是不止一次地接了电话呢？你要是喜欢推理的话，推推看。

人在阅读虚构作品时，有的需要来点离奇神秘因素的刺激，越神秘越过瘾。可能是心理上有这么一种渴求吧。但如果你在现实生活里遇到这类事，就麻烦了。像我这件事，虽说算不了什么，但总觉得别扭。那次去上海是跟我们杂志的副主编一起去的。副主编对我不错，当时还找我谈过入党的问题，明说了是要"培养"我的。我呢，刚到影协不久，按理说也得跟领导搞好关系。可就是那次在上海，也不是因为什么大不了的事，我就跟副主编吵起来了，后来一直到出国，关系始终别别扭扭。这和我的"侦探"遭遇有没有关系、是否是因为那些怪事影响了我的心理卫生？就说不好了。立此存档吧。

我和人事处老任的关系倒很好。他听了我的汇报，也觉得非常奇怪，后来也就没下文了。到我出国的时候，办护照不是得由单位写一份本人的鉴定给公安局看嘛，老任给我写的那份鉴定啊，我都不想给公安局了，要是转送团中央，非得评我一个"青年突击手"不可！

悼胡金铨先生

一

胡金铨先生的大名，在我们大陆的电影观众中知道的并不多，看过他作品的更是少之又少。我1980年代在北京的时候，虽因工作关系也算是个"电影圈"里的，但对港台电影几乎一无所知，当然也不知道胡金铨。实际上，1967年的时候，胡大导演已经因《龙门客栈》名满海外。1970年代初，当我坐在北京展览馆剧场里被《闪闪的红星》和小冬子感动得涕泗横流的时候，胡金铨拍摄的《侠女》已在第二十八届戛纳电影节上夺得了综合技术奖。据说，这是华人第一次在这样重要的电影节上获奖。记得《世界日报》上登过当年他在电影节上的照片：小个子，一身西服，打蝴蝶结，在众记者的包围中，神态矜持得宜，亦掩不住满面的春风。如今胡导演猝然长逝，音容笑貌宛在目前,怎不叫人神伤!

胡金铨先生虽是香港电影导演,但祖籍河北永年,生长在北京,说得一口京片子。他在汇文中学(教会学校)高中毕业,说起来,他的一个同班同学正是我上初中时的化学老师。更巧的是,我的中学就在汇文的原址,东单船板胡同一号,他八十年代回北京时还去看过。高中毕业那年正赶上北平刚解放,他的一个亲戚做了北平的区长,给他开了张"路条",他遂赴香港定居,一去就是三十年。

在香港他的第一份工作是校对,这还不打紧,他校的第一份东西居然是香港电话号码本,看得他两眼直冒金星。第二份,是没有标点符号的佛经。因为他是教会学校毕业的,英文好,所以后来在美国新闻处找到了工作,收入相当不错。又因为会画画,经常给电影院画广告。这样一来二去,他就下海加入了邵氏影业公司,当演员。1960年代中期,他得到机会执导了他的第一部片子《大醉侠》,从此成为名震一时的大导演。他告诉我说:"我和李翰祥不一样,他从小就想拍电影。我是为了找个饭碗,歪打误撞入了这行的。"

胡导演出身于大家,祖父在前清做过河南巡抚。父亲留学东洋,在京都帝大学矿山机械,回国后在井陉煤矿当总工程师。他家住在北京城北圆恩寺,他八十年代还回去看过。我问他那院子有多大？他说：现在一共住了四十多家，其中还有仨副部长。

二

胡导演虽是六十多岁的人了，但精力极为充沛，聊天熬夜我们都熬不过他。他极能侃，只要开了头，一口气说四五个钟头也打不住，而且别人连插嘴的空当都没有。他终生最大的爱好是读书，藏书丰富，还给加州大学洛杉矶分校的图书馆捐过书。他最感兴趣的是历史，尤其是对明清的典章制度极为熟悉，这可能与他拍古装片特别讲究有关。加上他交游广阔，闻见实在太多了，所以讲起话来就像说评书，有起伏、有顿挫，包袱一抖准是一片笑声。跟胡导演交往，没有年龄上的隔阂，他生龙活虎，喜笑言谈，倒处处显得比我们还年轻哩！

我不知道胡导演移居美国的确切原因，也不知道准确的时间，总有十几年了吧。可以说，这就是他命运逆转的一个标志，从此以后他就开始走"背"字了，而且怎么翻也翻不过来。最先是筹拍《利玛窦》，案头的工作不用说了，他甚至还在美国的一个修道院里住过很长时间，结果——吹了。以后是做什么什么不顺，做什么什么不成。

在我们交往的几年里，光是找我策划的事情就有好几件，有的言之凿凿，好像明天一大早就非得行动不可了，结果都没有下文。比如有一次说，某电视台的老板找了他，要他制作一个中文"脱口秀"节目，每周一次，马上就开播，他要我来当主持人。"您瞧我这样儿，上得了镜吗？"我问。"嗳！要的就是你这样儿。别担心，我在后头组织一个班子，专门给你供词儿……薪水嘛，不少于四万。你看怎么样？"胡导演绝不是个爱吹的人，我相信，桩桩件件都是实有其事，可不知怎么搞的，就是成不了。

据我所知，在那十几年中，他只拍过一部电影《阴阳法王》（1992年），编剧（阿城）是好编剧，演员（王祖贤、洪金宝等）是好演员，导演是好导演，却不怎么成功。这对一个以拍电影为终身职业，又曾经是辉煌一时的人来说，不免过于寂寞。

三

1996年九十月间，他筹备了十几年的《华工血泪》终于找到了一千五百万美元的投资，周润发做主角，还是他的拿手好戏——动作片。胡导演非常兴奋，摩拳擦掌，可能也是为了迎接这个工作，12月，他从洛杉矶飞到台北，在荣民总医院做一年一度的例行身体检查。1997年1月9日，他给洛杉矶的穆晓澄、张俪夫妇打电话，说检查完了，身体很好，订了19日的机票，请他们去机场接他。岂料14日他竟莫名其妙地进了医院做手术，就此长眠于手术床上。世有不可意料之事若此，岂非命欤？

那两年，我们都感觉到胡导演异常寂寞。我和他都住在帕萨迪纳，离得近，每逢有事通电话，他必约我出来见面聊天。但他从来没让我进过他的家，总是在我们附近的两个购物中心的餐饮区里，喝咖啡，或者吃冰激凌。他给我推荐过一种冰激凌，说很像他小时候在北京东单吃的俄国冰激凌。讲起过去的种种往事，汇文的趣闻啦、在他父亲的书房里见到马占山啦、抗战爆发全家逃难被日本人俘虏啦、在韩国拍《空山灵雨》的轶事啦……滔滔不绝，常常讲得我精疲力竭、两眼发直。

1996年夏天的时候，加州大学洛杉矶分校举办一个亚太电影节，放他的《龙门客栈》。我们六个人挤在一辆车里，随他去看。在门口就有他的美国影迷上来交谈（在日本到现在还有"胡金铨影迷会"），放过后有一个简短的演说，提问的也都是美国人。他用流利标准的英语，谈吐幽默，几乎每一句话都能引得全场大笑。

这是我到那时为止，看过的唯一一部他的电影，端的是剑走轻灵，一个回合就是一个回合，招招式式都特别实在，特别"真的"，比现在利用高科技制作出来的武打片耐看得多。据胡导演说，演员都不会武功，每个动作都是由他和武术指导设计出来、先比画给演员看的。我特别喜欢男主角插剑的动作，太帅了。胡导说，我让他练了八十多遍呢！杀到最后，演员眼里都布满血丝，胡导演说，那是有意做出来的，"杀红了眼"嘛。可见他拍片之细腻讲究。据研究者说：这部电影是开一代风气的"经典作品"。

胡导演的作品不多，一生可能只拍了十几部片子。而且由于版权方面的原因，都没有制成录像带，所以在市面上见不到。对于喜爱电影的人来说，真是太大的遗憾了。

四

胡导演去台北的前一天晚上，打电话约我一起吃晚饭。那天正下雨，我又刚进家门，本不想去了，但一时没想到托词，便答应下来，只是把"马上出门"变成一个半小时以后。我们去的是洛杉矶新开的"狗不理"，只点了包子、稀饭和咸菜，吃得非常舒服。餐厅的小姐都认识他，在我们背后低声议论"大导演"。他管其中的一位叫"我大侄女儿"，给我介绍说："我大侄女儿也是北京来的，她先生在加州理工学院念博士。"饭后说约好了他的"助理"在家等他，交代一些事情，便匆匆而别。我那时哪想得到这竟是最后的诀别！我真后悔推迟了见面的那一个半小时！以后，再也不能和胡导演对坐而谈，再也听不到胡导演的朗朗笑声了！

胡导演的猝逝，出乎所有人的意外，因为他生命力之旺盛、性格之开朗年轻，大家有目共睹。张俪打电话告诉我消息时不住地唏嘘而泣。正在香港开会的北岛早晨八点多看到当地的报纸，心里很难受，也忍不住打来个电话聊聊，"报上说他当年被评为世界五大导演之一，在亚洲仅次于黑泽明……太可惜了！"他说。

胡金铨先生1932年生于北京，享年六十六岁。1976年结婚，十年后离异。膝下无后。唯一的亲人是居住在北京的姐姐。

辑五

诗人多多

一

2006年8月，我妈妈住院，确诊肺癌，我心情沉重。多多听说后，非要去医院看我妈妈。于是我到安定门接上他，一起去了人民医院。多多小名叫毛头。那时我妈妈精神很好，也不知道自己是癌，坐在病床上跟他说话。毛头说："你看老妈妈，面如满月，红光满面的，多好啊！老妈妈你肯定没事儿！"我妈大喜。他讲各种人的各种疾病，怎么得的，怎么治愈的。说着说着，不知觉转向了负面的例子，"谁谁谁，本来看着没什么事，结果呢，一查，敢情是什么什么病，这下坏了，一天比一天严重……"我看他要说突噜，赶紧拉他的胳膊，"毛头儿，走，走，外头抽根烟去。"我们俩在楼下抽烟，他真心劝我别担心，老太太的状态很好，不会有什么大事。回到病房，继续聊天，老太太谈笑风生,非常高兴。说得多了,毛头的话头又有往负面转的趋势,我又及时把他拉出去抽烟……他在医院待了一下午,让我妈妈度过了一段愉快的时光。

这是老妈妈最后一个愉快的下午了,此后她的病情急转直下,我五内俱焚,顾不上跟任何人联系,只有少数朋友闻讯来看过她,而她已经坐不起来了,戴着氧气面罩,也说不了几句话。

这之前,我刚刚与多多恢复了联系,中间有九年没见过面。那天,他和张小三在他家楼前迎接我,可我怎么也认不出来他:头发全白,长长的向后披,留着白胡子,戴眼镜。我第一句话就是:"你丫怎么变这操性了!"

我们在一起盘桓了一天。最后我总结说:"和别的多年不见的朋友见面,一开始看着都不像,慢慢儿地,越看越像,不出一小时,当年的模样就回来了。你呢,一看就不像,再看更不像,现在怎么看怎么不像,你他妈是多多吗?"

他提出要去我家的老房子看看,我们去了,这儿摸摸那儿碰碰,好像要看一看时间是怎样变旧的。他在这个院子里唱过《我的太阳》,曾自称是"永恒地唱不上高音的男高音",其实唱得很好。那时他三十多岁,头发浓密,身材结实,咄咄逼人,意气风发。只要碰到端午,二人就嘀嘀咕咕，热衷小道消息和不靠谱的预言，说完二人就站起身神秘地溜掉了。

我临出国前，在家有两次聚会。一次人多，端午来了他没来。众人围上端午求指点，大师独坐一室，叫谁进来谁进来，别人不得偷听。吕丽萍和我们单位同事小惠听完大师的密语，都心事重重，显然被说中了。小惠走出屋外绕着枣树低头直转圈儿。我责备端午："你怎么把人家说得大冬天儿跑外头冻着去了？有个三长两短怎么办？"后来小惠自己说，她正在酝酿离婚，跟谁都没说过，却被头一回见面的端午道破了。临散，端午瞪起红眼珠子骂我："我是来给你送行的，你可好，弄这么一屋子人让我看相，把我眼睛都看红了！"

另一次只有六七个人，我出发在即，琐事万端，什么也没准备，谁来了谁下面条吃。多多进门一看就急了："我每天晚上都得在新街口吃两串羊肉串儿，没肉哪儿行啊？"所幸酒管够，后来喝舒坦了，就把没肉这事给忘了。

三年后在纽约再见面，看我穷愁潦倒的样子，他还感到奇怪，"你在北京不是挺有钱的吗？""我什么时候有过钱呀？""在你们家喝的都是洋酒啊，Heineken，Johnnie Walker……"我知道他记忆中的是他唱《我的太阳》、端午说"鸭子摇头"那回的事,"那都是美国佬老康从友谊商店买来的,是'引进外资',我哪儿来的钱哪?"不久我搬到加州,碰巧他从加拿大过来,一起在圣迭哥玩儿了一天。分别时,他掏出钱包里的加元,全部塞给了我。

二

1995年夏天,我带我妈妈去欧洲旅游。当时多多住在荷兰的莱顿。我在巴黎租了一辆车,准备开过去。多多极力反对,说巴黎的路太乱了,"你根本就开不出巴黎!"后来见我固执,就画了一张巴黎地图,详细标明通往荷兰的路线,传真给我。我刚开到凯旋门就服了,那里像一个大转盘,巴黎人在转盘上前后左右胡开一气,有的车从我前面横着切过,司机还冲我招招手,很高兴地笑笑。不过有惊无险,我严格按照他画的路线,顺利开出了巴黎。在路边找个餐厅吃饭,服务员说这里是比利时。

我们住在毛头家里。他头发花白了,寸头,脸有些发圆,短衣短裤,精神头十足。他的生活已经安定下来,每天打坐,写作又到达一个高峰期。1990年代初,他和北岛曾在荷兰短期住过,记得当时他嘴里的荷兰是凄风苦雨,二人几乎要发疯。如今心境改变,天也晴了。

第二天他带我们出去玩儿。我开车他指路，住宅区道路上有缓冲带，当我驶过第二个缓冲带时，车一颠，只听后面砰的一声响，后脖梗子一凉，瞬间以为自己中弹了。赶紧停车查看，原来是放在车后的罐装可乐在阳光高温下爆炸了，喷得车顶棚一片黑，也溅到了我脖子上。

我们去了莱顿大学，当时多多在这里当驻校作家。我们去了海牙和阿姆斯特丹，他还带着"老妈妈"和我到红灯区去看西洋景。

他告诉我：在前不久举办的第24届鹿特丹国际电影节上，中国青年导演何建军的故事片《邮差》获得金虎奖。他去看了，甚为赞赏。散场后，一个男孩来到他面前说："多多，你还认识我吗？"他看看，想不起来。男孩说："在北京，顾晓阳家，咱们见过啊！""是吗？你叫什么呀？""何建军。""这片子就是你导的？"他非常高兴，拥抱了小何，说，"我为你感到骄傲！"……

老毛头还是寂寞。寂寞和痛苦今生是不会离开他了。荷兰女王已召见过他两次，与他谈诗。但他更需要说中国话的人，需要朋友。我在他家住了三个晚上，加起来睡眠不足五小时，其他时间都浸泡在他如洪水一般的词语中。最后一晚，我屡次说我明天得开车要睡了，他屡次说再聊会儿再聊会儿，聊着聊着天就发白了。后来离开莱顿上了高速路，我把车停在道旁，对老太太说："我睁不开眼了，得补一觉。"趴在方向盘上就睡着了。

毛头工作勤奋，对自己要求很严格，也养成一些怪癖。他说他写诗时，"屋子里连只苍蝇都不能有！"从少年时代看书就记笔记，封面是黑硬纸板的那种大笔记本，不知写满了多少本。关于读书，他随口说过一句话，被我视为金句，受益匪浅："读（经典著作）得多深，（自己）才能写得多深。"

1980年代，我曾去过他们插队的白洋淀大淀头村，是芒克介绍我找的他在村中的哥们儿福生。福生跟我说："根子干活儿行，毛头不行。毛头老躲在屋里学马列。"后来，我拍电视剧《花开也有声》时，让剧中一个摇船的小伙子说了这句话。演员是从保定找来的，口音差不多但不会划船，就这么一个镜头，大冷天在水面上漂着，拍了两个小时也拍不好：说台词的时候忘了划船，划起船来又忘词儿了。最后他说的是："毛头干活行，哏（根）子不行……"同时船终于划了出去。就这么着吧——过！要是再拍两个小时的话，估计毛头哏子就都不行了。

叶兆言有一篇写他堂兄三午的文章，其中不少篇幅写到毛头，因为毛头是他少年时期的偶像。他说，1976年大地震后，毛头拎着个旅行包满北京城游荡，包里全是他自己写的诗稿。他像怕自己遭灾一样，同样害怕他的诗作被毁灭。这是件真事，也可看作多多与他的诗歌的一则寓言。

三

毛头预言说我开车出不了巴黎，结果我开出来了。问题出在后面：回去的时候，我却怎么也进不去巴黎了。

我租车的地方在埃菲尔铁塔旁边。回程接近巴黎时，遥遥望见了塔尖。然后我就在环路上绕，出去一次错一次：你明明看见塔在前方，下了出口，塔跑到后头去了；或者一拐弯儿，塔不见了。如果你确认左一转再右一转目的地就到了，那你左一转右一转之后，可能通往任何地方，就是到不了目的地。巴黎的路实在是伟大！幸亏每次我还都能回到环路上，于是在环路上绕了一圈又一圈。最后我在一个加油站加油，非常幸运地遇到了一个巴黎小伙子，他让我跟在他的车后，把我带进了城。

这也有些像一个寓言，我和毛头都在这个寓言里，不只我们俩，恐怕还有很多人。开弓没有回头箭，出来容易归去难。不只是地理上的，也是心理上的、精神上的、形而上的。很有可能是命运给我们设计的一款游戏。

1997年，我和毛头不约而同回到北京，我是8月底，他是10月初。他从一个不可思议的渠道得知我在北京，然后用十年前的老号码拨通了我家的电话。实在是惊喜！互相骂了一通之后，立刻见了面。他八年没回北京了，我则是整整十年。本来都是地面儿上响当当的玩主，一眨巴眼，成了站在边缘的边儿上的北京老炮儿。瞅什么都陌生，做什么都不得体。口音还是纯正的京片子，但说出来的话，北京人听了得愣半天。这是打哪儿蹦出来的两个怪物？当然，有时候也能把人唬住，人家看这二位爷这么地道，怎么说话这么傻呀？怀疑这里边下了套儿，有诈。趁人家还没看出我们是真傻，赶紧溜！

我和毛头是1980年代初，在一次郊游中认识的，印象很深。可后来是怎么来往起来的，一点儿都想不起来了。那时候他默默无闻，但高傲得要命，脾气跟现在一样坏。是北岛告诉我，他诗写得非常好，在同辈诗人中出类拔萃。北岛很早就把他的诗推荐给马悦然，马悦然说看不懂。

在1985年之前，他只发表了零星几首诗和几篇非常棒的中短篇小说，都没有引起重视。这一年，老木编《新诗潮诗集》时，老江河（于友泽）向他推荐了毛头。老木选了他三十多首诗，算得上是隆重推出。于是，多多的名声一下子在诗歌圈里爆炸了。不服不行啊，这是个天才诗人！

老木后来在接受访谈时说：多多是他见过的最古怪的

诗人。他去登门选诗时，多多把一堆诗稿放在桌子上，限他在一小时内选好并且抄完。就这么怪就这么狂！老木以前并不知道他，也没读过他的诗，但老木脾气好眼光毒手也快，在一小时内完成了不可能完成的任务。换了别人，早撂挑子走人了。

多多本名栗世征，小名毛头，北京男三中老初二，1969年与同班同学姜世伟（芒克）、岳重（根子）一起去白洋淀插队。芒克先写诗，根子继之，毛头一赌气，也写起诗来，时间是1972年。

1988年12月，首届"今天诗歌奖"颁给了多多的诗集《里程》。颁奖词是北岛写的，摘录在此，作为本文结尾：

> 自1970年代初期至今，多多在诗艺上孤独而不倦的探索，一直激励着和影响着许多同时代的诗人。他通过对于痛苦的认知，对于个体生命的内省，展示了人类生存的困境；他以近乎疯狂的对文化和语言的挑战，丰富了中国当代诗歌的内涵和表现力。

北岛二三事

一

2013年,是顾城去世二十周年。北岛念旧,打算编一本纪念顾城的文集。他当时住在香港,给我打电话,让我也写一篇文章。顾城、谢烨出事前,在我洛杉矶的家里住了十五天,因此我了解太多的内情。他们一死,我就决定对外一句话不说,为了躲记者的电话,我还跑到朋友老王家住了五天。此后二十年,我一个字也没写过,而且永远不想写。我把我的想法告诉了北岛,表示不能应命。

可北岛这么倔,哪是能让你拒绝的人?他三番五次地打电话劝说,话虽不多,也不善言,但执拗和诚恳的态度慢慢软化你,使你无法坚持到底。我终于招架不住了,心一横:反正已经二十年了,写就写。

一写,写激动了,在心里积压了二十年的往事有如开闸放水，奔泻而出，只用了三天就给写完了。这天的晚上，朋友大桥找我喝酒。工作完成后的亢奋状态、连续三天苦思冥想挖"脑仁儿"造成的疲惫，正需要用酒来冲他一下子。我立刻动身前往。那是大桥新发现的一家酒吧，在工体南边一条小路的尽头，是个日本人开的，小小的房间，灯光昏暗，村上春树式的调子，非常安静，最特别的，是有许多种外间少见的泥煤味威士忌。大桥知道我偏好泥煤味的，特意叫我来。我们俩都要的双份（Double）加冰，坐在吧台前，大口畅饮。

正喝得高兴，北岛电话来了，他一听就听出环境音不像家里，"你在外边呢吧？"我说："对呀！""在哪儿？干吗呢？""在酒吧跟大桥喝酒呢。"他说："哎你怎么不好好写文章，跑外头喝酒去了？""我写完了。""啊？这么快就写完啦？你可得认真点儿啊，别马马虎虎交差……"我的亢奋被酒一浇，说话就带上脏字了："孙贼！我不愿意写你丫非让我写，我写完了你又嫌我写得快，你他妈#@*#×*@+~……"北岛又说了什么我都没听见，日本老板直看我，大桥示意我小点儿声。

北岛以往对我写的东西说好的不多，这篇算不多的之一。他看完后，放心了。

多年来我对北岛的观察是：他想干什么就一定能干成

什么，执着、顽强、坚韧坚忍、不达目的不罢休。他是诗人，还是个行动家。

二

2018年的一天上午，北岛打电话约我晚上吃饭。我的习惯是凡有人约饭，我去就去，不去就不去，从不问对方还请了谁。北岛约的地点在北京西北边的海淀，我住在"远东"靠通州，相距四十多公里，但北岛召唤，我情愿"跨过大半个北京"去吃他。

下午五点，我都快出门上路了，北岛又来了电话，说："亚夫来不了了，他妈妈病了得送医院。其他人都是大学者，李零、唐晓峰……你也不认识，你就别来了……"

操他大爷的！大学者！我他妈还×××呢！放下电话，我不仅爆了一串粗口，连自吹自擂的话都给激出来了，理直气壮的。老北岛深知我有说脏话的毛病，我也了解他说话的习惯，并没当真，开玩笑而已。

后来，我当着北岛的面跟朋友讲说过这件事，说完"操他大爷"之后，又操了些别的亲戚。北岛听着也直笑，但他并不清楚他的话哪里错了。在我看，本来是不相干的几件事，单独说都对，连在一起说意思就变了。这是北岛经常爱犯的错误之一。

北岛对所有朋友都一视同仁的好,从无差别之心。有他不喜欢的人,但没有因身份、地位、名声等外在标签而区别对待的人。可不知为什么,他有时确实会冒出类似的话,把人得罪了。我认识他的老朋友比较多,相似的故事不是一起两起。有的老朋友会很生气。

我常说他"不会说话",其实仔细想,也不是不会说话,而是有时会发生嘴脑不对位的状况,在不该链接的地方产生了链接。

比如有这样的情况:1980年代有一次他带我去史铁生家,路上我们俩聊起共同的朋友大沅,结果进了史家后,他一见史铁生就招呼说:"哎,大沅!"还有一次管我们的朋友乔凌叫乔石。

北岛说他口拙。在最近的一篇《后记》中,他称自己"愚笨"。前些日子我俩聊天,说到一个人,我说这人"确实比较笨",北岛同意,并接口说:"我就属于笨的。"我立刻给以否定。我说的笨,跟他自我认定的笨可不是一回事。你读他的诗和文,睿智、深刻、才华横溢,不时跳出来的警句,非洞察世事人情者不能写。"大智若愚",庶几可以用来形容他的某个侧面。老朋友们当年给他起的外号"老木头",还是贴切。

三

1985年，北岛因种种原因，从外文局的《中国报道》杂志辞职。这意味着他完全没有了收入。当时，他的诗很难在报刊上得到发表，而且即便是能发表，稿费也极低，根本不足以养家。这时，昌平的一个农民企业家出资，邀他来办一个贸易公司。他本人不会经商，于是找了小淀、马高明等七八个朋友一起干，公司叫飞达，小淀当经理。

一天，他和小淀造访我家，推开门就说："晓阳，怎么样，下海吧？到我们飞达公司来。"我说："你们给我玩儿去！我在影协好好儿的，又不坐班儿，跟你们起什么哄啊？"北岛说："只要你来，先送你昌平一栋别墅。"我说："是吗？那你们丫先住着吧，门朝哪儿开知道吗？别光有天窗，每天出门还得吊绳子。"北岛不会编瞎话，除了"别墅"也找不出别的词儿了，大家一块儿笑。那是最欢快的一段时光。

他们几位，我怎么瞧怎么不像做买卖的。北岛是甩手干部、不管部长，小淀主抓司机的思想政治工作，马高明神出鬼没，不知道在干什么……我家离北京站近，没过多久，他们就自然而然地把我家变成了飞达公司的仓库、中转站、食堂和茶馆，一分钱不给。每天从我一睁眼到洗洗睡，随时有被飞达公司袭击的可能：有路过门前来冒个头的、有上火车或接站在我家歇脚的、有把东芝彩电存放又搬走的、有蹭饭的，五花八门。我非常重视午觉，睡不好，整个下午、晚上都昏头涨脑，所以最痛恨他们在午觉时间闯入我家，刚睡着，砰里哪啷门一响，全完！有时他们只是来放个东西，几分钟就走，可我却再也睡不着了。北岛倒是很少来，因为他根本不跑业务，成天在家写诗。

北岛对小淀说："晓阳写不好东西，他们家太热闹了。"是啊，飞达公司的商务活动如此繁忙，又不怕骚扰我，能不热闹吗？北岛还对小淀比画说："要写出好的作品，心得沉在这儿，现在晓阳的心浮在这儿了。"

他们包租了一辆首汽的丰田皇冠，司机叫小孙。小孙是整个飞达公司中最像大老板的人，北岛走在他身边，像秘书；小淀走在他身后，像保镖；马高明走在他前头，什么都不像，像找抽的。小孙在公司内最听小淀的，公司外跟我最好，对"赵经理"（北岛），他是敢怒不敢言。他开车爱吹口哨，吹得很好，声调特别淫荡。有一天他吹起了柴可夫斯基第一钢琴协奏曲，北岛坐在后座上，吃了一惊："哎？这不是柴可夫斯基吗？小孙你还听交响乐哪？"把小孙气坏了："挤兑谁呢？就你听啊？"小孙对他的抱怨，主要是他晚上去天桥剧场、北京音乐厅看演出，经常让小孙送他，"丫还挺雅的！我都下班了，这不等于加班吗？"当然小孙是背着他对我们发牢骚，如果晚上大家一起去吃吃喝喝，小孙高兴得不得了，连小孙的太太也成了"飞达之友"。

这之前，北岛已获得了国际上的关注，接到多国的会议或访问的邀请，但因为"底儿潮"，他护照总办不下来。一天，我刚出家门，正好北岛、小淀、马高明等来，在马路上碰到了。北岛穿一件深色短大衣，对我神秘一笑，说："我拿到护照了。"说着用手指从大衣内兜里夹出一个绿皮本子，向我一闪，又给塞回去了。我前面说过，北岛不会说假话，一说就露馅。我上前一把把本子抢过来，打开一看，原来是飞达公司做的工作证，头前贴着他的"护照照"，写的是他的本名：赵振开，职务：商务经理。我说："您这叫护照？您拿着这玩意儿连前门楼子都出不去！"把北岛说得直乐。

大约是这一年的年中，台湾女作家陈若曦访问北京，受到胡耀邦的接见。陈若曦把北岛申请护照的情况反映给领导，在领导的过问下，北岛终于得到了"通行证"。他第一次出国去的是西德。

飞达公司也灰飞烟灭了。

此前，为了摆脱飞达等各方面的骚扰，我"逃"到了安徽乡村去支教。不久后北岛从西德回到北京。司机小孙和多多给我写信时都提到，北岛听说我去了安徽，"十分震惊"，"很佩服"。

四

1981年，我认识了北岛。那时，他是文学界一颗光芒耀眼的明星，他的诗歌传遍海内，脍炙人口。我则是一个年轻稚气、朝气蓬勃的大学生。

最初来往的那两年，我和他在一起很拘谨，一来因为他是我心目中的偶像；二是他少言寡语，我不知道说什么。那时期应该是他内心十分苦闷的一段日子：他和芒克等人创办的《今天》文学杂志被取缔了，他在社会上和工作单位受到压制……诸种不顺，都叠加在一起。他当时跟我说过这样的话："我有时候想，干脆闹一场，进监狱算了。"

那时候，我对老一辈人不感兴趣，对同代人却异常崇拜。我母亲跟文学界的前辈冯亦代、牛汉、聂绀弩等都熟悉，牛汉的舅舅牛佩琮，还是我父亲多年的老同事、老朋友，听着就亲切。我上大学后，母亲看我爱写东西，多次让我去向他们请教，我始终没去过。而偶然的一天听朋友说能见北岛,则是心跳加速、兴奋不已,见到后毕恭毕敬,恨不得把他说的每一句话都吞到肚子里。

为什么会这样? 现在想,可能是因为:我觉得老一辈跟我不是一个时代的人,差异过大,没有什么可以比较的地方。同代人就大同小异了,我们生长在同样的社会环境里,受同样的教育,同样经历了愚昧的漫长岁月——可人家怎么就能那么出类拔萃、先知先觉呢? 他们的思想、语言、感受方式和艺术表现有如横空出世,到底是怎么来的? 诸如此类,对我来说简直是个谜,具有强烈的吸引力,佩服得五体投地。这样的同代人属凤毛麟角,却神话一般的,在1979年的《今天》杂志周围聚集了一批。我要学,就要解开他们之所以成为他们的那些个秘密。

我对北岛一直抱着这样的心情,到现在依然如此。唯一的变化是,不知道从什么时候起,也不知道因为什么,我的拘束感消失了,跟我的偶像开起了玩笑,经常挤兑他,没有顾忌。尤其是小淀在的话,我俩一唱一和,越说越热闹,简直像一堂相声大会。2018年元旦的晚上,北岛请他的四中同学唐晓峰及夫人,还有我、小淀、亚夫、丹丹吃饭,那天他喝了点儿酒,挺高兴,主动向我和小淀挑起进攻,结果他说的每一句话都成了给我俩送上来的炮弹,我们用一个接一个真真假假的爆料来炸他,大家笑成一片。

散席后，小淀送唐晓峰夫妇回家，唐教授对小淀说："顾晓阳说话真逗。赵振开上中学的时候就挺严肃的，从来没人跟他这么开玩笑。"查我当天的日记，只写了三个字：聊嗨了。

五

1990年，在纽约，我和北岛、端午、严力一起去大西洋城。坐在赌场的大巴上，端午开始云里雾里地侃山，他说："男手如棉，女手如柴。你看有的女孩儿手像柴禾棒子，这样的女人有福气。男的手软命好。"我让端午摸我的手。他说："嗯，还行，可是你再摸摸北岛的。"我一直觉得自己的手又小又软（现在变硬了），在工农兵美学盛行的年代，属于残次品。可是这回我一摸北岛的手，才知道什么是真正的软。用个粗俗的比喻，如果说我的手如棉，那北岛的手就像鼻涕。他可是建筑工地上打铁的出身啊！

北岛的命确实好。他的命也特别硬。几十年来，他遭遇的坎坷和磨难，非常人可比，但是每一次，他都咬着牙硬挺，绝不服输。有多少回已经到了悬崖的边上，再往前走，就是万劫不复，可当他迈出这一步时，踩着的却是一朵祥云，把他又往高处送了上去……这可不是算计就能算计出来的,真是不服不行。

时间彰显了北岛身上的不凡之处。他十几岁时,就是个交游广阔、慷慨大方、特别爱帮助人的人,到老了,还是这样,几十年来,他的朋友不知增加了多少百倍,待友之道却始终如一,永远是那么诚恳、细心、处处关怀。得到过他各种形式的帮助的人,不知凡几。他的平和、谦逊、木讷、宽厚、热心,没名气的时候是这样,有了名气还是这样,名气多大都不变;二十岁时是这样,七十岁时仍是这样。不论做什么事,只要认为应该做,就一直做到底,绝不会虎头蛇尾,从不推卸责任。虽然一辈子经历了太多的起伏跌宕、世态炎凉、人心险恶,身上却仍保留着一股子学生气。

北岛心里始终很苦。我感觉他心里装的事情太多,还很大,放不下来。他有着超强的共情能力,对哲学意义上的痛苦有深刻的认知,应该是个越往远看越看不到光亮的绝望者。他所获得的巨大成就和荣誉,并不能抵消掉他内心深处的忧思和虚无。他感觉一切都失败了。

但他不在乎失败! 即使是失败,也总要不停地做些什么,来与之相抗。他那股子牛劲儿,着实令人叹服。

芒克与他的《四月》

一

芒克有一首诗,题目叫《四月》,是我最喜欢的诗篇之一。

1988年我去日本的时候,带了不多几本书,其中一本是老木编选的《新诗潮诗集·上》。这本书是北大作为"内部交流"编辑的"未名湖丛书"中的一种,1985年出版,影响很大。收录了北岛、舒婷、江河、芒克、顾城、杨炼、食指、多多、方含、严力、林莽、晓青、萧驰共十三人的诗歌(排名顺序为原书照录)。这些人我大部分都认识,大部分中的大部分还十分熟悉。不认识的,比如萧驰,在我上大学时,他是中文系的研究生,研究生只有那么几个人,我们都知道他们,但不知道萧驰会写诗。他父亲萧乾的家在我家附近,有一天我去那边的合作社(油盐商店)

打酱油，正好碰上萧驰，我打招呼说："我是人大中文系本科的……"他比我大出约十岁以上，傲慢地看了一眼我这个瘦干儿狼似的男孩，没说话。我尴尬地把酱油瓶子戳到柜台上。

顺带说一句，艾青也住在那附近，他家在豆腐巷，离那个合作社比我家还近，我在合作社里也遇到过艾青去打酱油。

二

东京人坐地铁，百分之九十都在看书，这让我吃惊不小。我跻身其中，空着两手，左顾右盼的，也显得太没文化了，于是我也拿上一本书。最常在手上的，就是这本诗集。芒克的《四月》，深深地打动了我。

> 这是四月
> 四月和其它的月份一样
> 使人回顾，也使人瞬间就会想起什么
> 想起昨天，想到遥远
> 或者，想起冬天里的一场雪
> 当然，那落在地上的雪早已变成了泪水

要么就早已变成了一群鸽子
不知飞到哪里去了
四月,它使你想起了一个个
只要走去就不再回来的日子
它使你想起了人
想起了那些不论是活着的
还是已经死去的人
想起了那些也许有着幸福
也许注定悲惨的人
想起了男人和女人……

这是四月
四月和其它的月份一样
但若是它驱使你
无法不去把往事回想
无法不再一次潜入记忆深处
——那是块已葬下死者的地方
我想,即使你就是一块站着的石头
你也一定会流泪的

  这首诗不是写出来的,是生命本身的自我呈现。它像人生的密码本,隐藏着丰富的意味和奥秘,需要用我们自身的经验和情感去不断破解。你读一遍,怅惘良久,感叹一遍;再读一遍,又会有新的发现和体味,更深地触动到内心的某个不敢触动的角落……读至三遍四遍,"即使你就是一块站着的石头,你也一定会流泪的"!

三

2022年3月初,我和老芒克喝酒,我们俩各喝了四两汾酒。我游荡在要崩的那条线附近,还没崩;芒克英雄不老,只当是涮了涮肠子,差得远。我一喝美了就话多,所以几十年来第一次,我告诉他我特别喜欢《四月》,"在东京坐着地铁,一遍一遍地背呀……落在地上的雪早已变成了一群鸽子,不知飞到哪里去了……真好啊!"

芒克说:"你那时候是不是心情不好?"

"是啊!我打工都打出痔疮来了,心情能好吗?"

我在日本是勤工俭学,生活费和学费全部靠自己打工,十分辛苦。我背诵《四月》的时候,也正好是四月前后。四月,东京的樱花一朝绽放,繁华绚烂达于极致,转瞬之间,又归于无,真是突生突灭,荣枯变换太快。

我在东京的地铁上,在艰辛和寂寞之中,"无法不去把往事回想",完全陷进了回忆里。我把自己摆在一个观看对象的位置上,好好地考察研究了一番。这是特别重要的一件事。

苦是苦,可这是我自己选择的生活,是为自由付出的代价,心甘情愿。

四

近些年来,北岛、芒克都在画画和写字。芒克更早些,先画油画,后来也画水墨画,写书法。北岛是在病后的康复期间,开始练习书法并画水墨抽象画。

这次喝酒,是几个朋友疫情以来第一次相聚,大忠做东给北岛接风。北岛清瘦了,但精神了,身体状况很好。

大忠说我和另一个朋友见到北岛就爱开玩笑,揭他的短,那个朋友还爱向北岛索要字画,"不过晓阳倒从来没找北岛要过字……"

我醉醺醺地说:"没要过没要过,我偶像啊!我哪敢跟偶像要字啊?"

芒克说:"今天,今天咱们说好了,北岛必须给你写一幅字,我抄一遍《四月》送你,怎么样?"

"真的?谢谢谢谢!"

几天后，芒克把一幅手书的《四月》，闪送寄到我家。

北岛也答应了。

我一下收到两份珍贵的礼物。

五

我写过一篇《诗人逸事》，在本文的最后，把其中有关芒克的段落摘出，抄录如下：

> 多多在北京三中与芒克、根子为同班同学，一九六九年同之白洋淀大淀头村插队。芒克先作诗，根子又继之。……多多邀于芒克曰："尔我于每年末，各集诗一册，彼此交换之，如西人决斗者交换手枪然。可乎？"芒克爽然而应，果于年末成一册，如是者三年。而今三人之诗并成传世之作矣。
>
> 芒克本名姜世伟，风流倜傥，翩翩美少年也。其为人为诗皆由乎天。子曰："有生而知之者，有学而知之者。"以诗论，则芒克如生而知之者也。日饮酒作乐，而下笔如有神。赵振开闻其名，往大淀头村访之，遂订交。七八年，欲创《今天》杂志，二人骑行自北京街头，世伟为振开取笔名曰"北岛"。世伟小字"猴

子"，振开按其英文谐音，得笔名"芒克"。及《今天》震动海内，二人遂以笔名闻于世。

芒克自白洋淀返京后，入工厂。后以办《今天》，难容于厂内，遂去职。其母为复兴医院医生，王朔母亦为同院医生。母尝为芒克谋临时工职，在医院传达室守门。而王朔方蛰伏于白塔寺药店内，挥如椽巨笔写药价单。当是时也，芒克名显于江湖，豪侠义士争相结纳，少女美妇俯仰环绕；传达室内，往来谈笑，皆为一时之俊杰。居无何，又辞职，从此不治生业。

西瓜"会长"

一

我一直不理解,为什么有那么多聪明绝顶的人,会被低级骗术给骗了。

蒋大哥是个上知天文下知地理、参透阴阳盛衰的人,有着极为复杂丰富的人生阅历。1990年代初期,却被人骗走了三万美元。

那个骗子我见过一次,没说过话,是属于我一看就觉得不是好人的类型。我给他起的外号叫"西瓜"。西瓜与蒋大哥以前有些交往,流落到纽约后,又联系在一起。当时蒋大哥在纽约也落脚未久。身无分文的西瓜提出了一套赚大钱的商业计划,居然把饱经世故的老蒋打动了。老蒋户头上有三万美元存款 —— 他到纽约才一两年,能存这么多钱实不简单 —— 统统给了西瓜。

西瓜赌咒发誓，说这笔钱在多长时间里就能够盈利，然后按期把利润分给老蒋，共同发大财。可是他拿了钱后，立刻来了个人间蒸发。老蒋四处寻找，没有任何人知道此人的下落。

蒋大哥的太太气得要命，说你刚存下三万，怎么一下子就都拿出去了？

一年后，西瓜忽然冒出来了。他主动给老蒋打来电话，说要还钱。他指定了曼哈顿唐人街上的一家粤菜馆，要请老蒋吃饭。这家粤菜馆很贵，西瓜背着个巨大的书包姗姗来迟。他点了一桌子海鲜，都是价格昂贵的菜品，要了红酒，二人吃喝谈笑，风卷残云般把满桌佳肴造了个精光。

然后，西瓜把大书包往桌子上一放，把书包盖一掀——里面装的，全是过了期的中文《世界日报》，一张钱币的影子都没有。

他对老蒋说："大哥，不要说还你那三万美元，今天这顿饭钱也得请你来付了。我现在，就是个要饭的，每天在地铁里，手里拿着个空纸杯，里面放两个硬币，一晃——哗啦，哗啦，向乘客要钱。晚上就睡在地铁站里，没有固定住处……你说拿我怎么办吧？你可以打我，你打我我就叫警察，我进了局子就有吃饭睡觉的地方了，你被抓进去呢？老婆孩子还得去探监……"

蒋大哥一生阅人无数。他本人就是个狠角色，都是别人怕他的。可面对西瓜的这一套，真是束手无策，眼睁睁看着他抹抹嘴走人。

二

西瓜在纽约是没法待了——他那套商业计划骗了不知道有多少人，个个想把他大卸八块，抛进哈德逊河。于是他去了旧金山。

当时旧金山的一伙北京人正在筹备成立北京同乡会，几个主要发起者已经捏咕好了谁当会长谁当副会长。在举行成立大会那天，西瓜闻风而来。他谁都不认识，以逸待劳，静观其势，当候选人各自发表了竞选演说后，他站起来要求发言。这个要求不违背程序，谁也都没当个事儿，你要说就说吧。

结果他上去一说——核心还是他那套让人人发财的商业计划，竟然俘获了大众的人心，受到热烈欢迎。投票选举，一开票，他竟被选上了北京同乡会的会长！那些筹谋多日，志在必得的候选人们谁也没料到有这么一手，简直气疯了。

会长干事的作风是大刀阔斧、雷厉风行的，上任后，立刻开始实施他的商业计划，说白了，就是挨着个儿地割韭菜，敛钱。人们十分欣喜地把钱交给了财神爷会长。会长性嗜赌，拿了钱，立马奔了赌场。他的赌风也是大刀阔斧、雷厉风行，大出大进，没有多少天，几十万美元全部输光了。

受害人发现会长不见了后，才知道上当了。他们追索会长的踪迹，与纽约的老蒋等人也取得了联系，一起商讨对付他的办法。而这时，会长已悄悄来到了洛杉矶。

三

当时国内的一个大名人正在洛杉矶的加州理工学院当访问学者。我与他有过为数不多的几次接触。我说："听说会长跑到洛杉矶跟你联系了，你可小心不要上当啊！"他说："我是不会被他骗的，老蒋打电话都对我说了，旧金山的人也每天跟我联系，情况我都清楚。"我说："老蒋多聪明啊，怎么居然会信他那套鬼话。"名人说："他确实是骗子，不过嘛，他提出的那套模式还是有道理的……""啊？"我惊叫一声，开玩笑说，"那您离上当可就不远啦。"

名人给我讲了一下会长的"模式"，大概是每个人往里存若干资金（比如最少一万美金），就会成为会员，拿着会员卡，在世界上任何地方住宿和消费就会怎么怎么样，而会员达到一定的数量，投入的资金就开始产生利润了，会员越多，利润越大，将呈几何级数式的增长……我不懂商业，现在已记不住具体细节，反正在我，怎么听也听不出任何"有道理"的成分。只要一有什么"世界""全球""盈利达几何级数"之类的说法，我本能地就觉得是胡说八道。

这位名人脑子特别好，三十一岁就在名校做了理工科的副教授，后来关注点转到政治和社会问题，是个又有创见又有才干的人，在国内曾经呼风唤雨。这时才来美国不久，又开始研究商业和金融这些新领域，准备一展身手。

名人的影响力大。我猜，会长刚到洛杉矶，人生地不熟，是想一把抓住这个名人，如果他上了套儿，那跟随的人就多了，不愁骗不到钱。

看来，会长是个极聪明的人。不过他提出的"商业方案"，实在不知道高明在哪里。也许商业有它自身的一套逻辑，像我这样的傻子不懂，才不会上当。而聪明人都自以为深谙了这套逻辑，便很容易被会长给绕进去。

成功的骗子，一定都是心理学大师。他们洞悉人性的弱点，看一个人，一眼就能发现他的薄弱环节在哪里；在哪里，就攻哪里。对一个骄傲的人，要把他的骄傲推高，一直推到他失去正常的判断力和理性，这个真不难办到。对一个在某些方面有欲求的人，就是想方设法把他心里的"馋虫"勾出来，然后给以充分填喂，来满足他……谁没有弱点？你最想要的，正是你最弱的部分，如果这时有人来告诉你，他恰好能提供你需要的东西，你能不晕吗？

其实，整个人类都有这个问题。当一个社会出现巨大的需求（危机）的时候，人们很容易相信和选择见效最快的方案，遗憾的是，这往往不是最好的方案。等到明白过来的时候，已经晚了。人类社会常常走上弯路，这可能也是原因之一。

由于旧金山方面的人制造的舆论攻势颇大，洛杉矶这边已没有人再会上当，名人也不搭理他。会长在洛杉矶只活动了一个非常短暂的时期，就销声匿迹了。从此再也没有了他的消息。

入乡与随俗

一

有一年我在芝加哥开会,有一个联邦参议员要来出席。在美国,参议员可是大人物,比白宫的部长还牛,比众议员的分量大得多。会议开始前,我在大堂里和人聊天,忽然一位中国人走来(应该是会议工作人员),个子很矮,用小臂推我的肚子:"让开让开!""干吗呀?""参议员来了!""来就来吧。"他说:"给参议员让开路。"我十分反感,说:"我凭什么让他?他应该让我!"

参议员是选民选出来的,都会讨好选民,在公众场所,他们巴不得跟你握手,以示亲民。我虽然不是美国公民,没有选举权,但他们已经习惯了这一套,见到谁都会这样。

那位工作人员根本没注意到我的情绪,早挤向前去用小臂推别人的肚子了,参议员的到来使他产生高度的兴奋和紧张，顾不上别的。

我站在原地就是不动。参议员过来了，果然笑眯眯地伸出手来和我握手。出于礼貌，我也回握了他。

其实，官吏也是一种社会职业，本质上跟公司经理、股票经纪人、电脑程序员等等是一样的。关键看是谁雇的他。如果是老百姓选出来的，他就得处处看老百姓的脸色行事；若是他的上级决定他的去留升迁甚至生死存亡，那他当然唯领导的马首是瞻。我要是进了这个行业，想一步一个台阶往上走，我也一个德性。

二

我刚到美国的时候，我的美国佬朋友老康也刚从北京回到美国，住在华盛顿特区。他让我去他家住几天，带我观光游览。我们俩一起去的国防部，那里是供游客参观的，他也是第一次去。我俩又一起去了国会图书馆和几个博物馆。白宫在那几天因故不开放参观，没去成。国会山是他开车把我送过去，然后他去办事，我一个人玩儿。我喜欢走街串巷，从国会山下来后，在街上闲逛，都是各政府机构的建筑，街上几乎没人。马路对面好容易走过两个黑人小朋友，看见我，喊了几句，用石头子砍我，然后笑着跑走了。就是淘气吧？

老康在家里给我做了一顿饭，是捧着烹饪书做的，其间还随时给他妈妈打电话，汇报进度，请教下一步该放什么。做完端上来，是一锅煮物，主要成分是大粒的红豆、芸豆之类的东西，味道怪异。他问我怎么样？我说这是给牲口吃的。

老康给我建立起了信用卡的概念。当时中国还没有信用卡，所以我完全不知道那是干什么用的。我在日本时，日本人爱用现金，也很少用信用卡，而且我作为留学生，也不可能申请。

应该如何使用信用卡呢？老康告诉我：你以后有了信用卡，每个月还钱时，不要全部还清，要欠一些，让银行能赚你的利息，银行就高兴了。不然人家为什么要白借给你钱花？

当我有了平生第一张信用卡后，即严格按照老康的教诲，每个月如果花五百，还款时我只还四百或三百，以后再慢慢还。银行果然高兴，不到半年，我收到了七八家银行主动给我寄来的信用卡，让我使用。我挑选出第一年利息最低的，又添了两张。

后来我姐姐知道了，说："别听老康的！凭什么让银行赚你的利息？有多少钱花多少钱，到期全部还清，没那么多钱就少花，千万别欠。咱们中国人跟美国人不一样。"我又向其他中国朋友咨询，百分之百说的跟我姐姐一样。从此以后，我也不再让银行占便宜了。

这就是中国人和美国人在观念上的差异。不是说哪个好哪个坏，就是想法不一样。我是中国人，不懂的时候是不懂，经同胞一点拨，马上就随大流了，毫无障碍。我很想知道，现在中国的九〇后、〇〇后是否还这样？

记得许小年在美国的大学当教授时跟我说：美国人都是挣多少花多少，薪水一涨就换大房子，不存钱。他的系主任年薪十几万美元，若要买一台一两千美元的电脑，需提前三个月做预算，否则就拿不出那么多现金。

我自己感觉，在美国的中国人，即使是打零工或收入很低的人，平时过日子苦哈哈，但都会有积蓄，不会像墨西哥人那样，兜里只剩下五美元，也得买了啤酒喝。中国人会省吃俭用、会过、爱攒钱。

老话说：看菜吃饭，量体裁衣。中国人天生就会，美国人好像不懂。

日本人也爱储蓄。我在日本的时候，银行的利息低到可以忽略不计，为什么呢？因为即使没有利息，日本人也会往银行里存钱，不需要用利息来吸引储户。这是多年前的情况了，不知现在是否还是这样。

三

我在美国第一次交通违规,是超速。被警察跟上后,我停在路边,打开车门就要下车,因为我感觉,下了车跟警察说话好像显得比较礼貌。抓我的是个女警察,人高马大,她一见我开车门,立刻双手顶住门,命令我坐回去,很紧张的样子。后来我才知道,被警察截停后,你必须老老实实坐在座椅上不动,并且把双手按"10点钟方向"放在方向盘上,让外面的警察能清楚看到你的手。美国人都有枪,他看不到你的手,就会怀疑你是不是在掏枪。他没有命令你下车你就下车,他更担心,万一你袭警,不容易控制。美国警察在执法时都相当紧张,不像好莱坞警察片里的布鲁斯·威利那样天不怕地不怕。

2014年的一天夜里,我在洛杉矶的高速公路上一边开车一边打电话。这是违法的,但很晚了,又是周末,路上几乎看不到车,我没在意。结果忽然一辆警车出现在我车后,闪着灯,响起了警笛。接着,警察用扩音器指挥我驶出出口,停在路边。停车后,警察不出来,打开警车顶上的两只大灯照住我,在车里用英语和西班牙语广播,让我待在车内,手放在方向盘上,不要动。连续广播了两遍。

然后，两名魁梧高大的警察下了车，手拿强光手电筒，小心翼翼地向我的车的两侧接近。到达我车旁后，先用手电筒照我的脸和手，接着让我降下左边的车窗，出示驾照和车辆行驶证。行驶证在右边的储物箱里，我知道这时我的动作要慢，不能惊吓到他们，所以缓缓伸出右手去开储物箱，一支手电筒一直照着我的右手，跟随移动……证照检查完了，没有问题，再加上可能看出我是个良民，能明显感到两个警察一下子放松了，说话语调也柔软了，问我知不知道违法了？我说不知道。他说开车不能打手机。我认可。于是给我开了一百五十美元的罚单。最后他们非常客气地问我要去哪儿？给我指路从哪里掉头，并引导我开车上路。我又一次感到：在深夜无人之处，他们是真害怕、真谨慎。

在洛杉矶，人们一直传说：吃了罚单后，如果不想缴，就去法院申请法庭裁决，法官会传唤给你开罚单的警察，到庭与你对质。但警察都很忙，这种小事不会来，只要他不来，你就算赢了，取消罚单。传是这么传，没人试过。我的朋友浩强终于试了一次，证明是误传。这件事跟我有关。

有一年我回北京，托浩强帮我照看一下洛杉矶的家，主要是一些账单怕逾期。有一天浩强在晚上11点左右去我家，经过圣马利诺市，那是东洛杉矶的一个富人区，都是豪宅，平时路上就没人，夜里就更没有了，因此浩强走到立有"STOP"牌子的十字路时，没有自觉停车，直接开了过去。下一个路口还是这样。没料到，第二个路口刚过，一辆"埋伏"着的警车突然钻了出来，把浩强抓个正着。浩强估计：那天是月底，可能警察要完成当月的份额，就"不辞辛苦"了。

在两个应停的路口不停车，警察给他开了张四百多美元的罚单。这个数目可不小，浩强当时正在念大学，他实在不想缴，于是去法院申请了裁决。

他的希望都寄托在警察不来上面。到了那天，他去了法院，警察叔叔在最后一刻走进了法庭。浩强傻眼了。人家还是来啊！那就没戏啦。原来，法官是把所有被那位警察罚款的人，都安排在同一天开庭，警察只要抽出半天时间，就全解决了。黑压压的一片，都是心存侥幸的被罚者，一个个上前与警察对话，全部认输。浩强那天排在最后一个，轮到他时，已经过了中午12点。只见法官把警察叫到跟前，咬耳朵说了几句话，警察点点头，径直走出了法庭。然后法官对浩强说：警察不在了，你可以走了。

又是一个大转折！本来浩强已经等着缴罚款了，在最后一刻，却遇到了休庭，罚单自动取消。这位可敬的法官，到了"饭点儿"就下班,一分钟也不想拖延。

我回洛杉矶后,浩强跟我说了这件事。我也是额手称庆!可以想象:如果他那天缴了罚款,就不会告诉我了,而人家是为了帮我的忙才受此重罚的,我该有多过意不去啊。

下面说两件我在北京开车违章的事。

早期,我只有美国驾照,也办过国际驾照,但中国不认这个。一次是我走了不应走的路,正好那里停着一辆警车,把我截了下来。警察看看我的美国驾照,故意问我:"中国人美国人啊?"我说:"中国人,中国人。"他指着路边写有"禁止机动车行驶"的牌子又问:"认识中国字吗?""认识,认识。""那你为什么还走这儿?""我妈妈住院了,我想抄个近路,着急。"他训了我几句,放我走了。那时交通违规罚款是用"牡丹卡",我办不了这个卡,没法罚款。

后来有一次我在一条单行道逆行,那条路又长又窄弯来弯去,很僻静,路上无车无人,我还挺庆幸的。结果走到路的尽头,一辆警车赫然在焉,就是专门堵我这种耍鸡贼的人的。能看出来,在北京,使用外国驾照的人越来越多了,警察已经不像以前那样感到新奇了。警察小伙子给我敬了个礼,拿过我的驾照看看,问我:"你这是哪个州的呀?""加州的。""哦,每个州的驾照都不一样哈?""是。""这是单行道,以后注意点儿啊! 走吧。"

再以后,我申领到了北京驾照。我感觉北京的好多东西都比美国贵,买车、加油,比美国贵得多。但交通违章的罚款,比美国轻多了。

我的"湖街客栈"来客

一

我在东洛杉矶的湖街（Lake Ave.）上住了十三年。那是一个带两间卧室的公寓，西窗外的湖街有四条车道，很宽阔，是条长长的坡道。往北再过六七个红绿灯，就是山。往南过了210高速路，有科罗拉多大道，热闹繁华的帕萨迪纳"老城"商业区就在这条大道上。

刚住没多久，就给我来了个下马威。1992年洛杉矶南区暴动，非裔攻打韩国人社区，使整个大洛杉矶地区扰攘不安。我们这里离南区很远，比较安静，只有南方的天空乌涂涂的，那是建筑物燃烧腾起的黑烟所致。我每天在家看电视新闻，就像看剧情片，十分过瘾。韩国人都武装了起来，腰上别着手枪，许多人上了屋顶占据制高点，提的是长枪，见黑人就搂火儿。"誓死保卫家园"，对高丽人来说绝不是打口炮。中国人就胆儿小多了，唐人街离南区不远，许多商店餐馆被洗劫，人早跑光了，连个影子也见不到。墨西哥人趁火打劫的多，人家双方拨火交战方酣，他们跑到商店里去抢东西，我印象深的是一个老哥从商店里抱着一摞耐克鞋出来，对着镜头笑成了花。还有一位抢轮胎，他不是把新轮胎搬了走，而是将自己的破车停在商店前，用千斤顶支起底盘，拆下旧的装新的，像度假一样安闲镇定。据说，暴乱平息后，警察根据电视新闻很快找到了这小子，抓进监狱，那可是证据十足啊！

一天晚上我下班回家，吃了碗面条。吃完，到厨房去刷碗。厨房的北窗外就是一个加油站，我一抬头，只见加油站烈焰熊熊，玻璃噼啪作响。在这么近的距离看到这么大的火，我是第一次，真有点惊心动魄，而且加油站起火，是会爆炸的。当时我妈妈在。我跑到客厅，脑袋里只有一件事：找到护照，马上逃！

此前可能已经有人报警了。我刚对我妈说着火了，一个高大的警察就破门而入，急切地对我们说："走！走！快走！……"我低着头转腰子，嘴里只念叨一个词："护照！护照！……"猝临危局，我的潜意识居然把个人身份证明当成最重要的，很有意思。警察急得对我大吼。所幸护照很快找到了，警察保护着我们下了楼，让我们坐进警车里，然后迅速驶离火灾现场。向南开了大约半英里，停在路边，警察说这里是安全的，你们就在车里坐着吧。从这儿，仍能看到大火冲天。

消防车来得晚了些，有四五辆，很快就把火扑灭了，我们最担心的爆炸没有发生。这是在暴动的末期，如果再早几天，正值高潮期间，警力和消防十分吃紧，真不一定能及时赶到。这是一起人为纵火案，后来是否破案就不知道了。

暴动平息不久，有一天我去城中心办事，只见各主要街道的路口，仍然停着国民兵的装甲车，穿迷彩服的民兵端着枪，逡巡在四周，一派战时景象。

二

1993年9月顾城谢烨夫妇在我这儿住时，目睹了一次"醉驾事件"。

一天晚饭后我们仨出去散步，走在街上，忽听身后传来隆隆的音乐声，像有一支庞大的乐队由远而近。回头一看，是一辆奔驰敞篷车，后座拆除，装了两个巨大的音箱，声音就是从那里传出的。司机是个三十多的白人男子，车开得忽快忽慢，画着大S形向前驶去。

十几分钟后我们走到家门口，只见加油站停了五辆警车，车顶大灯贼亮，都射向一个中心点，就是那辆奔驰敞篷车。司机已经被警察控制了，车上音箱像两块黑色巨石冰冷沉默。司机说着胡话，警察都不理他，仨一群俩一伙在聊天，比较放松。有一个警官用公用电话在通话。

不一会儿，一个女人牵着一条大洋狗走来了，金发碧眼，背心、短裤，很年轻，非常漂亮，像个模特。她应该是司机的太太或女友，被警察通知来取车的。这么快就能步行过来，说明家在附近。一个警官跟她交谈了几句，然后把司机双手反背，戴上手铐，打开警车的左后门。在按住他的脑袋往车里塞时，他忽然挣扎了一下。女人一见，立刻走过来，凑近他，在众警察的簇拥中，来了个深情吻别。女人始终冷静，不多话，风度翩翩。

载着酒驾司机的警车先开走。女人坐进奔驰，大狗也跳了进去，她甩甩长发，打着火，箭一般离去，轮胎嘎嘎作响。其他警车也纷纷开走，加油站安静下来，漆黑一片。

醉酒驾车的人要在警局拘禁二十四小时，罚款另算。

加油站在火灾之后，进行了改造。四个加油机换成了三四十年代的老款式，只是摆设，不能加油。原来收款卖东西的商店，变成修车厂的车间，经常有劳斯莱斯一类的顶级豪车停在这里。有一次一个朋友来找我，临走时车出了毛病，去他们那里修，他们居然不收，说只修豪车。后来阿城搬到我隔壁，因为爱车，常和他们打交道，说是一帮子亚美尼亚人。

怀旧的加油机吸引了好莱坞，不时有摄制组来这里拍电影或拍广告。好莱坞的摄制组都很庞大，工作人员众多，集装箱大卡车最少三四辆，有的装器材，有的装服装道具，还有专门装载食品的：水果、面包、点心、冰激凌，应有尽有。

1993年10月，洛杉矶多地发生山火。一天早晨六点多，我在梦中被电话铃吵醒了，是朋友尹朴的父亲打来的，他清晨散步，见我家那个方向浓烟滚滚。我们两家相隔十余英里，很远，黑烟遮住了天空，料想火势不小，所以赶紧提醒我。我起来一看，北面的山果然烧了起来，黑色的烟灰从天上大雪般飘落，已在我的车上积了一层。据报道，这场大火是由一个无家可归者在山中点火取暖引发的，警方已经找到了他，是个华裔。这场大火有两个例外，一是一般洛杉矶的山火都是树木自燃，极少是人为造成；二是华裔个个勤奋自强，流浪汉非常罕见。

正是在这个月，顾城在新西兰杀妻自杀，成了世界性新闻。中国国际广播电台的一个记者不知从哪儿找到了我的电话，深夜从北京打来要采访我。我坚决拒绝了。他软磨硬泡看不行,忽然想起了洛杉矶火灾,"您家附近着火了吗?""着了。""采访您这个行吗?""行。准备好录音我说了啊——现在火势正盛,从我家往北的第三个红绿灯,已经被警察封锁,除非是那里的居民,其他人一律不准通行……"

不久,端午大师来洛杉矶,给我批了个八字,说我命中缺火,因此要穿红衣戴红帽开红车,宜于从事与"火"相关的工作,电影就属火。我在湖街住了没多久,竟经历了两场大火,照端午的说法推衍,这不正是旺我的地方吗?后来我果然"触电"了,在两部大片中演了两个小小小角儿,一个是狱卒甲,一个是人贩子。还写了不止一部电影剧本和不止一本小说,其中一本小说被我拍成了电视剧。

三

那些年,已数不清有多少朋友来湖街我家住过。凡北京的哥们儿,一律炸酱面伺候。事实上,基本都是北京人。

我虽然从小就会炸酱,但论手艺,是到了美国才有那么点儿意思。这是因为思乡。一个人什么都可以入乡随俗,只有胃口永远变不了。小时候吃惯窝头的,让他顿顿吃面包,吃不了一星期就得吐。我在炸酱面里尝到了故乡的味道,对故乡的执念,使我把精力投射在炸酱面上,手艺也就提高了。

当时,华人超市里的酱大多是南方的,只有一种台湾产的黄酱和甜面酱是北方口味,最正宗。我把黄酱、甜面酱混在一起,找到最佳比例2∶1。做法是:先将油烧热,葱切碎,在油里炸出香味儿来,然后大火炒肉丁或肉末,加料酒和少许盐,最后按比例放两种酱,用文火慢慢熬,以不煳锅为原则,熬的时间越长越香。起锅前,放入大量切碎的生蒜,香气喷薄而出。

食之者无一不大呼过瘾的。

有一年陈小东和守林来,先在我这儿住一夜,然后奔拉斯维加斯。到他们回来的那天,我想搞丰盛些,做了炒豆腐和排骨焖豆角,当锅里飘出豆角的香味时,他们破门而入。守林进来就问:"做什么呢?""排骨豆角,香不香?"守林说:"不吃不吃!我要吃炸酱面!""没有啊。""我们来那天的不是没吃完吗?""剩了几天,不好吃了。""剩的我也吃!"说着自己动手从冰箱里把剩酱拿了出来,又四处找干面条。

小年是我的大学研究生学兄,当时在美国东部的一所私立大学当教授。在北京时他家住复兴门汽车局宿舍,我去过。有一次他来洛杉矶,我照样煮了面条。我家吃面用白瓷大海碗，别人都是捧着碗啼哩吐鲁，可小年呢，用筷子头夹起面条，一根一根吃。我一看就不对劲儿，故意问他："你丫是北京人吗？"小年笑了，说："阿拉上海宁。"原来，他是在上海出生的，五岁时全家搬到北京，几十年来，家里一直保持着南方人的习惯。由此我意识到，虽然都是北京人，"南方移民"和"北方移民"的家庭，有相当大的差异，越是精细的地方越不一样。

北岛的情形与许小年类似，他对炸酱面也不是多感兴趣，他父母是浙江人。但他能做一手好菜。豆豉清蒸鲥鱼，就是他教我的：买来活鱼，将炒好的豆豉浇在上面，上锅蒸，几分钟就好了，又简单又好吃。

1990年代，北岛就是一个周游全世界的行吟诗人，几年内睡过一百多张床。他是在我家住过次数最多的客人，但每次都很短。当时他每天凌晨三四点就醒了，起来工作几小时，还能再睡。

有一次我们俩去看成龙的电影《红番区》，我笑点低，不断高声大笑。北岛制止了我好几次，说："你小点儿声啊！"还有一次逛购物中心，我穿了一件褐色猎装上衣，是又厚又硬的帆布做的，地道的打猎人的装备，与环境的确不协调。北岛一个劲批评我，说太难看，让我买件西装换上。我不听。他走进服装店强行给我选衣服，说送我一件。这我可就不好意思了,只好自己买了一件,当场换下猎装。坐滚梯上楼时,一个墨西哥妇女站在我们后面,叽里呱啦冲我们说话,我们听不懂,她指指我的左衣袖,我抬胳膊一看,商品标签还挂在袖子上呢,嘀里当啷一大串。这回该我批评北岛了:"你丫让我露这么大怯,你好意思吗?"中午约了胡金铨吃饭,胡导演一见我就乐了,说:"嚄!扮上了啊!"我不爱穿西服,这件衣服没穿过几次,到现在还像新的。

芒克和唐晓渡来的那年,我的朋友山姆刚买了个房子,空着,只有他公司一个员工住,是越南华侨。山姆好客爱热闹,让我安排芒克去那里住。我每天一早接上他们出去玩儿,下午送回来。晚上高朋满座,有芒克的崇拜者,也有阿城、原凯、山姆、"越南人"和其他朋友,大块吃肉大碗喝酒,谈笑至午夜。有时候是在外面唱完卡拉OK,回来再接着喝。

晓渡是个正人君子,话不多,酒量深不见底。老芒克像爱诗一样爱酒,阿城概括他喝酒的程序是"喝一口酒,点三下头,然后说'不错,不错'。"他走遍世界,到哪里都只说中文。我陪他一起去过洗衣店,老板是韩国人,他把牛仔裤往柜台上一放,指着上面的污渍说:"你看啊,这地方脏了,得好好洗洗,其他倒没什么。谢谢!"韩国老板带着惊奇的微笑，连连点头。进商店，营业员都纷纷打招呼，问有什么需要帮助的？老芒克目视对方，用中文回答："谢谢！我们就随便看看，谢谢！"她们似乎都懂了，再不会上前打扰。孟悦告诉我：有一次他们在瑞典开会，一个瑞典人是芒克的粉丝，拉着孟悦当翻译，跟芒克交谈。中间孟悦要去洗手间，急急忙忙地跑去，急急忙忙地跑回，生怕那二人冷场。可当她回到现场，只见芒克与年轻女粉丝一个说中文一个讲英文，聊得热火朝天，比她隔在中间当翻译，要顺畅得多了。

芒克有感染力，在那儿住了几天，把"越南人"教化得上了个大台阶。"越南人"会说粤语，但讲国语很困难，词汇简单，还大舌头。他从芒克那儿学了一个词"刺激"，觉得很好使，经常挂在嘴边，但说出来，就成了"记鸡"，比如酒烈好喝，他就说"好记鸡"。山姆是台湾人，对大陆了解不多，更与诗无缘，接触了芒克，被迷住了，以为所有诗人都像芒克这么好玩儿。

四

小淀夫妇与姜文是1997年3月来的，以此为界线，我在湖街的日子划分成前后两段。前半段是坐地户一动不动,后半段经常回国。

小淀夫妇住主卧。我让姜文住客房,我在客厅睡沙发或打地铺。他说什么也不肯,坚持自己睡在客厅,还开玩笑说:"我就要让别人看看,我到顾晓阳家,他就让我打地铺!"我只好很过意不去地睡在了客房。

自然还是炸酱面招待。有一天中午我们刚吃完,来了个他们认识的北京女孩,进门就吵吵:"啊?你们怎么都吃了?我还饿着呢!"我说:"别急呀,再下面不就得了吗?"她一个人捧着大碗拌面条,我们一圈人围着看。小淀说:"这可是蛔虫啊!想好了再吃。"女孩说:"我才不吝呢!你爱说什么说什么,我就爱吃蛔虫!"呼呼一碗面就吃下去了,我们高声叫好。她很小就来了美国,丈夫是个白人。丈夫的父亲是美国左派,赞赏毛主席的教育方针,在儿子上高中时送他到中国东北读书,因此儿子说一口流利的东北话。

姜文的厨艺比我强,他做一种汤面,看着清汤寡水,吃起来极香。怎么做的,有什么配料?可能属独家之秘。最近我在他北京的家里又吃了一次,还是那么香,还是没弄明白做法。

一天晚上,好多人来我家,得知王朔刚好在洛杉矶。姜文一听,犯起了坏,策划了一个"愚人节"骗局。座中有个姜文的美国朋友叫杰尔莲,曾在北京电影学院留学,他让杰尔莲假冒白宫助理,给王朔打电话。

"哈啰,请问王朔先生是在这里住吗?"

接电话的是王朔的朋友小沈,"是啊,你是哪里?"

"我是白宫助理辛迪。请王朔先生听电话。"

"白、白宫、助理? …… 王朔不会说英语,你有什么事?"

"对不起,请问你是谁?"

"我是王朔的朋友沈 ……"

"你是从哪里来的?你的名字和姓?出生日期?什么职业?社会安全号码?"杰尔莲有表演天才,像极了美国一板一眼、严谨冷漠、高度专业的女秘书腔调。

小沈报出了自己的个人信息后,杰尔莲还假装要核实身份,让他别放电话等着。然后她用手捂住话筒,冲我们眨眼睛。我们早就笑翻了。

"哈啰,沈先生,"她一本正经地说,"我奉命通知你,克林顿总统现在在洛杉矶,他要会见王朔先生。"

"克、克 …… 在哪儿会见?"

"到你们的住所。"

"我们的住所!"对方几乎号叫起来,"什么时候?"

"一个小时以内。从现在起,在你们住所的周围,会出现一些可疑的车辆和人员，请不要担心，那是特勤局在排除安全隐患……"

当杰尔莲要挂电话时，小沈赶忙拦住了。

"喂，喂，等一下！王朔先生不会英语，我能不能也参加会见，给王朔当翻译？"

"我们有自己的中文翻译。"

"是吗？可我更了解王朔先生，他说的是北京方言。"

"稍等，我请示一下。"

我们大笑了一阵，答应了小沈的请求。然后拥出"客栈"，钻进每个人的车里，大概有六七辆，向王朔的住处进发。

他们住的是一栋独立屋，前面有院子。大概为了迎接克林顿总统，小沈把房檐上挂的圣诞节彩灯都打开了，忽闪忽闪的。我们把车在院子前停了一片，然后纷纷下车，蜂拥而入。

屋门一开，王朔笑着走了出来，大声说道："我就知道是你们丫这帮坏人！"

五

几天后，在那里办了个大 party，有二三十人。后院很大，有个游泳池，人们聚集在后院，喝酒聊天吃烤肉。

姜文告诉我：他和王朔第一次见面是约在北京饭店，那时王朔才三十上下，名声鹊起，红遍全国。他到得晚了些，只见一个小孩儿双臂支在北京饭店外的栏杆上张望，就是王朔。他说王朔腼腆、仗义、很单纯，"是个人物儿"。

那天晚上我们几个坐在一张桌子前，正聊得热闹，忽听游泳池那边扑通一声，有人掉进去了。大家一片忙乱，把落水者拽了上来，裹上大浴巾，原来是老朋友小张。小张后来告诉我：她大部分人都不认识，又喜欢安静，所以独自一人站在泳池边上吃东西。一位热情的大姐端着烤肉跑过来，要她吃。她说吃饱了，但大姐的热情带有强制性，非要她拿一块。她一边说谢谢不要谢谢不要一边往后退，大姐却举着烤肉盘子步步进逼，结果一脚踏空掉进游泳池。

一天晚上，我和姜文、小穆、俞飞鸿等在我家喝酒聊天。九点多，王朔和导演张元来了。我本来就已经喝多了，人一多一热闹，喝得更多，说了不少胡话。站起来去卫生间，脚底下拌蒜。进了卫生间想洗把脸，一个没扶稳，整个人栽倒在澡盆里，后脑勺碰在墙壁上，咚的一声大响。幸亏墙是木板，没磕出什么事来。小穆听见响声，急忙跑来救援，把我从澡盆里拣了出来……

今天回想，这都是些多么令人嫉妒的青春荒唐事啊。

"湖街客栈"，从来没有过这样一个称呼，这是我在写此文时才想出来的。多少朋友在他们的人生旅途中，在此与我短暂交集，彼此在对方身上留下或深或浅的印迹，看起来微不足道，而且大部分已在记忆中完全湮灭了。但它们并没有真的消失，我们的生命，就是由这些大部分被遗忘的点点滴滴组成的。

因此，我格外珍惜。

我的"湖街客栈"来客·续

一

1996年奥运会在美国的亚特兰大举行,中国各大报社都派出了记者去现场采访。我的大学同学"何百科"也是其中一个。结束后,他和另外三个大报的记者路过洛杉矶,我带他们玩儿了两天。

百科住在我家,另外三个,我安排在山姆的妹妹家住。接机是在晚上,刚好山姆当晚有个饭局,我直接把四人拉到了餐馆。饭桌上有十几位,大部分是台湾人,都很能喝酒,所以给百科留下个印象,就是我在洛杉矶夜夜笙歌,颇不寂寞。

我感到新奇的,是中国的记者用上了笔记本电脑。他们在奥运会上写的报道,是用传真实时发回国内,这在以前也是罕见的。百科说,他们报社买了很多电脑,但都堆在那里没人用。奥组委的新闻中心有互联网，他会使用，但报社本部的人不会或不愿接收，还是习惯看文字稿件。另外，用电脑写稿和排版等工作尚未展开，相应的软件也处于低级阶段。

这四位都是第一次来美国，所以观光最重要。除了环球影城，现在已记不起还去了哪里。在山姆妹妹家住的那三位很满意，每天早晨妹妹妹夫还给他们做早餐，当然是收住宿费的，像家庭旅馆。晚上我们在外面吃吃喝喝游游逛逛，要到午夜才送他们回去。我与百科分别八年，相见甚欢，很想像在大学宿舍时那样尽情畅谈，可惜没有时间。

我上大学后不久就和百科成了好朋友。他当时瘦高个子，清俊洒脱，在熟人中谈锋甚健，但当着生人不爱说话，面对女生则有些紧张。曾经有个女生跟我说他傲，我问此话怎讲？她说：跟他一说话他就翻白眼。我说那不是傲，是他在努力想跟你说什么。

他的父亲是老资格，解放初期在国务院某部委当局长。但忽遭不白之冤，在百科还小的时候，父亲被人带走就再没回来。母亲在外交部工作，瘦小、沉默、极为善良。我常会把他母亲与振开的母亲联系在一起，两位老人在外形上也有几分相似之处，更重要的是，都是那么安静、仁慈、不爱说话，有一颗金子般的心。百科母亲身上更多一些苦难的印记。振开的母亲一个人在家时,我还去看望过,有过比较多的交谈。跟百科的母亲,多年来除了打招呼就没说过别的。但两位老人都给我留下了深刻印象。

百科是近年来有了网络和微信群后,不太了解他的同学给他起的外号,因为他无所不知,脑子极快。据说他五岁时得病,脑袋里进了水,愈后就成了这样。这是个概率极小的事件,脑袋进水的孩子绝大多数会变成傻子,剩下的,就成了天才。

1980年代我曾买过一套餐厅家具:一张长条餐桌、六把椅子、一个酒柜。在当时算比较时髦的,价格好像是三百块钱(或四百)。一天百科来了,一看,说:"这套三百二十吧?""三百。""噢,那你是在西单商场买的。北京就两家商店卖这个,一个西单一个鼓楼,西单的三百,鼓楼的三百二十。"真他妈叫神!这么偏的东西在这么大的北京城,无异水滴滴入大海啊。"你丫也不买家具,你怎么会知道得这么清楚?"他一脸木然,自己也搞不明白是怎么知道的。但凡目光所及之物,全印在他脑子里了。

直到现在,我买什么东西都先咨询他。

前几年我们一帮同学去了趟日本,从此就爱上日本了,经常分小组去。在没有百科同行的情况下,怎么买电车票、哪条线换哪条线、哪个酒店好、景点怎么去等等，都由百科通过微信在北京一步步指导，成了个不在现场的"地陪"。"百科，我们到××车站了，怎么办？""进观光案内大厅，往左走，2号窗口买××套票，这个都有指定席，价钱也比一张一张买划算……"有的地方他去过，有的没去过，纯粹靠搜网络，比在现场的人还门儿清。

百科的生活态度为所有熟悉他的人羡叹：与世无争，极为冲淡。我自认为名利心是不重的，可要跟他一比，还是俗。在混浊的现世里，他活成了仙，更准确地说，他从来没想过要修仙成道，或刻意成为什么，他生来是什么，就是什么了，不受俗世一点沾染。

他毕业时分配在这家报社，就老老实实，干了一辈子。本职以外的事情，毫不挂心。这是"文革"后创办的一家大报，他成了元老级人物。有一年，跟他同办公室的小春当了部主任后，为难地对他说："你再不当副主任的话，别人谁也当不了啊，让我怎么办？……"他说："那是你的事儿，我不管。"后来小春对朋友说："我见过好多人都说自己不想当官，但真心不想当官的，就老何一个。"

我们另一个同学老韩也在报社当部门主任，百科跟他很要好，去食堂吃饭时路过他的办公室，经常推开门喊他一嗓子："孙贼，吃饭去！"老韩笑应。但次数多了，老韩也曾对同事说过:"你跟丫老何说一声,别他妈老当着小孩们的面'孙贼、孙贼'叫我,我好歹也是个主任啊,副局级啊!"虽如此,二人仍亲密无间。

他在上大学时也写小说。写了几年,写出一个中篇《噪音》,很现代,比我写得好,但只拿给少数人看过,此后就不写了。我多次鼓动他,无效。什么原因不知道,就我观察而言,对自己太没要求是其中一个因素。

送他们去洛杉矶机场时,看着百科走进飞机通道,发现他比八年前大了一号儿,不是胖,是脑袋、脸颊、肩膀、胸背都大了整整一圈儿。他年纪比我大些,这是一个人进入中年的标志,"青春像一只小鸟,飞去就不再飞回"了!当时不知道我一年后会回北京,也料不到未来中国人来美国容易到像蹚平地,所以挥手之际,是满满的惜别之情。

二

他们走后不久,山姆的妹夫老四突患心肌梗塞,倒地猝死,才三十几岁,无后。

葬礼在玫瑰岗墓地的教堂里举行。大概老四的亲朋不多,来参加的不足二十人。尽管我只是在接送那三个记者时见过老四几面,也被山姆邀了来,并成为四个抬棺人之一。

老四安静地躺在棺材里,牧师致辞,然后大家一一走过棺材,在老四身上放一枝鲜花。接着盖上棺盖,我们四个戴上白手套,把棺材抬到教堂门外。那里停着一辆灵车,棺材安放在灵车里后,车缓缓启动。我们跟在灵车后面缓步而行。墓穴不远,下葬由墓地的工人操作,花了相当一些时间。这是我唯一一次充当抬棺者。

我们围在墓穴周围观看下葬时,我听到有人在推销保险,还有人在销售墓地,连说"便宜,很划算"。回头看看,都是来参加老四葬礼的人。还有两位妇女在低声交谈,"等一下在哪里吃饭?""海景假日。"

我本来以为我在这些人中,是与死者关系最远的一个,没想到,还有比我更远的,远得"八竿子都打不着",连卖东西的都来了。心里不是滋味。后来,我把这些当素材,写进了电影《不见不散》中,委屈葛大爷,在葬礼上猥琐地问了一句:"今儿完了事哪儿吃去?"

葬礼结束,山姆的妈妈招呼大家一起去吃饭。我表示有事去不了,山姆妈妈不允许,还塞给我十美元红包,可能是给抬棺人的。去的餐馆,果然是价格昂贵的"海景假日"。

三

老魏和小关是在2000年前后来我这儿住的,只住了一两天。

小关是老魏的朋友,我不熟。他老老实实,很本分。我让他住客房,他死活不答应,说你让我在客房住,我睡不踏实,我就在客厅睡沙发挺好。

其实,早年在北京我和小关做过邻居。他们家是"文革"前一两年从东北搬到北京的,就在我家旁边的胡同。我是个胡同串子,周围的事情跑不出我眼睛,小关是满族瓜尔佳人,比我大几岁,长得白净面皮,鼻梁很高,早就被我注意到了,只不过他不认识我。胡茵梦也是瓜尔佳人,她说瓜尔佳氏是从西伯利亚过来的,属高加索人种。她家迁到台湾初期,她父亲带她坐公交,每次一上车,车掌(售票员)就会对司机说:上来个外国人。(参见《胡茵梦回忆录》)

小关的奶奶信佛,我姥姥也信佛,又都是东北人,小关家一到北京,她们就认识了。我姥姥精力充沛,七十岁没有一根白头发,不识字,活动能量巨大。她早就聚集了一帮老太婆佛教徒,偷偷去各处寺庙烧香拜佛,自然把关奶奶也拉入其中。我跟她们去过东便门的蟠桃宫，那是个道观，供王母娘娘的，三月三举办"蟠桃会"，香烟缭绕，热闹非常。这是我家附近唯一还有宗教活动的场所，估计这帮老太太饥不择食了，管他是佛是道，先烧上香再说。

多年后我把这件事告诉了小关，他很吃惊，说："啊？我奶奶在北京还去庙里哪？"原来，小关的父亲以前在东北局工作，奶奶经常去庙里，以至引起"组织上"的注意。东北局组织部曾找他父亲谈话，意思是领导干部的家属搞封建迷信活动，影响不好，是不是请您约束一下？于是小关的父亲制止了奶奶，而且认为制止住了。谁想，奶奶到了北京，仍继续从事着"地下活动"。我跟小关开玩笑说："你要是现在把这件事告诉你爸，他会怎么想？"小关说："怎么想？现在他自己都快信佛了。"

他家在我们那边没住多久，他父亲一被打倒，全家就搬走了。二层的小楼成了学部造反派一个开会学习的地点，大门敞开，人们出出进进的，很杂。

老魏家原来也住在那一带，大约在八十年代初才搬走。他们家是一个平房小院，1964年他父亲出事被降职后，东房和西房各住进一家，他家只剩下北房。

老魏宽仁和厚，是个天生的老大哥，处处为他人着想。八十年代初他在一家国有工厂当厂长时，我的同学张朴是银行信贷员，正好负责这家工厂的业务。张朴告诉我：厂里一些有本事的管理和技术人员早就不愿意干了，想下海，"要不是因为老魏人好，我们早走了。"美国佬康思同很早就认识他，说他在办企业方面有天才，办一个成一个。当时正在培养"第三梯队"提拔青年干部，他很快就进入了司局级行列。但他没有野心，无意仕进，最终脱离了体制。

老魏继承了他父亲的身高，一米八几的大个子。他爱打网球、爱爬山、爱四出野游，也是个桥牌迷。我跟他和老陈自驾游去过锡林郭勒，基本都是他开车，我加起来开了不到两小时，老陈腰不好一直没开。他与大踏等去新疆时，还把车开翻过。我和他爬过的山就多了，有一年我回北京，每个周末都去，那时我们住得近，都是他来接我，清晨五点他先打电话把我叫醒，过十分钟，再打一个，是怕我又睡着了。回回都这样，其心细也如此。

他热心、周到、温和、无分别心，所以朋友很多。密切来往的人里，学者作家和"文青"占一大块，我观察，他在这些人中更自在更开心，因为他酷爱读书，视野远超出投资赚钱这类具体性事务。就是有这样的企业家，在闲云野鹤式的生活中，照样能把繁杂的业务从容处理。

后来他又和别人来过洛杉矶，都是住酒店，自己租车，去尔湾、去圣迭哥、去大峡谷……那架势，好像要把美国细细走个遍。

法国人老白

手机铃响,号码不认识,接起来一听,马上知道是谁。我有强大的"耳功"。

"哎哟!老白呀!在北京?"

老白很高兴。

"你你你你那个……你怎么知道是我?"

老白是我在洛杉矶时的老朋友。他写诗,认识密歇根大学的一个诗人教授。北岛在密歇根时,教授介绍他俩相识。他是法国人,在美国几十年,请北岛给他在洛杉矶介绍个中国朋友。这样,我们就认识了,成为忘年交。

老白是个博学多才、趣味高雅的欧洲才子。他会四种语言,母语法语外,还说英语、日语、中文,能用法语和英语写诗,都出版过诗集。会画抽象画,有一年法国驻洛杉矶领事馆给他办个展,正好戴锦华在UCLA访学,我带她一起去了,给老白介绍她是"北京大学教授",老白欣然而喜。他的家,在圣莫尼卡海滩,很普通的二居室公寓,租了二十年了,但一进去,琳琅满目,收藏着世界各地的艺术品和古董,像个小型博物馆。所有墙面都是直顶天花板的书架,书籍乱堆乱放,一看就知道是用来随时翻阅的,而不像土豪家中的书,只是豪宅里装修装饰的一个成分。一套非常好的音响,唱片之多,令人惊叹,大部分是古典音乐和爵士乐。我们曾一边喝威士忌,一边听爵士。那时,他有个日本女朋友,是加州大学的学者。

前几年他来北京玩儿,我带他去了潘家园。在一家古玩店外,他指着里面说:"噢!那是灵璧石。"我听不懂。他以为是自己发音不对,一个劲儿调整着汉语四声,"灵逼?灵鼻?灵屁?灵笔?……"在他的指导下,我走至石前,以指叩石,瓮然有声,如钟如磬,奇石也。我是从这个法国佬那儿,才获得了关于安徽灵璧石的知识,真为自己的无知汗颜,也足证老白渊博。

老白二十多岁就来了美国,带着理想和热情,要当艺术家。他有过一次很好的机会,只出不多一些钱入股,便可年年坐收渔利。这样,他就可以把全部精力投入写诗作画当中,实现他的梦想。开头几年也确实如此。但渐渐地,事情发生了变化,由于难以一言以蔽之的原因,他被一点一点地卷入了这个项目的实际运营之中,不能脱身。于是,文艺青年老白奋斗来奋斗去,却发现自己成了工厂的厂长,一个资本家。

这是好事吗?对老白来说不是。艺术才是他的梦,金钱在他眼里发不出光。他一直开一辆美国大破车,一直租房子住,对物质生活没有任何奢求。他得到的是自己不稀罕的东西,却耗光了再也找不回来的年华。

老白为此痛苦了一辈子。

我去过老白的工厂,在洛杉矶城中心,生产橡胶制品的。豁大豁大的厂房,机声轰鸣,人头攒动——全是墨西哥劳动人民。一位会说英语的墨西哥大妈把我引到了"伯纳德先生"的办公室。老白苦笑着,不停地摇头,手掌一下一下向斜下方挥动,好像这里充盈着不好的空气。没待一会,他就带我离开了工厂。

时光飞逝。老白白了头。

大概是2000年,北京的朋友来洛杉矶,住在我家。晚上喝酒聊天,不知怎么就把老白的故事讲了一遍。约莫夜里十二点了,故事的意兴还没散,传真机响起来,咔咔咔吐出一张纸。拿起一看,全是手写的字母,不认识。反复几遍,才看出原来是一大堆汉语拼音。老白会说中文但不会写汉字,不过此前我们从未用这种方式交流过。而且在美国,一般人在晚上十点以后是不会给别人打电话发传真的。

莫非因为我讲起老白，老白那边就打了喷嚏？我又不是他姥姥！

简直是电影里才有的桥段。

传真的内容不复杂，大致是：你多好啊，有时间可以写小说写剧本，好幸福啊，好羡慕你啊。我无聊透了，每天必须工作工作，上班上班，还有什么到扬州去办合资工厂，和官场打交道，真讨厌啊，烦死了，没意思啊。这是什么日子啊，这是什么生活啊，真无聊啊……

我试着给汉语拼音加上四声，读给朋友们听，酒劲也上来了，狂笑不止。

老白的人生常常使我想到我在洛杉矶的房东。我刚住下来的时候，房东老头来过几次，有过交谈。他家是台湾本省的望族，几代经营银行业。他早年热爱绘画，也想当艺术家，但这样的家族当年把从事艺术看成下九流，不许他干这行。他只好继承祖业，当了一辈子银行家。但老头对画画始终不能忘情于心，退休后重拾画笔，在（美国）《读者文摘》中文版杂志上登过一幅油画，给我看过。后来在洛杉矶"侨二"（华侨第二文化活动中心，台湾办的）开了个展，也给我发了邀请。都是油画，题材与《读者文摘》上的那幅差不多，大部分画的金鱼。他是个非常文雅谦和的人，闽南话、日语、英语都很流利，唯独国语讲不清楚，我租房期间，双方没发生过任何问题。他钟情艺术，令人赞佩，自娱自乐，无不可为。但单就画儿的本身而言，俗气逼人。我想这不是才华问题，一辈子和金钱票据打交道，倒回头来再使这个画笔，心境早已不同了。

在老白的画展上，我观察戴锦华看画的神情，怕也有类似之感。

一个人只有一个一辈子，很短，如果不把它用来做自己喜欢的事，到头来会后悔的。这种悔意，恐怕是人生当中最悲凉的部分。

当年的我还年轻，老白和房东的故事像一面镜子，日日对照，给我以镜鉴，增添我的决心。

大约六七年前，老白退休了。他回到法国，住在离里昂不远的一个村子里。他的头脑仍转得飞快，身居法国乡村，放眼全世界，求知欲和好奇心不曾稍衰。他说话的语速还是那么快，但中文里不夹杂日语了。我们在北京会过两次，两次他都很兴奋，对中国发生的事情一清二楚。

这回来北京，他约我在前门的铁道博物馆碰头。真是个只有老白才会挑选的约会地点。这里就是过去的前门火车站，北京最早的火车站，五大臣出洋、孙逸仙来京，都是在这里。民国的文人雅士来北京，从车站一出来，两步就到了正阳门，穿过城门洞笔直北行，过前门、中华门、金水桥、天安门、端门，到午门……一路领略伟大北京城的壮丽之美，是世界上任何地方所无的。

我们见面那天正好在开会，前门一带人车稀少。老白站在前门火车站大门旁的昏暗灯光下，身穿黑呢大衣，寒风把银白的头发撩乱。我大叫道："嘿！抓老白！"老白马上配合地举起双手做投降状。

我扭住他胳膊，把他塞进车里，绝尘而去。

顾

往